손바닥문학상
수상작품집
2009-2018

손바닥
문학상
수상작품집

2009-2018

신수원 김소윤
김정원 김민아 서주희
이슬아 김광희 성해나 이유경
이항로 정재희 이혜재 최준영 장임혜경

한겨레출판

차례

이름엔 뜻이 담깁니다. 상도 그렇습니다. 흔히 빛난 이름을 써 상의 존재감과 권위를 드러냅니다. 이름으로 다투는 자리에서 더 높이 설 수 있기를 경쟁합니다. 언뜻 이름이 떠오르는 문학상들이 대개 그러합니다.

손바닥이 붙은 문학상은 소박합니다. 다들 높이를 다툴 때 스스로 낮춥니다. 그 크기와 넓이만큼 아담한 느낌을 줍니다. 그래서 누구나 응모할 만한 자신감을 줍니다. 작은 얘기 하나씩은 맘에 품고 살면서 글로 풀어내고 싶은 동네 글쟁이 누구에게도 문턱이 없습니다.

손바닥문학상이 어떤 상인지, 왜 이런 상이 필요한지는 사실 이름이 다 풀어주고 있습니다.

평범한 사람들의 글쓰기를 응원하기 위해 만든 손바닥문학상이 열 살을 맞았습니다. 동시대 사회 이슈를 담은 '장편(掌篇)소설과 논픽션'이 차곡차곡 쌓여 어느덧 책으로 나왔습니다. 평범한 사람들이 써낸 수상작들은 다 특별합니다. 수상자들 가운데 정식으로 등단해 작가의 길을 걷고 계신 분도 있습니다. 나름 자리를 잡았습니다.

사회 이슈를 다룬 출품작들은 웃자란 문학상들 틈새에서 그 존재감을 찾았고 앞으로도 계속 지켜내겠습니다. 수상작들은 이미 저널리즘 〈한겨레21〉에 실려 단행본이나 계간지에만 의지하던 문학작품보다 더 널리 퍼졌습니다. 저널리즘은 문학의 확장성을 키웠고, 문학은 저널리즘에 부족한 깊이를 더해줬습니다.

〈한겨레21〉의 광고 카피는 '진실과 정의의 창'입니다. 진실과 정의는 늘 논픽션인 저널리즘 형식을 띨 필요는 없습니다. 사회 이슈를 영역으로 한 손바닥문학상 수상작 하나하나 또한 진실과 정의가 무엇인지 더 큰 울림으로 우리에게 일깨워주고 있습니다. 나, 너, 우리, 그들의 삶을 문학이란 형식으로 다뤘을 뿐입니다.

스스로 외쳐 드러내지 않지만 뭉근한 존재감을 지키며 스무 살, 서른 살을 맞길 희망합니다.

류이근(〈한겨레21〉 편집장)

오리 날다

신 수 원

신
수
원

작가, 스토리텔러.
서울예술대학 문예창작과 졸업.
소설집 《오리 날다》가 있다.

1.

똥을 담은 바구니가 휘청휘청 줄을 타고 내려가고 있었다. 어젯밤 몸 밖으로 밀어낸 배설물을 담은 바구니는 줄 끝에 매달려 허공에서 바람을 따라 경중거렸다. 공중에는 늘 크고 작은 바람이 지나다녔다. 고공을 가르는 바람에 탑 철제 난간이 둔중하게 흔들렸다. 흔들림이 난간을 딛고 있는 발바닥에 전해지면서 바닥에 깔린 스티로폼이 푹 꺼지는 착각이 일었다. 곧바로 온몸을 전율처럼 감싸는 현기증이 뒤따랐다. 나는 허리에 닿아 있는 위쪽 난간을 힘주어 잡고 몸의 중심을 유지했다.

굵은 시멘트 기둥 한편에 박힌 철 사다리를 따라 오르면 가장 꼭대기에 기둥을 빙 둘러 비좁은 공간이 있다. 폐쇄회로 점검을 위한 이곳은 몸이 빠지지 않을 정도의 간격으로 철제를 이어 바닥을 만들고 허리 높이의 난간을 세운 것이 전부였다. 난간의 폭은 다리를 쪼그리고 앉아야 할 정도로 좁았다. 난간 밑으로 세로로 걸린 비정규직 철폐 현수막이 펄럭였다. 하루 중 다리를 뻗고 있을 때는 서 있을 때를 제외하면 잠을 잘 때뿐이었다. 시멘트 탑을 마주하고 탑의 타원형 모양을 따라 옆으로 누우면 탑을 감싸는 자세로 무릎을 펼 수 있었다. 광장 쪽으로 등을 돌리고 탑을 마주 안고 자는 꼴이었다. 무릎을 펼 수는 있지만 한 방향으로만 자야 하므로 온몸이 굳고 쑤시는 고통이 따랐다.

철제 난간을 붙잡고 서서 바구니가 무사히 역 광장에 있는 동료들에게 도착하는 것을 지켜본다. 광장을 바쁘게 오가는 사람들이 간혹 걸음을 멈추고 고개를 들어 두레박처럼 매달려 내려가는 바구니를 올려다보았다. 똥 바구니는 무사히 땅에 안착해서 치워졌다. 동료들은 변기를 통째로 내려달라고 했다. 매번 변기를 받아 깨끗이 닦아서 올려주기 위해 그것만을 담당하는 동료까지 정해졌지만 나는 동의하지 않았다. 한두 번으로 끝날 일도 아니고 매일 대소변을 동료에게 맡겨 치우게 하는 것은 공중에서 잠을 자고 하루를 견디는 것보다 불편한 일이었다.

나는 동료들이 배설물에 손을 대지 않도록 날마다 일정한 규칙으로 치르는 의식처럼 배설물을 정성 들여 처리했다. 신문지로 여러 겹 꼭꼭 싸매고 돌돌 말아 다시 비닐에 넣어서 내려보냈다. 그마저도 마음이 놓이지 않아 바구니가 무사히 지상에 안착해서 쓰레기봉지에 들어갈 때까지 난간에 선 채 땅으로 향한 시선을 거두지 못했다. 아침마다 연인을 배웅하는 사람처럼 망연히 서서 똥을 담은 검은 비닐봉지가 쓰레기 무더기에 묻혀 사라지는 것을 확인하고서야 안심을 했다.

아침 8시 철탑 아래 광장에는 여느 때처럼 수많은 사람들이 빠르게 지나고 있었다. 오늘 모인 출투 대오는 여섯이었다. '대오'라는 표현이 옹색한 인원이었지만 우리는 그렇게 말했다. 해고된 공장의 출근 시간에 맞춰 정문으로 출근 투쟁을 나가기 위해 내가 있는 ○○역 광장의 폐쇄회로 탑 아래에서 사전 집결을 했다. 동료들의 얼굴을 일일이 살필 수는 없지만 참여하는 사람은 빤했다. 해고된 시간이 지날수록 점차 참여 인원은 줄었다. 문자메시지 한 통으로 해고 통지를 받았을 때 생겼던 크고 강한 분노와 정의감은 시간 앞에서 한없이 초라하고 무력해졌다.

생활비는 한두 달 만에 바닥을 드러냈고 쌓이는 연체 고지서의 압박과 앞날의 불안 앞에서 해고로 입은 자존심의 상처를 돌아보는 것은 사치스러운 일이 되었다. 작은 힘이라도 한목소리로 단결해야 한다는 구호와 약속을 뒤로한 채 동료들은 일용직이든 파트타임이든 일을 할 수 있는 곳이면 어디든 흩어졌고 대오는 줄었다.

원숙이가 손을 흔들었다.

"언니, 저 왔어요."

오랜만에 듣는 목소리였다. 원숙이는 하청 라인 일용직으로 나가고 있었다. 하청 생산라인에서 생긴 당일 결원을 충당하는 일종의 스페어 인력이었다. 갑자기 일이 생기거나 휴가를 낸 정규직이나 비정규직의 자리를 채워 일하고 일당을 받았다. 아침 일찍 라인이 돌아가기 전에 현장에 도착해서 대기하고 있다가 결원이 있으면 라인에 투입돼 일당을 벌 수 있었지만 허탕을 치고 돌아올 때도 많았다. 막노동 인력시장에서 일거리가 주어지는 방식과 비슷했지만 따지고 보면 그보다 못한 조건이었다. 원숙이가 소속된 인력 회사와 배당된 하청별로 인력을 실어다 주는 곳이 각각 달라 관리 명목으로 일당의 일부를 떼어갔다. 하청 라인에서 일하는 정규직과 비정규직보다 적은 원숙이의 일당은 막노동 인력시장에 비해 훨씬 많은 중간 손들을 거치고 난 뒤 원숙이에게 전해졌으므로 턱없이 적을 수밖에 없었다. 나는 양손을 흔드는 것으로 원숙이에게 반가움을 전했다. 원숙이가 한 손을 귀에 대며 나중에 통화하자는 제스처를 보냈다.

"그래, 알았어."

내가 원숙이에게 큰 소리로 대답하자 동료들이 입에 손을 모아 하늘을 향해 외쳤다.

"그 동네 오늘 공기는 어떻습니까? 간밤에 춥지는 않으셨어요?"

"높은 동네는 살 만합니다. 좋아, 바람이 차긴 한데 아직은 괜찮습니다."

손을 흔들면서 전철역을 지나는 사람들이 다 들을 수 있도록 빠르지 않고 또렷하게 큰 소리로 답한다. 흔드는 손을 따라 윗옷이 가슴께까지 부풀며 바람에 들썩였다.

여전히 봐주는 사람은 없었다. 아무리 처연한 생존 방식도 사람들의 무관심과 망각을 이길 수는 없었다. 광장을 지나는 사람들은 출근길을 서두를 뿐 한 달 가까이 매일 같은 시간에 일어나는 똑같은 풍경에 아무런 흥미를 보이지 않았다. 오랜 투쟁은 구경거리조차 되지 못했다. 다 그렇게 사는 거라며 복잡하게 굴지 말고 체념하라는 욕설은 관심이었으므로 차라리 달았다. 견디기 어려운 것은 누구도 관심을 두지 않는 고립감이었다. 철저한 무관심은 거액의 보상금을 노리는 짓거리라는 오해나 동료들의 배반보다 예리한 칼날이 되어 가슴을 후볐다.

2.

똥이 담긴 바구니를 내려보내고 오늘 필요한 생필품과 식사가 담긴 바구니를 받았다. 공수 작업이 끝나자 그나마 고개를 들어 힐끗 봐주던 사람들의 눈길도 없어졌다. 사람들은 시설물에 얼마간 불편을 주겠다는 공사 중 팻말을 보는 것처럼 탑 아래 광장을 덤덤히 지나쳤다. 난간에 서 있는 내 모습은 정작 바구니에 담겨 내려가는 똥만큼도 사람들의 관심을 끌지 못했다. 쓴 입맛을 다시며 난간을 잡고 멀리 뿌연 하늘을 바라보았다. 전철역 너머로 보이는 하늘은 언제나 스모그가 끼어 있었다. 스모그를 뚫고 하루를 밝히는 해가 힘겹게 빛을 발했다. 다른 날보다 힘을 쓰지 못하고 있는 햇살은 어정쩡하게 회색 하늘에 가려져 있었다. 탑에서 맞는 해는 따갑고 길었다. 오늘 낮 동안은 강렬한 땡볕을 피할 수 있으리라는 기대를 하며 고개를 뒤로 젖혔다. 가벼운 현기증이 일었다. 반사적으로 난간을 잡고 있던 손에 힘을 주었다. 삼복더위가 지나고 탑에 올라온 것이 다행이라면 다행이었다. 한여름과 같은 기온이어도 9월의 바람과 볕은 아침저녁으로 많이 달라지고 있었다. 허리와 등줄기가 뻐근했다. 광장의 천막 주변으로 경찰차가 상주하고 있었고 사업장 담당 이 형사가 무전기를 들고 한가로이 동료들을 살피고 있었다.

간혹 사람들은, 연인의 변심과 혹은 구직의 어려움에 분노해 즉흥적으로 한강 다리 위에 올라가 자살 시위를 하는 사람을 볼 때처럼 고공의 폐쇄회로 탑에 올라가 있는 무모함에 혀를 차며 지나갔다. 2년 6개월이 넘도록 온갖 방법으로 진행한 농성과 항의는 사람들에게 그러려니 하는 익숙함만을 던져줘 도저히 충격이 되지 못했다. 세상의 관심과 사람들의 눈길을 한 번만이라도 붙잡아보자고 안 해본 노릇이 없었다. 눈비를 맞으며 아침마다 공장 문 앞으로 가서 노래와 구호를 외치며 하루를 시작했고, 사업장 근처 버스 정류장 전철역에서 카드대출 사채 전단을 뿌리는 사람들과 섞여서 뿌린 투쟁 홍보물이 수십만 장이었다. 사람들의 관심을 끌고 억울한 사정을 알리기 위해 탈진해 실려 갈 때까지 단식을 한 적도 있었다. 목숨을 걸었지만 단식으로 얻은 세상의 반응은 신문 칼럼 두 번과 정말 죽을 각오를 했으면 쇼하지 말고 죽어보라는 노조 홈페이지의 댓글이 다였다. 밥 먹듯이 경찰서로 연행이 되었다. 전경 두 사람이 사지를 들면 힘에 부쳐 단 몇 초도 버티지 못하고 전경 버스에 짐짝처럼 실렸다. 내 몸을 내 뜻대로 할 수 없는 무기력함은 참담했다. 그렇게 전경 버스에 실려 수도권 아무 곳에나 짐짝처럼 버려졌다. 주위를 둘러보면 논밭만 있는 이름도 모르는 곳이기도 했고 거대한 쓰레기 매립지이기도 했다. 달랑 들려가는 연행을 저지하고 조금이라도 더 버텨보려고 쇠사슬로 서로의 몸을 엮어 고정하고 사람들이 많이 지나다니는 육교와 전철역에서 연좌 농성을 한 적도 있었다. 지나가던 대여섯 살배기 아이가 엄마에게 물었다.

"엄마, 저 사람들 왜 저래?"

몹쓸 것을 보기라도 했다는 듯 엄마는 아이 얼굴을 가렸다.

"너도 공부 안 하면 저렇게 돼. 알았지? 얼른 가자."

손을 잡은 엄마에게 이끌려가는 아이는 고개를 돌려 자꾸만 우리를 돌아보았다.

하루 중 가장 힘겨운 것은 배설 행위였다. 먹고 싸는 일이 이렇게까지 구차스러웠던 적은 없었다. 몸을 돌리기도 좁은 공간에서 대소변을 치우다 보면 화장실에서 일을 보고 물을 내리는 것과는 비교도 되지 않게 세세한 정황을 어쩔 수 없이 부딪히게 되었다. 변의 굵기와 냄새는 물론 색깔과 점도까지 일일이 오감을 자극했다. 싫다고 피할 수도 빠르게 서두를 수도 대충 처리할 수도 없을 정도로 가까운 거리에서 맞게 되는 일이었다. 고개를 돌리는 간단한 몸놀림도 쉽게 할 수 없었다. 난간 밖으로 떨어지면 무엇이든 끝이었다. 난간을 벗어나는 순간 다시 주워 담거나 회복은 불가능하다. 한정된 고공의 공간은 같은 속도의 조심스러운 몸가짐과 움직임만을 허락했다. 마치 정해진 법칙대로만 움직이는 제의에 임하는 것과 같은 엄숙함이 요구됐다. 밥을 먹는 것 잠을 자는 것 배변에 이르는 모든 활동에서 가장 중요한 것은 한결같은 속도와 침착함이다. 나는 아이들이 사용하는 오리 변기에 앉아 신문지를 깔고 일을 보았다. 35미터 고공에서 오리 변기에 앉아 배설하는 일은 시간이 지나도 익숙한 일상이 되지 못했고 그때마다 낯설었다. 집을 벗어난 환경만으로도 변비에 걸리기 일쑤인 과민성 대장을 생각하면 공중에서, 더구나 사방이 개방된 곳에서 배설이 가능하다는 것만으로도 감사할 일이었다. 난간 테두리를 따라 현수막을 둘러 가리개로 삼았지만 엉덩이를 까고 내 속에서 무언가가 쑥 빠지게 하기 위해 힘을 주고 기다리는 작업은 곤욕스러웠다. 변기에 앉아 있는 와중에 강한 바람이라도 불면 흔들리는 탑의 진동을 느끼며 이미 시작된 배변을 순조롭게 마무리하지 못해 쩔쩔맸다. 철제 난간을 붙잡고 1초라도 빨리 그 상황을 벗어나려고 나도 모르게 헛심을 주고 또 주었다. 그럴 때면 지상 화장실에서의 배변이 눈물겹게 떠올라 밀폐된 공간을 그리며 눈을 감아 나를 밀폐시켰다. 오리 변기에 앉아 지상 35미터의 공기를 맡으며 눈을 감고 힘을 주노라면 현기증이 일어 난간을 잡은 손에 더욱 힘을 꽉 주어야 했다.

식사와 물수건 생수 등이 담겨 올라온 바구니의 내용물을 차례대로 정리했다. 입안이 까칠했다. 생수를 따서 입안 가득 한 모금 마셨다. 탑 기둥에 등을 기대고 앉았다. 여전히 아침 해가 가려진 하늘은 흐렸다. 동료들이 계열사 앞과 국회 앞으로 오전 오후 농성 일정을 소화하기 위해 전철역으로 향하고 있었다. 바구니에 담긴 물수건으로 얼굴과 손을 닦았다. 하얀 물수건이 새카맣게 변했다. 도심의 전철역 하늘 가운데를 지나는 공기는 탁하고 검었다. 바람이 잦은 날은 목구멍이 칼칼해 한낮의 더위가 사라지면 마스크를 한 채 밤을 보내기도 했다. 밝은 아침 마스크 바깥쪽을 보면 전철역의 하늘처럼 진한 회색이 되어 있었다. 뒷물을 하고 속옷을 갈아입고 싶었다. 고공 농성을 자원했을 때 의식주의 어려움을 예상하지 못한 건 아니었다. 나름대로 치밀한 대비를 하고 마음의 준비를 다졌다. 고공에서 잠을 자고 일과를 보내는 것 다 좋았다. 씻지 못하는 것도 별문제가 아니었다. 둔감해지지 않는 것은 배설과 속옷을 갈아입는 정도였다. 팬티를 벗을 때면 아래에서 누가 보기라도 하는 것은 아닐까 하는 불안감과 가랑이 사이 생살에 닿는 바람이 싫었다. 불편해서 갈아입기를 미룬 팬티 안쪽은 체온에 굳은 분비물이 구덕구덕 코딱지처럼 켜를 만들기도 했다.

3.

고향에서 서울로 처음 왔을 때가 열일곱이었다. 아버지는 중학교 진학도 못 하고 일찍부터 구로공단 근처에 자리를 잡은 큰언니에게 나를 올려 보냈다. 큰언니와 함께 지내던 가리봉 사글

셋방은 방이 다닥다닥 붙어 있는 2층 건물이었다. 사람들은 '닭장집'이라고 불렀다. 알을 낳는 좁은 양계장 같다는 말이었겠지만 나는 큰언니의 자취 살림과 날마다 냄새가 좋은 스킨과 로션을 바르는 것이 좋았다. 시골에 비해 비좁고 답답했지만 많은 게 편리했다. 가게도 코앞에 몇 개씩 있었고 버스도 밤늦게까지 아무 때나 탈 수 있었다. 가장 불편한 것은 화장실이었다. 출근 시간이 같은 사람들은 배설을 하는 시간도 거의 일치했다. 조금 빨리 일어나 일을 보면 되겠다 하지만 그런 생각을 하는 사람 또한 나뿐은 아니어서 일찍부터 화장실 앞은 이미 몇 명이 기다리고 있기 마련이었다. 겨우 줄을 서서 들어간 화장실에서 앞사람이 본 배설물의 냄새를 고스란히 맡아야 하는 일은 우리 집 식구들이 비위가 좋다고 인정한 내 속을 뒤집을 정도였다. 그렇게라도 일을 무사히 치르는 아침은 행운이었고 대부분은 성격 느긋한 누군가가 오래도록 나오지 않아 화장실 진입을 포기하고 출근을 서둘러야 했다.

큰언니 소개로 공장에 입사했을 때는 모든 게 신기했다. 반듯하게 잘린 가죽들이 미싱을 순서대로 지나고 기계 두어 개를 차례로 지나면 별의별 모양의 가방으로 뚝딱 만들어졌다. 나는 미싱 받침대 두 개를 오가며 실밥을 잘라내고 이어진 물건들을 낱개로 챙기고 다음 미싱으로 옮겨 정리해주는 일을 했다. 종일 쪽가위를 사용하느라 엄지 손끝이 짓무르고 파스를 붙여도 손목이 아팠지만 신기하고 재미있었다. 출근하면 잠깐 사이 점심시간이 되었고 금방 퇴근 시간 벨이 울렸다. 이어지는 야근 잔

신수원

업이 고됐지만 수당을 생각하면 별것 아니었다. 어차피 일찍 집에 가도 텔레비전을 보는 것밖에 하는 일도 없었다.

공장에서도 문제는 화장실이었다. 점심시간에는 화장실마다 사람이 들어차 있어서 줄을 서도 시간 내에 들어갈 수 없었고 작업 시간에 화장실을 가는 것은 엄격하게 금하고 있었다. 급하게 미싱사 언니에게 얘기하고 갔다 하더라도 반장에게 걸리면 본보기로 혼쭐이 났다. 소변을 보고 오는 것도 힘든데 큰 볼일은 꿈도 꿀 수 없었다. 집에서는 공동 화장실에서 공장에서는 작업 시간과 전쟁을 치르느라 사나흘에 한 번 변을 보기도 편치 않은 날들이 이어졌다.

소변은 닭장집 공동 화장실까지 가지 않고 방에 딸린 아궁이를 겸한 작은 부엌에서 해결했다. 지금 생각하면 부엌이랄 것도 없었다. 하수구를 향해 쪼그려 앉으면 아궁이에 걸려 있는 큰 양은 물솥 날개가 엉덩이에 닿을 만큼 비좁았다. 모락모락 올라오는 더운 오줌 김을 보고 있으면 아무도 없는 부엌 찬장과 옆구리에 걸린 양은솥이 알엉덩이를 쳐다보고 있는 것 같았다. 팔 하나를 다 뻗을 수 없는 좁은 공간에서 쌀 씻고 설거지하고 오줌을 쌌다. 큰언니는 오줌을 눌 때마다 호수를 대고 빗자루로 씻어 내리라고 했지만 나는 슬쩍 물만을 흘려보내고 그만이었다. 수챗구멍을 드나드는 커다랗고 시커먼 쥐가 지린내를 맡고 불쑥 튀어나올 것만 같아 아랫도리를 치키며 후다닥 방으로 들어가곤 했다.

큰언니가 결혼을 하자 큰언니가 내게 그랬던 것처럼 나는 동생과 자취를 시작했다. 닭장집을 벗어나 반지하 방을 얻었다. 그사이 구로공단은 세련된 디지털단지로 탈바꿈을 했다. 가방 공장에서 몇 차례 공장을 옮기는 동안 나는 전자 부품을 조립하는 비정규직이 되어 있었다. 내가 원해서 직장을 옮긴 적은 한 번도 없었다. 공장이 문을 닫기도 했고 중국으로 생산 라인이 이전되기도 했다. 계열사 공장을 모두 합병하면서 감원 대상이 되어 쫓겨난 적도 있었다. 동생과 살게 된 반지하 전셋집은 주인집을 빼고 네 가구가 화장실을 함께 사용했다. 싱크대가 놓인 입식 구조의 부엌 바닥에는 수도와 하수구가 설치돼 있었다. 닭장집에서 그랬던 것처럼 동생과 나는 소변 정도는 거기서 해결했다.

"언니 어떡하죠. 일 터졌어요."

"왜, 원숙아."

"사람들 전부 연행되었대요. 다쳐서 병원이랑 경찰서에 있대요. 저밖에 없으니까 가봐야 할 것 같아요. 여기는 단체 분들한테 연락 드렸으니까……. 곧 온다고 하셨어요."

"그래, 알았어. 침착하게."

"단체 사람들 올 때까지 기다려야 하는지 언니 혼자 있어도 괜찮은지 어떻게 해야 할지 모르겠어요. 경찰서 두 군데로 나뉘어 있대요. 거기 다 가봐야 하고 병원도 그렇고."

"그래, 염려하지 말고 네가 얼른 가서 뒷일 봐야겠다. 내 걱정은 할 거 없어. 얼마나 다쳤는지 여기서도 연락해볼게. 중간중간 꼭 연락 주고."

신수원

원숙이는 통화를 하면서도 탑을 올려다보며 말했고 나도 일어서서 난간을 붙잡고 나머지 한 손에 휴대전화를 들고 말했다. 바람 소리가 들어가 휴대전화에서 쉿소리가 났다. 남은 사람이 10여 명이 되지만 이런저런 사정으로 빠지고 대여섯에서 서너 명이 일정에 참여하는 상황에서 몽땅 연행 되었다면 연락을 취하고 일을 수습하는 것만으로도 원숙이 한 명으로는 버거울 터였다. 인원이 줄어들면서 전원 연행을 하며 대오를 자극하기보다는 무반응으로 일관하며 방치해왔었다. 전원 연행은 불길한 조짐이었다. 뿌옇게 노을이 지는 하늘을 배경으로 기다란 전철이 요란한 신호음을 앞세우고 역에 들어서고 있었다. 육중한 전철이 들어올 때마다 그 속도와 무게가 탑에 전해져 몸이 떨렸다.

단체에서 온다는 사람들은 날이 어두워질 때까지 오지 않았고 동료들은 마흔여덟 시간 이내에 풀려날 것이라고 원숙이 연락을 주었다. 그사이 나는 한 번 먹을 분량만을 남기고 생수를 마셨고 초코파이 하나를 먹었다. 오리 변기에서 소변을 두 차례 보았고 페트병에 그것을 따르는 의식을 무사히 치렀다. 여름이 지나고 있었지만 해가 진 지상 35미터 고공은 바람이 찼다. 나는 겨울용 파카를 걸치고 지퍼를 여몄다. 역 광장에는 아무도 없는 깜깜한 천막이 스산하게 버티고 있었다. 텅 비어 있는 천막 주변으로 사복형사 한 사람이 차에서 나와 어슬렁거리는 모습이 보였다.

배가 고팠지만 한 끼쯤 안 먹는다고 큰일 날 것은 없었다. 경찰서와 병원에 실려 가 있는 동료들을 생각하면 여기서 한가로

이 제때 식사를 하는 것도 미안할 노릇이었다. 동료들이 극성스
러우리만큼 챙겨대지 않는다면 나는 하루 한 끼 정도만 먹고 싶
었다. 그러면 괴로운 배변의 횟수도 3분의 1로 줄어들 것이다.
먹는 것을 중요한 가치로 생각하며 살아가는 동료들이 고공 농
성을 하는 내게 그것을 허락할 리가 없으므로 나는 아예 그런 내
색을 하지 않았다. 서로 정해진 지침을 충실하게 따르는 것이
동료들을 번거롭게 하지 않고 수고를 덜어주는 일이었다.

　식사 횟수가 아니라 양을 줄여본 적이 있었다. 밥을 남기자
천막의 동료들이 지나치게 걱정을 하는 통에 변명을 하느라 서
로 수선만 더하게 되었다. 그 일로 나는 어떤 꼼수도 부리지 않
기로 했다. 올라오는 모든 것들을 먹고 주어진 시간에 충실히
잠을 자려고 했고 의연하게 일과를 채웠다. 아침이면 동료들과
인사를 나누었고 낮이나 퇴근 시간에는 지원 방문을 오는 다른
사업장이나 지원 단체의 사람들에게 건재한 모습을 보이기 위
해 난간에 서서 약식 집회를 했다. 나머지 시간은 비닐 사이에
헝겊을 덧대어 땡볕을 막고 책을 보았다. 해는 길고 따가웠다.
밤에는 파카를 껴입고 철탑에 기대앉거나 쪼그리고 누워 광장
옆 백화점 건물 현관에서 쏟아지는 빛이 도로와 광장을 화려하
게 덮는 것을 바라보았다.

　오겠다던 지역단체 사람들은 역을 오가는 발길도 뜸해지는
늦은 시간에 탑 아래로 모여들었다.

　"일단 따뜻하게 식사하세요. 서둘러 온다고 했는데 연행자와
관련해서 의원님과 대책을 논의하느라고 늦었습니다. 시장하셨

을 텐데, 죄송합니다. 연행된 동지들은 별일 없이 풀려날 것 같으니 걱정하지 마시고 얼른 식사하십시오."

통화를 하고 약식으로 구호를 외치고 저녁을 올려주면서 사람들은 우왕좌왕했다. 그들에게는 바구니를 올리고 내리는 일이 익숙하지 않았다. 몇 차례 여기저기 통화를 하고 나서 올려준 저녁 식사 바구니에는 평소 먹던 것보다 고급인 도시락이 들어 있었다. 지역 국회의원이 보낸 것이라고 했다. 동료들이 만들어주는 별식이 가끔 올라오긴 했지만 대부분 시중에서 구입한 도시락으로 식사를 했다. 지역 의원이 보냈다는 도시락은 갖가지 튀김과 생선초밥까지 구색을 갖추고 있었다. 초코파이 하나로 때운 속이 허했다. 아직 따뜻한 온기가 남아 있는 된장 국물을 마셨다. 뒷맛이 들쩍지근했다. 한입에 들어오는 초밥을 씹자 코끝이 싸해지는 고추냉이에 눈물이 찔끔 났다. 식사를 하는 동안 단체 회원들은 탑 아래 천막 밖에 앉아 자리를 지켰다. 동료들이 없는 천막을 지키는 그들이 고마우면서도 마음이 그리 편하지는 않았다. 식사를 마치고 빈 생수통과 쓰레기들을 모아 바구니에 챙겨 내려보냈다. 소변을 담은 페트병이 거의 다 찼지만 바구니에 담지 않았다.

흐릿해진 날씨가 가늘게 비를 뿌렸다. 아침에 동료들이 올려준 신문에서 확인한 일기예보는 아침 한때 안개 후 대체로 맑음이었다. 세계적인 자동차 산업 불황 여파를 타고 몰아친 국내 자동차 업계의 일방적인 대규모 구조조정 방침에 노조가 극렬하게 항의하며 농성에 돌입한 장면으로 채워진 신문이었다. 노조의 공장 점거 농성이 결정되기 전에 공장 굴뚝에 올라갔던 간부들의 사진도 실려 있었다. 아득한 굴뚝에서 머리 위로 펼쳐든 띠 수건에는 '해고는 죽음이다'라는 구호가 적혀 있었다. 아들 며느리까지 매달려 꾸려온 가게가 아무런 보상이나 대책 없이 철거되는 억울함을 항의하던 나이 든 가장들의 죽음을 말하는 기사도 지속적으로 실리고 있었다. 장례를 미룬 주검이 안치된 영안실 대여료가 1억 원을 넘고 있다고 했다. 광화문에는 길거리에서 치러진 월드컵의 아쉬움을 채워줄 광장이 만들어졌으나 축제는 인정하지만 사람이 모이는 집회는 불허한다는 방침을 두고 칼럼과 논설은 연일 갑론을박했다. 그칠 비 같지 않게 빗줄기가 잦아졌다. 동료들이 모두 연행됐으므로 알아서 날씨에 대비해야 했다. 앉아 있는 공간만큼만 난간에 비닐을 덮어 천장을 만들고 옆으로 나와 우비를 챙겼다. 우비를 가지고 있으니 어지간한 비는 문제 될 것 같지 않았다. 단체 사람들은 둘만 남고 돌아갔다. 동료들이 한 명도 없는 역 광장의 천막 안 불빛이 여리게 아른거렸다.

4.

밤이 깊었다. 바람은 차가워지고 오솔한 한기에 명치가 떨렸다. 간혹 빨리 달리는 자동차 속도에 철탑이 울렸다. 전철역은 서늘한 불빛만을 달고 묵묵히 졸고 있었다. 첫차 시간이 다가오

신수원

기 전까지 역 근처를 오가는 사람은 없을 것이다. 떨리는 속을 진정시키며 심호흡을 했다. 어깨를 등 바깥으로 한껏 젖히고 숨을 길게 내뿜었다. 철탑 난간을 잡고 바라보는 하늘은 어둠 속에서도 스모그를 품고 있는 것처럼 멀고 무거웠다. 따뜻한 물 한 잔이 생각났다. 생수로 입을 축일까 싶었지만 차가운 것이 싫었다.

늦게 먹은 초밥 때문인 것 같았다. 속이 불편하고 배가 살살 아팠다. 분명한 변의는 엉덩이를 내놓고 있는 시간의 단축을 의미하는 좋은 징조라고 불안한 마음을 다잡았지만 계속해서 아픈 배가 심상치 않았다. 동료들도 없는 상황에서 큰 탈이라도 났거나 몸에 문제가 생겨서는 곤란했다. 천막을 지키고 있는 지원 방문자들에게 험하고 수선스러운 꼴을 보이는 것은 난감한 일이었다. 배앓이가 심해져 단체 사람들에게 의존해야 하는 상상은 몇 안 되는 대오로 싸움을 유지하고 있는 상황보다 더 초라하고 서글펐다. 침착하게 배를 달래며 몸이 보내는 신호에 촉각을 세웠다. 배가 꼬이듯 아프면서 부글거리기 시작했다. 참아서 달라질 상태가 아니었다.

오리 변기에 엉덩이를 까고 앉았다. 나는 주로 새벽 시간에 배변을 시도했다. 주위의 시선에서 그나마 놓여나는 시간이었다. 아무도 보는 사람이 없는데도 탑 아래를 지나는 취객은 없는지 상주하고 있는 담당 이 형사가 올려다보는 것은 아닌지 하다못해 원거리에서 CCTV라도 작동되고 있는 것은 아닌지 불안했다. 그런 불안을 안은 채 소변은 밤까지 참을 수 없어 벌건

대낮에 땡볕 아래서 해결했다. 오리 변기는 소변을 한 번만 봐도 출렁거렸다. 변기 받침을 들고 주둥이가 큰 페트병으로 옮겨 하루의 오줌을 모았다. 참기름이나 콩기름을 따르는 것 이상으로 긴장하고 조심스럽게 움직여도 깔때기 밖으로 흐른 오줌이 손이나 옷깃에 묻기 일쑤였다.

무서운 속도를 내며 달리던 자동차가 경적을 울렸다. 소리에 놀라 감았던 눈을 뜨며 난간을 꽉 잡았다. 빗물기가 남아 있는 철탑 난간의 습하고 싸늘한 기운이 손바닥을 감쌌다. 다시 마음을 진정시키고 눈을 지긋하게 감고 배설을 위해 집중했다. 오늘 먹었던 음식과 물의 양을 가늠하며 이 시간이 얼마나 길어질지를 생각했다. 아프던 배가 울퉁불퉁하더니 삐죽삐죽 물똥이 항문 사이로 비어져 나왔다. 묽은 변이 나오기 시작하자 커다란 소리가 염려되어 시원하게 힘을 줄 수가 없었다. 방귀를 몰래 뀔 때처럼 조금씩 힘을 조절하려 애를 썼다. 적막한 시간 몸을 빠져나가는 이물질들은 반드시 소리를 냈다. 아래 천막에서 잠이 든 지원 방문자들이나 광장에 차를 대고 밤을 새우는 담당 이 형사에게 들리기라도 할까 봐 가슴이 오그라들었다. 새벽녘 몸 밖으로 삐져나오는 소리는 아무리 의연하려고 해도 나를 수치스럽게 했다.

고공에서 치르는 배변의 불안과 소리의 수치스러움, 번거로운 절차가 끔찍해서 처음 며칠은 오리 변기를 사용하지 않고 참았다. 되도록 배변 횟수를 줄여볼 생각이었다. 가스가 차고 불러오는 배를 누르는 허리께가 빵빵해져서 속까지 더부룩해졌다.

참았던 배가 올챙이처럼 차올라 통증이 참을 수 없게 된 나는 더 이상 버티지 못하고 난생처음 오리 변기에 앉았다. 한 손은 철탑 난간을 붙잡고 한 손으로는 배를 누르며 가스를 내보냈다. 그날 나는 딱딱하게 나온 변을 곧바로 처리하지 못하고 오리 변기의 등을 닫아놓고 한참 동안 서서 멀리 하늘만 쳐다보았다.

물기가 많은 변은 변기에 깔았던 신문지가 소용없이 아래 소변통까지 경계 없이 흘러 있었다. 시큼하고 역한 냄새의 묽은 똥을 싸고 나자 창자가 꼬이듯이 아프던 배는 가라앉았다. 식중독이나 몸살 등으로 몸에 문제가 생기지 않은 것은 천만다행이었지만 오리 변기를 처리할 길이 막막했다. 일단 변기 뚜껑을 닫고 탑 반대편으로 밀어놓았다. 스산해진 날씨는 간혹 가는 비를 뿌리다가 멈추기를 반복했고 방향 없는 바람이 제멋대로 불었다.

고공에서의 밤은 차갑고 길었다. 굵은 굴뚝 원형을 따라 타원형으로 몸을 말고 토막 잠을 청했다. 난간 철근 사이로 발이 빠져서 균형을 잃고 비틀거리다가 겨우 위기를 넘겼다. 잠결에 몸을 뒤척인다는 것이 탑 난간 밖으로 밀려나 순식간에 땅으로 곤두박질쳤다. 묵직하게 둔탁한 소리를 내며 몸뚱어리가 바닥에서 박살이 났다. 과속 차량이 울리는 경적 소리에 놀라 잠에서 깼다. 탑에서 떨어지는 꿈과 더해져 공포가 느껴지는 굉음이었다. 두꺼운 파카 위로 드러난 목덜미는 식은땀으로 끈끈했고 때마침 스치는 바람에 등줄기가 서늘했다. 무슨 꿈이었는지 꿈을 꾸기는 한 것인지 한 순간 조금 전의 일도 기억이 선명하게 조합되지 않았다. 부들부들 떨리는 몸을 양팔로 부여잡듯 껴안았다. 까닭 모를 두려움이 고스란히 온몸을 짓눌렀다. 탑 기둥에 쪼그리고 앉아 다리 사이로 얼굴을 묻었다. 아래를 내려다볼 수 없어 눈을 감았다. 숨을 크게 들이쉬며 바라보는 고공의 하늘은 아득했다. 바람은 차갑고 하늘은 아직 동을 틔우지 않고 있었다.

5.

단추를 채우지 않고 걸친 우비 자락을 다잡아 여몄다. 몸을 움직이자 탑 기둥에 기대어 잠든 동안 접혀 있던 무릎이 찌릿하게 저렸다. 양쪽 어깨를 바깥으로 젖혀 심호흡을 하며 다리를 주물렀다. 전철 첫차가 아직 움직이지 않는 시간이었다. 광장이 소란스러워지고 있었다. 일어서려는데 저린 다리가 마비된 듯 힘을 주기 어려웠다. 주저앉아 급하게 다리를 주무르며 난간 사이로 광장을 내려다보았다. 웅성거리며 오가는 사람들은 단체 회원 서넛과 사복 차림의 형사들이었다. 휴대전화가 울렸다.

"서울 지역 해고자 회의 임영석이라고 합니다. 철제 난간을 강제 철거할 것 같아요. 다른 분들에게 아는 대로 모두 연락을 취했으니까 걱정하지 마십시오. 비도 오는데 개새끼들이 날을 잡은 것 같아요. 사람들 출근 시간 전에 끝내겠다는 건데요. 그러실 리 없지만 나쁜 마음을 먹으시면 안 됩니다. 민노총 당직자와 민변에도 연락을 했고 금방 많은 분들이 모일 겁니다. 걱정하지 마세요. 힘내십시오."

탑 위를 쳐다보며 다급하게 말하는 임영석이라는 사람의 목소리는 휴대전화에서인지 소리 높여 말하는 것이 육성으로 들리는 것인지 광장을 울리는 것처럼 크게 들렸다. 전경들과 낯선 사내들이 탑 주위로 겹겹이 매트리스를 설치하고 있었다. 소방차가 광장을 대낮처럼 밝히면서 들어오고 어느새 꼭대기에 사람을 실은 사다리차가 탑 쪽으로 붙고 있었다. 서서히 움직이는 사다리 소리를 들으며 나는 한 손으로 난간을 붙잡고 한 손을 치켜들며 구호를 외쳤다. 목소리 끝이 가늘게 떨렸다.

"성실 교섭 촉구한다, 비정규직 철폐하자."

가는 빗방울이 우비를 입은 어깨에 떨어지는 소리가 귓전을 때렸다. 오른쪽 사다리차로 전경 셋이 올라오고 있었고 왼쪽 사다리차에는 얼굴을 모르는 형사 둘과 담당 이 형사가 함께였다.

"진복연, 할 만큼 했잖아, 서로 좋게좋게 내려가자."

이 형사는 휴대용 확성기를 들고 말끝을 잘라먹으며 말했다.

"가까이 오지 말아요."

나는 큰 소리로 말했다. 높은 곳에서는 에코가 들어간 것처럼 말소리가 울렸다. 난간을 잡은 손이 빗물에 미끈거렸다. 빗줄기는 점점 굵어지고 있었다. 발아래 깔아놓은 스티로폼이 발을 움직일 때마다 꿈틀거렸다.

"자자, 어차피 뛰어내리지도 못하잖아. 고생하지 말고 내려가자니까."

이 형사와 사복에게 우산을 씌워주고 있는 전경의 얼굴은 굳어 있었지만 사복은 이 형사의 말에 노골적인 웃음을 지었다.

"성실 교섭 촉구한다, 비정규직 철폐하자."

사복의 비웃음을 느끼며 나는 난간을 잡은 손을 놓고 무의식적으로 입에 밴 구호로 악을 썼다. 진회색 하늘에서 떨어지는 빗방울이 얼굴을 적시고 시리게 목을 타고 흘렀다. 점점 사다리차가 옆으로 다가오고 있었다. 방향을 틀어 발을 떼는 순간 바닥에 깔았던 스티로폼 틈이 벌어지면서 무언가가 아래로 떨어졌다. 탑 아래에서 올려다보던 단체 회원들과 그동안 불어난 몇몇 사람들의 외마디 비명이 들렸다. 동료들에게 손 편지를 쓰기 위한 필기구와 휴지 등을 담은 작은 사물함과 그 옆에 있던 어제 하루 모아놓은 오줌 페트병이었다. 바로 발아래를 내려다보는 것이 두려웠다. 빗물에 젖은 몸과 새벽 한기에 몸이 와들와들 떨렸다.

"조심하자니까, 진복연, 어차피 내려갈 거잖아. 거 사람이 왜 그래. 똥오줌도 제대로 가리기 힘든 여기서 여자가 할 짓이 아니잖아? 좋게 내려가자."

이 형사는 떨어진 것이 오줌을 담은 페트병이라는 것을 알고 있었다. 새벽에 치르는 수치스러운 소리와 배설물을 꽁꽁 싸매서 바구니에 내려보내는 절차와 오리 변기 바닥에 담긴 오줌을 일일이 페트병에 모아 옮겨 담는 모든 것을 알고 있을지도 몰랐다. 어처구니없는 대우를 받으며 해고된 비정규직의 억울함과 서러움 때문이 아니라 모멸감이 치밀어 순간적으로 난간에서 뛰어내리고 싶은 충동이 일었다. 빗방울은 거세지고 이빨이 부딪치도록 추위가 느껴졌다. 발이 미끄러지면서 균형을 잃고 휘청거렸다. 발에 밀린 스티로폼이 벌어진 틈으로 아득하게 광장이 보였다. 이 형사의 사다리는 내가 서 있는 측면으로 얼굴을 알아볼 정도까지 가까이 다가왔다. 한 발만 잘못 디디면 벌어진 바닥 틈으로 발이 빠지거나 균형을 잃고 광장으로 떨어질지도 모른다는 두려움이 스멀댔다. 그들이 다가올수록 내 머릿속은 온통 처리하지 못한 오리 변기 생각뿐이었다. 잠꼬대로도 중얼거릴 비정규직 철폐 구호도 광장에 모인 사람들의 시선도 까맣게 생각나지 않았다. 묽은 배설물이 담긴 오리 변기를 어떻게든 처리해야 한다는 조바심이 일었다. 이 형사에게 또는 이 형사 옆의 저 사복에게 아니면 철탑을 철거할 누군가에게 모습을 드러내는 오리 변기를 생각했다. 수치스러움에 눈을 감았다. 몸이 떨렸다. 등 뒤쪽으로 접근하던 전경들이 탑 기둥 중간에 사다리를 대고 비정규직 철폐 현수막을 걷어내고 있었다. 나는 난간을 잡고 몇 걸음 뒤로 발을 옮겼다. 하늘색 주둥이를 한 오리 변기가 비를 맞고 있었다. 묽은 똥의 흔적이 누렇게 변기 밖으로까지 흘러나와 있었다. 나는 한 손으로 난간을 잡고 천천히 무릎을 굽혔다. 싸늘한 쇠파이프의 감촉과 물기를 머금은 녹 냄새가 훅 진하게 스쳤다. 한 손으로 뚜껑을 열고 변기를 들고 일어섰다. 이 형사와 또 한 명의 사복이 여전히 얼굴에 여유를 머금고 비웃듯이 나를 쳐다보았다. 빨간 휴대용 확성기를 입에 대고 다시 무언가 말을 하려는 이 형사가 탄 사다리를 향해 힘껏 오리 변기를 던졌다. 말안장처럼 신문지를 등에 얹은 하얀 오리가 빗속에서 공중을 날았다. 첫 전철을 타려고 서두르며 새벽 광장을 지나는 우산들이 커다란 점처럼 하나둘 늘어났다. 철길 저쪽에서 전철이 역으로 들어오고 있었다. 전철이 들어오는 진동 때문인지 추위 때문인지 난간을 잡은 두 팔에 경련이 일었다.

벌레

김
소
윤

**김
소
윤**

고려대학교 문예창작학과를 졸업했다.
2010년 〈전북도민일보〉 신춘문예로 등단했으며
2012년 《자음과모음》 장편소설상,
2018년 제6회 제주4·3평화문학상을 수상했다.
저서로 《코카브-곧 시간의 문이 열립니다》와
《밤의 나라》《난주》가 있다.

처음 벌레를 발견한 것은, 어두운 스탠드 불빛 아래서 공무원 수험서에 붉은 밑줄을 긋고 있을 때였다. 책에 밑줄을 그어야만 머릿속에 들어오는 것은 학창 시절부터의 습관이다. 하얗고 조그만 벌레는 붉은 밑줄 위를 재빠르게 기어가고 있었다.

나는 거의 무의식적으로 그것을 짓눌러버린다. 시험이 코앞인 내게 있어 개미보다도 작은 벌레 따위는 금세 잊힌다. 신경 쓸 거리조차 되지 못하는 것이다. 그러나 다시 붉은 펜을 들어 밑줄 아래 주석을 달고 있을 때, 똑같은 벌레 한 마리를 발견했다. 이번에는 다분히 의식적으로 그것을 눌러 죽이는 사이, 스탠드 곁을 기어가는 또 다른 놈을 본다.

그제야 의자를 빼고 방의 형광등을 켰다. 한 평 남짓한 고시원의 좁은 방은 최소한의 움직임 말고는 허용치 않는다. 덕분에 독방에 갇힌 무기수처럼 온몸이 뻐근하다. 두 팔을 쭉 뻗고 기지개 한번 켜기 쉽지 않은 탓이다. 암순응에 익숙하던 눈이 화사한 형광등 아래서 적응하지 못하고 연신 깜빡거리다 간신히 자명종을 더듬었다. 3시…… 두터운 암막 커튼이 드리워진 창 앞에서 새벽인지 오후인지 잠시 헷갈린다.

조금 전 분명 밥을 먹고 들어왔었다. 그렇다면 오후 3시다. 새벽에 밥을 먹으러 나가지는 않으니까. 천천히 책상을 살폈다. 스탠드 곁의 벌레는 하얗고 작은 몸뚱이를 민첩하게 움직이고 있다. 그것은 간혹 낡은 책 사이에서 보던 책벌레가 틀림없었다. 벌레를 가볍게 짓누르면서, 내가 너무 예민해진 것은 아닌가 자문한다.

기껏 이런 작은 벌레를 가지고서…….

다시 불을 끄려고 할 때, 나는 보았다.

침대 옆 벽에 점점이 붙어 있는 그것들을. 바닥에도 몇 마리, 책꽂이 사이에도 몇 마리……. 오랫동안 버리지 않고 놔두었던 종이컵을 들추자 서너 마리가 한꺼번에 몰려나온다. 사람과 함께 사는 해충이라면, 쥐, 바퀴벌레, 모기, 파리…… 이런 게 아니던가?

그것들도 끔찍하기는 마찬가지지만, 이 낯선 벌레 떼는 더욱 징그럽다. 손에 잡히는 대로 티슈를 뽑아 벌레들을 누르고 쓸어 담았다. 지금 놓치면 어딘가 숨어들지 모른다는 두려움에 가슴이 두근거릴 정도였다. 책상과 바닥을 닦고 침대를 살피고 방

김소윤

안의 쓰레기를 모두 버렸다. 오랫동안 청소를 하지 않은 탓일까, 헌책을 여러 권 사 온 탓일까, 이런저런 후회마저 들었다.

마지막으로 책을 한 권씩 뽑아 위, 아래, 옆면까지 샅샅이 살폈다. 뽑아 드는 책마다 어김없이 벌레가 붙어 있다. 나는 점점 울고 싶어졌다. 이것들이 어디에 숨어 있는 줄 알고 전부 잡는단 말인가. 앉아 있던 의자를 털고 내 몸에 기어 다니는 것은 아닌지 살피고 손을 씻고 미친 듯이 옷을 벗어 던졌다. 벌레가 한 마리 달라붙어 있던 이불까지 돌돌 말아 세탁기에 밀어 넣고 고온의 세탁 버튼을 누른다. 그 정도는 되어야 보이지 않는 것까지 다 죽일 수 있을 것 같았다. 침대에는 얇은 무릎 덮개 하나만 깔았다. 진한 갈색이라 하얀 점이 눈에 띌 것이다.

이렇게 한 시간가량 벌레와 사투를 벌이고 난 뒤에야 포털 지식검색 사이트가 생각났다. 의자를 몇 번이나 닦고 확인한 후에야 불안하게 걸터앉아 휴대폰을 켠다. 몇 번의 검색과 여러 사람의 답변을 거쳐 이것의 실체를 찾아냈다.

먼지다듬이
몸길이가 1~3mm 정도 되는 미세 곤충이다. 그 때문에 알의 이동이 용이하여 확산이나 번식력이 크다. 생존 적정 습도는 75~80% 정도이고, 먼지나 미세한 균, 곰팡이 등을 먹고 산다. 주요 서식처로는 습한 바닥, 배관 틈새, 벽 틈새, 화분 주위, 목재 가구류, 책이나 종이 사이, 적재된 종이상자, 나무껍질 속, 해묵은 돌 표면, 낙엽 속 등지이다.

한 마리 표본을 잡아 자세히 비교한 결과, 사진도 일치한다. 엄지손톱만 하게 확대되어 버젓이 나붙은 그것은 보기만 해도 끔찍하다. 서둘러 박멸 방법을 찾았다. 비록 작은 방을 한 칸 얻어 쓸 뿐이지만, 이곳은 엄연히 나의 집이자 내 세계의 전부였으므로.

그러나 아무리 탐색해봐도 긍정적인 반응이 별로 없다. 사람들은 하나같이 이 벌레가 여간해선 없어지지 않는다고 호소했다. 심지어 유명 해충 박멸업체마저 완전한 박멸은 어렵다는 반응이었다. 더구나 지금은 장마가 시작되는 7월이다. 벌레는 습한 곳을 좋아하고 책이나 종이 사이, 벽 틈새를 좋아한다고 했다. 내 방은 반지하에다 지난 3년간 쌓인 수험서와 헌책들이 가득했다. 창문 앞은 시멘트로 약간의 여분 공간을 만든 벽이었고, 그 벽 너머는 또 다른 고시원이다. 나는 한숨을 내쉬고 휴대폰을 껐다.

일단은 며칠 더 지켜보기로 한다. 그래, 어쩌면 기분 탓인지도 모른다.

낙관은 언제나 사치였다. 벌레는 죽여도 죽여도 끝없이 나온다. 출처는 분명치 않았다. 창틀에서 넘어오고 책장에서 나오고 벽에서도 기어 나왔다. 방을 둘러싼 사방의 벽이 그것들의 천국이었다. 학원 수업도 없는 요즘, 나의 생활공간은 그 한 평의 방에 한정되어 있다. 스물네 시간 중 잠자는 여섯 시간을 제외하면 열여덟 시간 내내 벌레를 생각하고 벌레를 찾고 벌레와 함께

김소윤

하는 셈이었다. 그나마 잠자는 시간에도 몸을 스멀스멀 기어 다니는 느낌에 몇 번이나 잠에서 깨고, 책을 볼 때도 글씨보다 벌레의 흔적을 찾는다. 그래도 불안해서 창틀이며 벽면이며 구석구석을 살피느라 눈이 빠질 지경이다.

나는 마침내 분연히 일어났다. 이대로는 견딜 수가 없다.

"벌레요? 그냥 개미 아니에요?"

몇 년째 경찰 시험을 재수 중이라는 고시원 총무의 반응은 시큰둥했다.

"그게 아니라, 먼지다듬이! 책벌레라고 하는 그거 말이에요."

벌레와의 신경전으로 지칠 대로 지친 나는 짜증스럽게 말했다.

"이름이 뭐든 간에요. 그게 어쨌다고요?"

"제 방에 우글우글해요! 벽에도 책에도, 치워도 치워도 우글우글!"

수험생이 무슨 머리를 다 볶았을까, 최신 유행하는 헤어스타일의 총무를 한심한 눈으로 훑으며 소리쳤다.

"가서 봅시다. 보고 이야기해요. 바쁜 시간에 거참⋯⋯."

그는 노골적으로 귀찮아하며 자리에서 일어났다.

성의 없이 어슬렁거리는 그를 데리고 방에 들어설 때, 나는 부끄럽지 않을 수 없었다. 오래도록 혼자만 누려오던 사적인 공간은 외부로 이어질 준비가 전혀 안 되었다. 여기저기 널어진 젖은 빨래며 온갖 책, 정리되지 않은 짐들이 수북이 쌓여 작은 방을 더욱 작게 만들었다. 노량진 가장 끄트머리에 신축된 이 고시원으로 옮겨온 것은 반년 남짓 되었다. 반년 동안의 외롭고 지난했던 내 생활은, 이곳저곳을 노골적으로 훑어보는 그에 의해 파헤쳐지고 유린된다. 이윽고 그가 판결문을 읊조리듯 말했다.

"짐이 이렇게 많고 책도 많으니 책벌레가 나올 수밖에 없겠네요."

나는 항변했다.

"제 잘못으로 벌레가 생겼단 말이에요?"

"말이 그렇단 거죠. 별로 보이지도 않는데 그러시네……."

그는 달래듯 말하면서 대수롭지 않게 넘어가려 했다.

"다른 사람들에게도 물어보면 될 거 아니에요? 이 건물 어딘가에 벌레들 서식지가 있는 게 틀림없어요. 새 건물이라 믿고 들어왔더니 겉만 번지르르하고 속은 말짱 헛것이지 뭐예요!"

앙칼진 내 외침에 그가 머쓱한 듯 머리를 긁었다. 지난 3년 동안 다른 데 드는 돈은 철저히 아꼈지만, 고시원만은 깨끗한 곳에 있자는 것이 원칙이었다. 멋모르고 처음 들어갔던 23만 원짜리 방은 낡은 데다 바퀴벌레가 나와서 당장에 나와버렸다. 그다음 방은 28만 원짜리였는데, 방도 깨끗하고 위생 상태도 좋았지만 수시로 정전이 되거나 공사 소음이 심해 나왔다. 그다음, 그다음도 마찬가지였다. 노량진 어디서나 밀려드는 수험생을 수용하기 위한 공사가 끝없이 이어진다. 돈을 버는 것은 건축업자나 고시원 원장들뿐이다. 마지막으로 택한 이곳은 반지하인 데다 그 전보다 몇 뼘 정도 작은데도 32만 원이나 주고 들어왔다. 언덕배기에 자리해 근처가 조용하다는 것과 신축 건물이라는 이유 하나 때문이었다.

김소윤

그런 비싼 방이 벌레 소굴이라니! 나는 그를 끌고 옆방 문을 두드렸다.

"아, 그 하얀 벌레요? 그거 뭐예요? 팔에 기어다니길래 살충제 사다가 뿌렸는데……."

옆방에 사는 여자는 임용고시 준비생이다. 임용고시 준비생은 공무원이나 경찰 시험 준비생과는 분위기가 사뭇 다르다는 것이 내 주관적인 생각이었다. 아무래도 교원자격증 때문에 상대적으로 응시자 수가 적고, 스터디와 같은 활동을 지속하는 이들이 많기 때문일 것이다. 그들은 어떨 땐 노량진 '밖'의 평범한 사람 같았고, 그것은 굉장히 당연한 일이면서도 또 특별한 일이었다.

여자의 방에서 향긋한 레몬 향이 퍼졌다. 유명 메이커의 트레이닝복은 단정하고, 단발의 갈색 머리를 깔끔하게 묶어 올렸다. 그 모습이 내 눈에도 청결하고 어여뻐서 총무라는 이가 헤벌쭉 웃으며 인사하는 것을 이해하고 만다.

"왜요? 그게 뭔데요? 종종 보이던데……."

명랑하게 묻는 여자의 눈에는 어떤 의심이나 불쾌함도 없었다. 벌레 같은 건 사소한 일로 치부할 수 있는 여유가 있을 뿐이다.

"아닙니다. 이분이 좀 예민하신가 봐요. 신경 쓰지 마세요."

총무는 연신 미소 지으며 정답게 말했다. 나만 우스운 꼴이 될 순 없었다.

"그 벌레요, 책벌레예요! 그거 많지 않아요? 벽에도 기어 다니고 창 쪽에서도 넘어오고…… 여기저기 물건에도 붙어 있잖아요."

여자가 도전적인 나의 태도에 놀랐는지 한 걸음 뒤로 물러선다.

"글쎄요. 잘 모르겠는데……."

총무가 빙긋이 웃으며 나를 돌아봤다. 거 보라고요, 자신만만한 물음이 담긴 얼굴이었다. 다른 사람들도 마찬가지였다. 보지 못했다거나 별거 아니라는 식이다. 한 바퀴 고시원 순회를 마치고 난 뒤, 나는 사소한 것에 집착하는 이상한 사람이 되어 있었다.

기운 없이 방으로 돌아왔다. 방문을 닫자마자 수없이 밀고 닦았던 방 안을 다시 꼼꼼히 살핀다. 며칠 사이 새로 생긴 습관이었다. 아니나 다를까, 또 여기저기 벌레가 붙어 있다. 그것을 나의 환상이라고 누가 말할 수 있을까. 내 손끝에 눌려 죽는 그것은 분명 실재하는 사실이었다. 뻔뻔하더라도 내가 직접 다른 방을 살펴볼걸 싶다. 의자에 앉기 전에 에어컨을 강하게 켰다. 따뜻하고 습한 것을 좋아한다고 하니 에어컨 바람에 꽝꽝 얼어 죽을지 모를 일이다.

책상 위에는 며칠 전부터 보던 수험서가 비슷한 페이지로 놓여 있었다.

이런 식이라면 이번에도 낙방이다. 금의환향은 고사하고 평범한 귀향조차 어려울 것이다.

지난달, 석 달 만에 집에 내려갔었다. 부모님은 퇴직 공무원

김소윤

으로 제법 연금을 받고 생활은 편안한 편이지만, 자식들의 독립에는 단호했다. 매달 고시원비를 포함해 60만 원을 지원받고 일주일에 한 번가량 안부 전화를 나눌 뿐, 특별한 격려나 위로는 없다. 사실상 두 분의 여유로운 노후 생활 속에서 단 하나의 짐은 나였다. 위로 언니 둘과 남동생 모두는 진작부터 각기 다른 직종의 공무원 생활을 하고 있고, 오직 나만이 서른이 다 되도록 대학원을 간다, 만화를 그린다 뜬구름만 잡고 있었다. 마지막 공모전에 낙선한 후 공무원 시험 준비를 하겠노라 선언했을 때 두 분은 그제야 안도하며 기뻐했다.

그래, 너라면 올해 안에 될 거다. 우리가 어떻게든 뒷바라지를 하마.

그러나 나는 해를 넘기고 또 넘기도록 합격하지 못했고, 올해로 3년을 꼬박 채우고 있다. 두 분의 얼굴은 만날 때마다 더 어둡고 주름도 늘어간다. 결혼한 큰언니는 조카를 데리고 와 이모에게 재롱을 부리고, 작은언니는 결혼 준비를 한다고 패물 수를 헤아렸다. 남동생은 여자 친구가 내년쯤 결혼을 조른다고 은근히 내 눈치를 보고 있었다. 그렇게 오직 나만 무리에서 떨어진 낙오자 같았다. 서울역에서 달려온 버스가 노량진 앞 육교에 나를 토해놓고 돌아가면, 오히려 마음이 놓였다. 줄지어 선 포장마차에 빽빽이 늘어선 수험생들 속에서 2000원짜리 토스트로 허기를 달래노라면, 모두가 나처럼 낙오자란 생각에 기운이 솟기까지 했다.

이젠 지난 시간이 아까워 되돌릴 수도 없다. 올해가 마지막이다. 죽기 살기로 해보고 안 되면 연기처럼 영영 사라지는 수밖에 없다. 가족들에겐 이대로 돌아갈 수가 없고, 세상 속에서 실패자란 낙인을 감당할 자신도 없었다.

딱 일주일만 버렸다 생각하자 스스로를 달랬다. 자괴감은 곧 자멸이다. 최선만이 유일한 방법이었다. 먼지가 수북이 쌓인 헌 수험서와 책들을 하나씩 살피며 분류했다. 그것들을 퇴치하기 위한 첫 번째 방책이었다.

먼지와 책과 종이 사이를 좋아함

메모지에 동그라미를 치며, 서너 차례에 걸쳐 헌책과 묵은 종이상자들을 내버렸다. 남은 수험서들은 물티슈로 잘 닦아 새로 사 온 상자 속에 차곡차곡 넣었다. 시험을 앞두고 대청소나 하고 있는 게 한심했지만, 어쩔 수 없다.

따뜻하고 습한 것을 좋아함

또 동그라미를 쳤다. 에어컨을 내내 틀어놓은 조그마한 방 안은 이미 냉장고 속이나 다름없다. 푹푹 찌는 7월 하순이건만, 한없이 온도가 내려가는 방에 쪼그리고 앉아 짐을 정리하자니, 허리와 손끝이 얼어붙을 것 같다. 상자 속에 처박혀 있던 겨울 잠바를 찾아 입었다. 그래도 에어컨을 끌 수는 없다. 내가 힘든 것

김소윤

보다는 벌레들이 더 힘들 것이다. 실제로 재빠르던 움직임이 얼마쯤 둔화된 것 같다. 나는 쾌재를 부른다. 좋다, 좋아. 박멸까진 아니어도 쫓아낼 순 있다. 희망이 샘솟았다. 이런 쓸모없는 일에 절망하고 희망한다는 것은 얼마나 우스운 일인가. 그러나 지금 이 순간 내게 있어 그보다 더 간절하고 긴박한 일은 없었다.

나프탈렌을 싫어함?

동그라미를 치려다 말고 물음표를 찍었다. 나프탈렌? 그건 좀약이 아니던가. 하지만 이내 의구심을 버린다. 포털 사이트의 지식인을 믿는다. 좀약이 아니라 무좀약이라도 바르라면 바를 수 있다. 지갑을 들고 10분 거리의 마트로 달려간다. 나프탈렌, 락스, 돋보기, 플라스틱 상자 여러 개를 골랐다. 한 달 생활비가 거의 떨어져가고 있었지만 김밥 한 줄로 끼니를 때우더라도 여기에 돈을 아낄 수는 없다. 약국에 들러 그것들에 효과적이라는 살충제도 하나 샀다. 한 보따리 짐을 짊어지고 돌아오는 길이 그렇게 든든할 수 있다니. 나는 짐의 무게도 느끼지 못하고 신이 나서 언덕을 올라갔다.

"여봐요, 104호님!"
고시원 현관문을 들어서는데, 총무가 조막만 한 창문에 얼굴을 대고 짜증 어린 목소리로 부른다. 참으로 주객전도가 아닐 수 없다. 짜증을 낼 사람은 바로 나라는 걸 왜 모른단 말인가.

"왜요?"

나도 신경질적으로 되물었다.

"저거, 저거 보세요."

그가 고개를 외로 꼬며 가리킨 곳엔 내가 버린 쓰레기들이 수북했다.

"분리수거도 제대로 안 하고 마구 버리시면 어떻게 합니까?"

책과 종이상자 외에도 그간 쌓인 잡동사니를 한꺼번에 버린 게 화근이다. 명백한 잘못에 대해 변명할 염치가 없어서 묵묵히 잔소리를 들었다.

"정리하려면 시간이 얼마나 드는지 알아요? 104호님만 수험생 아니잖아요. 저도 일하면서 공부하는 게 쉬운 줄 아세요? 뭔 말도 안 되는 벌레 가지고 트집을 잡으시더니만, 이젠 저런 거로 스트레스를 주시냐고요."

그는 104호란 내 방 호수를 또박또박 발음했다. 이곳에서 나는 이름이 없다. 누구도 나를 불러주지 않는다. 불러주길 바라지도 않았다. 통성명이니 친분이니 하는 것은 낙방으로 이어질 지름길이다. 오늘은 별수 없이 한걸음 물러서기로 했다. 벌레 퇴치 작전이 모두 통하지 않는다면, 미스코리아 대회에나 나갈 법한 사자 머리에 진한 향수를 풍기며 나타나는 그 고시원 원장에게 따져 물을 테니까.

"미안해요. 이거라도 드시고 화 푸세요. 다음부턴 조심할게요."

다음 생활비가 올 때까지 근근이 지내느라 아끼고 아껴서 샀

김소윤

던 싸구려 캔 커피를 내밀었다. 내 유일한 사치품을 그에게 양보하는데도, 그는 찌푸린 얼굴로 마지못해 받아 든다.

"앞으로 주의해주세요."

아니꼬운 태도를 당장이라도 따지고 싶지만, 총무와 관계가 나빠져봤자 좋을 것도 없으니 참기로 한다. 방값 지불을 며칠 연장해준다거나 꼭대기 층의 자그마한 독서실 자리를 맡아놓는 것이나 식당에서 김치를 얻는다거나, 이 작은 세상에서 그의 힘이 닿지 않는 일이 없었다.

분을 풀지 못하고 침대에 걸터앉는데, 침대 머리 벽을 기어가는 그것이 보인다.

절로 한숨이 나왔다. 벌떡 일어나 사 온 것들을 풀어놓는다. 먼저 나프탈렌을 책장 사이사이, 서랍 칸칸이, 침대와 책상 밑, 옷장 속과 바닥, 심지어 벽에도 붙인다. 그것의 지독하면서도 자극적인 냄새가 피어올랐다. 콧속이 간질간질하더니 이내 콧물이 흐른다. 약의 화학작용 때문일까? 내 몸에도 좋은 영향을 끼칠 리 만무하다. 그러나 상관없다. 약이 독할수록 그것들에게도 치명적일 테니까. 다음은 락스 차례다.

창밖에 연결된 창고 같은 공간은 반지하 방들을 보호하기 위해 만든 것이었지만, 비가 계속되는 사이 습기의 원천이 되어 지독한 곰팡내가 피어났다. 며칠간 관찰한 결과 벌레들이 그쪽으로부터 창틀을 타고 넘어오는 것이 틀림없다.

아니나 다를까 오늘도 창틀엔 그것들이 개미 떼처럼 바글바글하다. 나는 독성이 강한 락스를 원액 그대로 창틀에 붓는다.

후각을 마비시키는 강렬한 락스 냄새가 치켜 올라와 고개를 돌렸다. 그나마 향이 있는 락스로 고르기를 잘했다 싶다. 창틀을 찰방찰방 채운 락스 위로 그것들의 시체가 둥둥 떠올랐다. 하하, 나도 모르게 웃다가 깜짝 놀라 입을 꾹 다물었다.

언제 이렇게 웃어보았던가. K가 내게 마지막으로 돈을 빌리던 날이었던가?

거리에 나서면, K는 늘 한 걸음 앞서 종종걸음을 했다.
"같이 가면 안 돼?"
"소문나면 안 돼. 이 바닥 몰라?"
그는 노량진 골목을 그득 채운 수많은 학원 중 한 곳의 젊은 영어 강사였다. 유명하거나 인정받은 강사는 아니었다. 세트 강의 하나를 간신히 맡은 생업용 강사다.

그해 겨울, 거리에 삼겹살집이 하나 생겼다. 거리를 가득 메운 고기 굽는 냄새가 잊고 있던 식욕마저 맹렬히 자극했다. 그래도 혼자서 들어갈 용기는 없었다. 그때 그를 만났다. 취했는지 비척비척 걸어오다 삼겹살집 앞에 멈춰서 담배를 하나 빼 물었다. 그의 수업을 세 번 이상 들었으므로 내 쪽에서는 그를 아는 셈이다. 나도 모르게 고개를 꾸벅하자, 그가 나를 뚫어져라 쳐다본다.

"어? 나 학생 아는데……. 내 수업 받았잖아."
나를 알아본 것에 감격했다. 선생님의 부름을 받은 어린 학생처럼. 그가 내 얼굴과 삼겹살집을 번갈아보다 내뱉은 말에는 더

김소윤

욱 감동했다.

"……고기 좀 먹을래요?"

소리 내어 답을 했는지 열심히 고개를 끄덕였는지 기억나지 않는다. 나는 냉큼 그를 따라 식당으로 들어섰다. 자존심이나 어색함 따위를 다 버려둘 수 있을 만큼, 정말로 고기가 먹고 싶었다. 아니, 그 뿌연 기름 연기 속에서 누군가와 마주 앉고 싶었는지 모른다.

그를 만난 석 달 동안, 나는 일주일에 한 번 이상 삼겹살을 먹을 수 있었다. 그러나 동시에 통장에 있는 잔고 150만 원도 모두 사라져버렸다. 분명히 말하건대, 그가 달라고 한 적은 없다. 하지만 어느 때나 그는 돈이 급했고, 나는 오래전 소소한 알바로 모아두었던 돈을 내주지 않을 수 없었다. 월급을 꼬박꼬박 타고 있는 그가 왜 나보다 쪼들리는 것인지 의심도 하지 못했다. 적어도 그땐 그를 사랑한다고 생각했으니까. 그와의 사랑이 내 영혼을 구원하고 있다고 믿을 정도였으니까. 지금 생각해보면, 나는 노량진의 첫 살이에 지쳐 그만큼 배가 고프고 외로웠던 것이다.

마지막으로 20만 원을 건네던 날, 그는 말했다.

"네가 없었다면, 난 이곳을 견딜 수 없었을 거야. 내가 나중에 열 배 스무 배로 갚을게."

그의 눈은 진심 어린 감회로 촉촉하게 젖었고, 따뜻한 두 손은 내 손을 꼭 쥐고 있었다. 나는 슬그머니 웃었다. 내가 그의 구원이 되었다는 것이 그렇게 기쁠 수 없었다. 세상에서 내가 쓸모

있어진 첫 번째 순간인 것처럼. 내 웃음소리는 어느새 골목길을 가득 메우고 있었다.

하지만 그 뒤로 그를 보지 못했다. 그가 주말마다 카지노에 살다시피 했고 사채업자들이 학원까지 쫓아왔다는 소문만이 학원가에 떠돌았다.

나는 이곳을 벗어날 때까지 누구와도 통성명을 하지 않겠다고 다짐했다.

더 이상 배도 고프지 않고 외롭지도 않았다. 삶이란 원래 무채색인 것처럼 고단하고 지루하게 흘러갔다. 반복되는 수업과 밤샘, 홀로 먹는 식사가 내 생활의 전부였다.

나프탈렌과 락스 냄새가 뒤섞인 방은 낡은 옷장이나 화장실 같은 기분이 들었지만, 오히려 그 지독한 냄새가 나를 지키는 듯 안심이 되었다. 오랜만에 책상 앞에 앉아 공부를 한다. 마음이 안정되어 페이지도 제법 넘어간다. 이제 벌레만 없어지면, 원래의 패턴대로 시험 준비에 돌입할 수 있을 것이다. 앞으로 한 달도 채 남지 않았다. 벌레 때문에 허비한 시간을 생각하면 잠잘 시간도 모자라다.

그렇게 허망한 희망으로 한 주간을 더 버텼다.

그러나 벌레는 내 집에서 떠나갈 의향이 전혀 없어 보였다. 거울 속의 내 안색은 창백했고 맑은 콧물도 멈추지 않았다. 나프탈렌과 락스 때문이겠지만 치워버릴 엄두는 나지 않았다. 큰 효과는 없지만, 이것마저 없다면 벌레들이 더욱 몰려올지 모른

김소윤

다. 절망적인 기분으로 우두커니 앉아 있을 때, 영선의 전화가 걸려왔다. 영선은 노량진에 있는 유일한 고향 친구다. 벌써 두 달 가까이 만나지 못했다. 늘 내 쪽에서 공부를 핑계로 만남을 거절한 탓이었다. 하지만 오늘만은 나에게도 누군가 필요하다.

영선은 내 얘기를 다 듣고 고개를 갸웃거렸다.

"벌레? 그런 벌레가 다 있나? 어릴 때 보고 못 본 거 같은데……."

"너희 고시원엔 없나 보지. 우리 고시원은 벌레 소굴인데, 아무도 그걸 몰라줘."

영선이 고개를 끄덕이며 안쓰러운 얼굴을 했다. 역시 친구뿐이란 안심이 드는 순간, 가벼운 웃음소리가 따라붙었다.

"네가 요즘 힘든가 보다. 그런 거에 신경을 다 쓰고……."

그 말에 나는 적잖이 실망했다.

"기분 탓이 아니야. 정말로 그것들이 엄청나게 많다고."

나는 종이컵에 든 커피를 벌컥 마셔버렸다.

"고시원 원장한테 말을 해봐. 요즘 방역업체도 좋은 데가 많잖아. 불러서 소독하고 관리도 받으면 효과가 있을 거야. 아니면 방을 바꿔달라고 하든가. 그래도 벌레가 나오면 다음 달에 다른 곳으로 옮기면 되잖아."

영선은 내가 심상치 않아 보였던지 조곤조곤 말했다. 원장이 오는 날을 생각해본다. 예전에 듣기로, 원장은 가끔 들러서 6층의 자기 방에 머문다고 했었다.

"시험은 어때? 난 이번 지방 시험은 포기해야 할까 봐."

영선이 한숨을 쉬며 말했다. 영선도 반년 전부터 나와 같은 공무원 시험에 뛰어들었다. 친구마저 이 끝없는 터널에 빠져드는 게 무서워 만류했지만, 본인도 선택할 여지가 없다고 했다.

"나도 그렇지. 벌레 때문에 지난주에도 책을 거의 못 보고⋯⋯."

"그런데 넌 왜 그 시험만 고집해? 다른 시험도 보지."

영선은 내가 매년 여름에 있는 7급 시험만을 준비하고 있다고 생각한다. 7급 시험을 준비하는 건 맞지만, 실은 9급 시험이든 소방직이든 닥치는 대로 보고 있었다는 것은 모른다. 그럼에도 불구하고 언제나 낙방이었다는 것이 친구에게도 거짓말을 하는 이유였다.

"한 우물만 파려고⋯⋯."

미소를 짓고 싶었지만 입술이 올라가질 않았다. 그러면서 내가 이것저것 기웃거리고 있어서 아무것도 합격하지 못하는 건 아닐까, 핑계를 찾는다.

"다음 주엔 재현이랑 롯데월드 가기로 했는데, 수험생이 이래도 되나 모르겠어."

영선의 남자 친구는 잠실에 살고 있는 직장인이었다. 그래서일까. 영선은 여전히 '사람다운' 생활을 유지한다. 낙방을 해도 별로 실망하지 않는다. 나는 그런 영선이 부러웠다.

영선과 헤어져 돌아오는 길, 원장을 독대하겠다고 결심한다. 어떻게든 이번 일을 마무리 지어야만 이 지옥의 터널에서 벗어

김소윤

날 수 있다.

"원장님요? 왜요?"

총무는 의심스러운 눈으로 나를 훑었다.

"드릴 말씀이 있으니까 만나게 해주세요. 오늘 꼭 만나야겠어요."

나는 한 마디 한 마디 힘주어 말했다. 방 안에 가득한 벌레와 그것들을 죽인 화장지가 수북한 것을 생각하면 없던 용기도 생겼다.

"오늘 마침 계시긴 하는데……."

그가 떨떠름한 얼굴로 전화를 들었고, 한참 후에 가까운 엘리베이터 소리가 났다. 원장은 오늘도 파마 머리를 아름답게 부풀리고 진한 향수 냄새를 풍긴다. 호피 무늬 민소매 셔츠를 입고 나타난 것도 어딘가 그녀답다. 떠도는 소문 중에는 조폭 애인이란 이야기도 있었다.

"무슨 일이죠?"

주먹을 꼭 쥐고 자꾸만 떨리는 마음을 다잡으려 했지만, 주책없는 심장이 쾅쾅 빠르게 뛰기 시작한다. 요즘 들어 점점 더 사회성이 떨어지고 있었다.

"벌레가요. 하얀 벌레가 엄청나게 많아요. 방에요. 화장실에서도 몇 마리 발견했어요. 책에서도 나오고 벽에서도 나오고, 창틀에도 많고요."

원장의 눈이 날카로워졌고, 뒤에선 총무의 무거운 한숨이 느껴졌다.

"제가 어떻게든 참아보려 했는데, 이건 정도 이상이에요. 방역업체를 불러서 소독을 해주시든지 방을 옮겨주세요. 안 그러면 다른 곳으로 갈 테니 환불을 해주시고요."

원장의 매서운 눈초리에 짓눌려 마른침을 몇 번이나 삼켜야 했다.

"그러니까."

얼음을 갈아 넣은 듯 차가운 목소리였다.

"우리 건물에 벌레가 많고 아가씨 방에도 그 벌레가 나온단 말이지요?"

나는 주눅 든 아이처럼 힘없이 고개를 끄덕였다.

"벌레라면 나도 싫어하니까."

원장이 미심쩍은 눈으로 총무를 보았다.

"저번에도 이분이 말씀하셔서 살펴봤는데요. 별로 없어요. 다른 사람들도 말이 없고요."

총무는 땀을 흘리며 변명을 했다. 자신에게 불똥이 튈까 봐 걱정스러운 모양이었다.

"제가 한번 가보죠. 몇 호인가요?"

원장이 나와 총무를 따라 걸어왔다. 뭉툭한 굽이 높다란 그녀의 암갈색 실내화가 딱딱 소리를 내며 복도에 울린다. 방문을 열자 공중화장실과 비슷한 냄새가 확 밀려 나왔다. 얼굴이 붉어졌다.

"그 벌레 퇴치에 좋다고 해서, 어쩔 수 없이……."

김소윤

둘은 정말로 놀란 듯했다. 원장은 차마 들어서지도 못하고 고개만 들이밀고 살핀다. 방 안은 정상적이라고 할 수는 없었다. 나프탈렌이 여기저기 놓여 있고 플라스틱 상자에 밀폐된 책들, 벽과 거리를 두어 떨어뜨려놓은 침대……. 나 또한 무안해져 입을 다물고 원장의 눈치만 살폈다. 총무는 무언가를 발견한 듯 내키지 않는 걸음으로 들어와 창틀을 본다. 락스에 잠긴 흰 창틀은 누렇게 변색되고 있었다.

"104호님! 이런 식으로 하시면 저희 건물을 손상시키시는……."

"총무, 알았으니까 나와."

내게 항의하려는 총무를 원장이 끌어냈다. 나도 주인의 눈으로 바라보면 미안하긴 했지만, 다 그놈의 벌레 때문이다. 결코 내 탓이 아니란 말이다.

"방역업체 의뢰해서 깨끗하게 처리해달라고 해."

총무실 앞까지 함께 걸어온 원장이 총무에게 말했다. 나는 그녀의 손등에 키스라도 할 수 있을 만큼 기뻤다.

"정말 감사합니다."

내 인사에 원장은 고개를 까딱해 보이고 엘리베이터에 올라탔다. 총무는 얼굴이 붉으락푸르락하다. 나는 휙 돌아서 사뿐사뿐 복도를 걸어 벌레의 방으로 되돌아온다. 업체의 전문가들이라면 분명 이 문제를 해결해주리라. 시험에 붙은 것보다도 마음이 가벼웠다.

기쁨이 더 큰 실망이 된 것은, 불과 이틀 후였다.

이틀 동안 나는 억지로나마 그것들과 즐거운 동거를 할 수 있었다. 마지막이라는 생각에서였다. 하지만 이틀 후, 총무는 업체의 소독 방식이 고시원 사정에 적합하지 않아 도저히 방역을 할 수 없다고 했다. 천국에 매달린 내 동아줄이 순식간에 지옥의 나락으로 떨어진 셈이다.

"대신 원장님이 다른 방으로 옮겨주라고 하시네요. 마침 403호가 났는데, 4층이면 햇빛도 잘 들고 송풍도 잘되니 벌레 얘기는 없으시겠지요. 옮기시기 전에 방부터 확인시켜드릴 테니, 뒷말 없으셨으면 하고요. 나가실 생각이면 미리 말씀해주세요. 중간에 환불은 안 되니까요."

그는 내 방을 다녀간 후로 나를 정신이 약간 이상한 사람으로 취급한다. 눈도 마주치지 않고, 내가 지나가면 사람들과 키득거릴 때도 있었다. 그것도 정말 나의 기분 탓일까.

우리는 4층으로 함께 올라가 방을 확인했다. 막 짐을 뺀 듯 사람의 체취가 아직 남아 있는 깨끗한 방이다. 오후의 오렌지 빛 햇살이 눈부시게 쏟아지고, 더위가 한풀 꺾인 따뜻한 바람이 젤리처럼 말랑말랑하게 밀려들었다. 어쩌면 당연할 오후의 풍경이 내게는 낯설기만 하다. 지금 이 시간에도 반지하의 내 방은 비가 내리듯 어둡고 축축할 것이다. 그래, 이곳이라면…… 그 따위 벌레는 없을지 모른다. 나는 방을 구석구석 살펴본다. 제발 그것들이 보이지 않기를 소망하면서.

"여기 쓰던 분이 합격해서 나갔으니, 운이 좋은 방이에요."

　　　　　　　　　　　　　　　　　　　　　　김소윤

총무가 무슨 생각에선지 명랑한 목소리로 말했다. 여전히 조바심을 떠는 내 모습이 측은했던 걸까? 그래, 여긴 좋은 방이다. 그동안 내가 운이 없었던 거다. 그렇게 되뇌던 순간, 벽을 타고 재빠르게 천장으로 기어오르는 그것을 보았다. 한 마리가 아니다. 띄엄띄엄 간격을 두고 기어오르는 하얗고 조그만 벌레들. 나는 그만 저항을 할 의지도 잃고 입을 벌리고 서 있을 뿐이다. 상황을 모르는 그가 두툼한 입술을 크게 벌리고 웃었다.

"봐요. 여긴 괜찮죠? 내일 중으로 방 옮기세요. 행여 이 방에는 이상한 짓 하지 마시고요."

순순히 고개를 끄덕이고 방으로 돌아왔다. 좌절감이 머리를 짓눌러 아무것도 생각할 수 없었다. 방을 옮기든 아니든 설령 다른 고시원으로 옮긴다 해도, 그것들이 나를 따라오는 건 아닐지 불안한 생각이 들었다. 어쩌면 내 평생의 숙명이 될지도 모른다.

나는 영영 그것들에게서 벗어날 수 없을 것이다!

2주째 공부를 하지 못했다. 지난 3년간 질리도록 반복해온 내용이지만, 2주나 손을 떼고 있는 건 시험에 대한 감을 잃는 것과 마찬가지다. 그리고 그 '감'이란 것은 시험의 '운'과 같은 뜻이었다. 나는 분명 이번에도 낙방할 것이다. 부모님은 한숨을 내쉬고, 형부는 아내가 가끔 용돈을 보내주곤 하는 백수 처제의 존재를 마땅찮아할 것이다. 작은언니는 예비 시댁에 나의 직업을 무어라 말해야 할까. 친구들 중 누구는 일찌감치 취업을 해서 돈을 벌고, 누구는 결혼을 해 아이를 낳고 집을 산다 차를 산다 평범하게 살아가는데, 나는 여기에서 무엇을 하고 있는지. 폐부에 먼지 뭉치를 쑤셔 넣은 것처럼 숨이 막혀온다.

그런 눅눅한 절망 속에도 눈으로는 벌레를 찾고 손으로는 그것을 잡아내고 있었다.

정말 미쳐가는 것은 아닐까? 몇 년의 수험 생활 끝에 고시원 좁은 방 안에서 죽음을 택했다는 누군가의 이야기가 남의 일이 아니다. 어쩌면 나의 오늘이거나 내일이다. 침대에 몸을 웅크린 채 눈물을 삼키다 잠이 들었다. 혹시 벌레가 보이지 않을까 봐 불도 끄지 못한다. 환한 형광등 불빛이 눈꺼풀을 파고들었다. 여기가 바로, 지옥이다.

따라라라랑! 따라라라랑! 따라라라랑!

엄청난 굉음에 눈을 떴다. 처음엔 꿈인 줄로만 알았다가 이내 정신이 들었고, 그 소리가 화재 경보음이란 것을 깨달았다. 복도에서 울려 퍼지는 경보음은 상상 이상으로 컸고, 사람들이 비명을 지르며 뛰어가는 소리가 사태의 심각성을 알리고 있었다. 쿵, 쿵, 심장이 뛰었다. 고시원에 불이 나다니. 어디에서 났을까. 얼마나 났을까. 불이 나면 질식사하는 경우가 대부분이라는데, 빨리 나가지 않으면 죽을 수도 있다!

그러면서도 나는 침대에서 천천히 일어난다. ……이것이야말로 하나의 길이 아닐까? 귀를 때리는 굉음 속에서도 차분하게 벽과 책상 등을 살폈다. 여전히 벌레들이 스멀스멀 기어 다닌다. 나프탈렌과 락스 냄새는 안개처럼 방 안을 감싸고, 나는 낡은 셔츠와 수면 바지를 입은 채 유령처럼 서 있다.

다시 침대로 기어들어갔다. 옷감에는 잘 붙지 않는 벌레들의 특성상 그곳만이 나의 천국이다. 그곳에 영영 머무를 생각이었다. 화재 경보음은 계속해서 괴성을 질러대고, 사람들이 모두 빠져나갔는지 복도는 조용해졌다. 창밖에 모여든 사람들의 웅성거리는 소리가 점점 커진다.

곧 이 지옥이 끝난다는 생각에 저절로 웃음이 새어 나왔다.

이제 모두 끝이다. 벌레도, 나도, 절망도, 실패도.

얼마쯤 지났을까. 밖의 소란은 그대로인데, 화재 경보음도 잠잠해지고 기다리던 사이렌 소리도 들리지 않는다. 불길은커녕 연기조차 없는 것도 의심스러웠다.

조심스레 문을 열어본다. 깨끗하게 일자로 뻗어나간 복도는 어둡고 고요했다. 뜨거운 불길이나 타는 냄새도 없다. 어리둥절한 기분으로 천천히 걸어 나왔다. 방마다 활짝 열려 있는 문들이 대피가 얼마나 다급했는지를 보여주었다. 나는 그 생사의 문턱에서도 벌레를 생각했다. 다른 방에도 벌레가 있는지 확인해볼 유일한 기회였기 때문이다. 어느 샌가 벌레는 내 생의 중심에 있었다.

방 하나를 골라 샅샅이 뒤진다. 벽도, 옷장도, 책꽂이도, 침대 밑과 이불도 살폈다.

놀랍게도 그 방에는 벌레가 없다. 그럴 리가 없다고 생각했다. 다시 한 번 벽을 꼼꼼히 살폈다. 창틀도 보았다. 없다. 아무것도 없다. 이 방만 그런 걸까? 하얗고 하얀 사방의 벽을 멍하니 바라보고 있는 사이, 방주인이 돌아오고 말았다. 몇 번 마주친 적이 있는 102호 여자다. 까딱하다가는 도둑으로 몰릴 판이었다.

"벌레…… 벌레가 있는지 보고 있었어요."

놀랐던 여자의 눈에 천천히 조롱의 빛이 떠올랐다. 뒤에 서 있던 여자의 친구가 귀에 대고 무어라 속삭였다. 그들은 총무와 친하게 어울리는 무리였다. 그들이 나눈 이야기를 들어본 적도 없으면서 수없이 들어본 것처럼 얼굴이 붉어졌다. 붉어지는 얼굴이 원망스러웠지만, 점점 더 얼굴이 뜨거워져 타버릴 것 같았다.

"가보세요."

여자가 쌀쌀하게 말했다. 도망치듯 복도로 나오니, 사람들이 여기저기 모여 수군거리고 있다. 원장의 애인이 찾아와 난동을 부리다가 경보 벨을 눌렀다는 것이다. 원장의 진한 향기와 민소매 아래로 늘씬하게 드러난 흰 팔을 떠올렸다. 그 매끄러운 피부 위로 벌레 한 마리가 기어간다면 어떨까, 나는 미친 사람처럼 키득거리며 방으로 돌아왔다.

오늘도, 지옥은 계속된다.

오후에 403호로 이사를 했다. 벌레 덕분에 짐을 많이 버렸음에도, 책들이 꽤나 되었다. 책은 노끈으로 적당량씩 묶어 플라스틱 상자에 담아 밀폐해뒀다. 영선이 찾아와 짐을 옮기는 것을 도와주었다.

"이 방 정말 좋다."

영선은 남자 친구에게서 받은 커플링 반지를 반짝이며 생긋 웃었다. 어쩌면 곧 그와 결혼할지도 모른다. 사랑이란 건 합격과 불합격이라는 판결과 상관없이 철저히 개인적인 것이었고, 나는 때론 그것이 부럽고 때론 슬펐다.

"이제 너도 다 잊고 공부에만 전념해. 괜히 이상한 생각 하지 말고."

나는 말없이 싸구려 커피 캔을 내밀었다.

"이거 노량진에만 있는 짝퉁인 거 아니? 찜찜해서 먹기 싫더라. 그래도 어쩜 이렇게 맛은 똑같은지."

그것이 마지막 커피라고는 말하지 않는다. 어제부터 아껴두고 있었던 것이다. 벌레 소동에 생활비가 달랑 3000원 남았다. 엄마에게 다시 돈을 부탁할 수는 없다. 영선에게 얼마라도 빌릴까 하다가 그만두기로 한다. 식권이 몇 장 남아 있으니 다음 달까지 어떻게든 버틸 수 있을 것이다.

영선을 바래다준다는 핑계로 거리에 나왔다. 대낮에 아무런 목적도 없이 길을 나선 게 얼마 만인지. 어디를 갈까, 하다가 사육신공원을 가보기로 한다. 사육신공원에 가면 낙방한다는 소문 때문에 한 번도 가질 못했다. 공원은 밖의 세계가 그토록 시끌벅적하다는 것이 믿기지 않을 만큼 적막하고, 오래된 나무들이 내뿜는 그윽한 향과 멀리 내려다보이는 한강이 시원했다. 아이스크림을 먹으며 서로 부채질을 해주는 한 연인의 곁에 자리하고 앉았다. 정수리에 뜨거운 햇살이 내리꽂히지만, 상관없다.

오히려 그 햇살이 내 안에 가득한 벌레를 살균해줄는지 모른단 생각에 일견 시원하기까지 했다. 여기를 벗어나야 한다. 하지만 어떻게 벗어나야 하는지, 나는 방법을 알지 못했다. 뿌연 시야 속에 붉은 꽃이 들어온 것은 한참이 지나서였다.

수십 년은 됐을 법한 커다란 나무에 점점이 매달린 붉은 꽃들. 공원 안쪽이었다. 천천히 그 나무 아래에 섰다. 이름표가 없어 수종은 알 수 없었지만, 나무가 떠받들 듯 머리에 이고 선 붉은 꽃 더미는 너무나 아름다웠다.

어젯밤 불이 났더라면 저런 빛이었겠지, 하고 생각하니 갑자기 웃음이 났다. 거창하게 죽음을 택한다고 숙연하기까지 했는데, 결국은 한낱 소동에 불과했다. 나는 웃었다. 사람들이 내 쪽을 힐끗거렸지만 개의치 않았다. 얼마 만에 그렇게 웃는 것인지, K와 함께할 때보다 더 크게 웃었다.

돌아오는 길에, 영선에게 들러 5만 원을 빌렸다. 그리고 마트 옆 지업사에 들어가 붉은 꽃이 가득 그려진 화려한 포인트 벽지를 반 롤 구입했다. 붓과 풀은 각각 1000원에 샀다.

그리고 나니 딱 4000원이 남았다. 특별한 날에나 가던 테이크아웃 커피 전문점에 들른다.

화이트초콜릿 모카라테. 생크림과 초콜릿 가루가 듬뿍 들어간 뜨거운 커피를 마시며, 고시원으로 돌아왔다. 달콤하고 들척지근한 맛이 마셔본 커피 중 최고다. 들어오자마자 벌레 몇 마리를 손가락으로 살며시 잡아 작은 유리병에 담았다. 그것을 들

김소윤

고 엘리베이터의 6층 버튼을 누른다. 6층 복도 끝엔 큼직한 원장의 방이 있다. 그 방에 앉아 수금한 방값을 세곤 하겠지. 나는 병을 열어 벌레가 그 문에 기어오르도록 했다. 벌레들이 빠르게 움직이며 문 안쪽으로 숨어들어갔다. 나는 또 웃는다.

방으로 돌아왔다. 북북, 침대 옆과 맞은편의 벽지를 뜯어내기 시작한다. 그 양 벽에 붉은 꽃이 가득해지는 데는 30분도 채 걸리지 않았다. 어느새 해가 기울어 붉어진 하늘에서 감빛 햇살이 달려들어왔다. 붉은 꽃이 화려하게 피어나 방 안을 그득히 채웠다. 나는 그 속에 들어앉은 작은 벌레였다. 웅크린 몸을 쭉 편다. 두 팔을 벌리고, 붉은 꽃 속에 기대어 누웠다. 온몸이 따뜻해지면서 졸음이 밀려왔다. 몇 해 만의 낮잠이었다.

너에게 사탕을 줄게

김
정
원

**김
정
원**

기자와 편집자, 기획자로 일하며 활자와 더불어
살아왔다. 지금은 단순한 문장 번역을 넘어,
문화적 맥락을 살려 번역하는
트랜스크리에이션 작가로 일하고 있다.

나는 하마터면 15년 만에 만난 보은이를 알아보지 못하고 놓쳐버릴 뻔했다. 약속 시간보다 10분 늦게 도착한 나는 언제나 누군가를 기다리는 사람이 서성이는 홍익대 앞 길거리 편의점 앞을 두리번거리다가 문자메시지를 보내려고 가방을 뒤져 휴대전화를 찾기 시작했다. 스팽글이 달린 튜브톱을 입은 여자와 가죽 크로스백을 멘 남자가 있었고, 서로 말은 하지 않아도 거의 붙어 서 있어 일행처럼 보이는 20대 여자 두 명이 있기는 했어도, 보은이는 아직 도착하지 않은 것 같았다. 그런데 생머리가 가슴 부근까지 찰랑거리며 내려오는 튜브톱의 여자가 가방 안에 처박다시피 한 내 얼굴을 기웃거렸다.

"저, 혹시, 김진?"

나는 고개를 들고 내 눈앞에 놓인 여자의 얼굴을 바라봤다.

새카만 아이라인 위로 스모키 색조의 아이섀도가 그러데이션을 그렸고 음영이 뚜렷하기는 해도 전체적으로 파운데이션을 지나치게 발랐다 싶은 피부는 창백했으며, 입술은 누드톤으로 가라앉아 생기가 없었다. 내가 아는 여자 중에 이렇게 눈에 띄는 화장을 할 만한 사람은 많지 않았다.

"누구세요?"

아무 생각 없이 내뱉었다가 나는 곧바로 후회했다. 보은이를 만나러 왔으니 그 여자가 보은이일 거라는 건 당연한 일이었다. 가면처럼 두껍고 창백한 화장을 뒤집어쓴 여자가 킥킥거렸다.

"진이 맞구나? 너는 서른이 넘었는데 어쩌면 하나도 안 변했니? 화장기도 없이 뺨도 토실토실한 거 하며."

가방 안에 집어넣은 손을 빼지도 못한 채 나도 애매하게 따라 웃었다.

"미안, 너무 예뻐져서 몰라봤어."

하얀 피부와 동그란 눈과 구불거리는 곱슬머리가 귀여웠던 보은이는 눈가 주름 사이에 스모키 아이섀도의 펄 가루가 오래된 먼지처럼 눌어붙은 나이 먹은 여자로 변해 있었다. 예뻐졌다는 건 거짓말이 아니었지만, 그녀는 다른 사람보다 빠르게 나이를 먹은 것 같았다.

열일곱 살에 이미 제법 자연스럽게 소주병의 뚜껑을 따던 그녀를 기억하며 나는 멀리 시골 소도시에서 올라온 그녀의 팔짱을 끼고 고추장 돼지불고기가 맛있는 고깃집으로 들어갔다. 여자의 팔짱을 끼어본 것은 고등학교를 졸업하고 처음이었다.

김정원

"배고프지? 점심은 먹었어?"

15년 전보다 훨씬 자연스럽게, 거의 밥을 푸는 주부의 손놀림 같은 경지로 소주병의 뚜껑을 따며 보은이는 고개를 저었다.

"휴게소에서 토스트 사 먹기는 했는데, 배고파 죽겠어. 근데, 이렇게 빨간 양념이 묻어 있으면 고기가 익었는지 어떻게 알아?"

풋, 내가 웃음을 터뜨렸다. 15년 만에 만나는 친구와 소주잔을 부딪치고 한 모금에 술을 털어 넣으며 내가 말했다.

"나도 몰라. 다 익으면 남들이 알아서 자르더라고. 나는 네가 아는 줄 알았는데."

"나 이거 처음 먹어봐. 그럼 고기가 탈 때까지 기다려야겠네? 고기가 타면 어쨌든 익기는 익었다는 거 아니야."

15년 만에 만난 보은이와 나는 그제야 우리의 어린 시절을 기억해내며 함께 웃었다. 나이보다 영악했던 우리 둘은 그럼에도 둘 다 일상생활에 서툴러 젓가락질도 못 했고 쫄면을 먹을 때마다 고추장 양념이 튀어 옷을 망쳤고, 자주 버스를 잘못 타서 길거리를 헤매다 어린 주제에 택시를 타곤 했다. 그리고 생각지도 못한 누명을 썼을 때, 우리는 둘 다 빠져나갈 방법을 찾지 못했다.

소주 두 병을 비우고 나서도 여전히 창백해 보이는 보은이가 신기하다고 생각하며 내가 물었다.

"그런데 내 전화번호 어떻게 알았어? 나 이제 연락하고 사는 애도 없는데."

"잡지에서 네 이름 보고 혹시나 싶어 내 동생한테 물어봤지. 알잖아, 네 사촌 동생과 내 동생이 같은 초등학교 나온 거."

인구 25만 명 남짓한 소도시의 인맥이란 뻔해서 그렇게 몇 다리만 건너가면 서로 모르는 사람이 없기 마련이었다. 생각해보니 갑자기 나를 찾아왔던 열일곱 살의 보은이도 동생을 통해 내 연락처를 알아냈다고 했다. 그때 산업체 학교에 다니며 낮에는 공장에서 일한 보은이는 함께 밥을 먹고 내 밥값을 내려는 나에게 화를 내며 혼자 계산했고 술값과 노래방 비용까지 계산했다. 그날 내가 산 것은 노래방에서 마신 사이다 두 캔이 전부였다.

보은이가 새까맣게 타서 과자처럼 바삭바삭해진 고추장 삼겹살을 입에 넣고 남은 소주를 비우며 말했다.

"너, 제제 기억나?"

살면서 그 애를 기억해본 적은 없었다. 하지만 잊어본 적도 없었던 것 같다. 나는 20년 전 우리를 궁지에 몰아넣은 흑인 혼혈아의 두꺼운 눈썹과 튀어나온 입술과 뚱뚱한 배를 곧바로 떠올렸다.

"갑자기 그 새끼 얘기는 왜 꺼내? 기억 안 났으면 좋겠다."

졸졸졸, 소주가 흘러나오는 맑은 소리에 신경을 집중하며 나는 그 애의 잔과 내 잔을 채웠다. 보은이가 깜짝 놀란 듯 동그란 눈으로 나를 봤다. 주름과 화장이 겹겹이 둘러싼 창백한 피부 사이에서 아주 오래전에 봤던 아이의 눈동자가 보였다.

"너, 그럼 제이도 몰라?"

"제이가 누군데?"

김정원

보은이가 한 손으로 턱을 받치며 말도 안 된다는 듯이 손가락으로 턱을 톡톡 두드렸다.

"DOT의 제이, 흑인 혼혈 가수 있잖아."

TV는 예능 프로그램과 미국 드라마만 보는 나는 그제야 예능 프로에서 몇 번 스치듯 봤던 아이돌 그룹의 혼혈 멤버를 기억해냈다. 제이, 제제, 제이제이……. 손에 들고 있던 술잔을 떨어뜨릴 뻔했다.

"제이? 그럼 걔가 제제야? 말도 안 돼. 제제는……."

보은이가 말꼬리를 잘랐다.

"그래, 제제는 뚱뚱했지. 연예인들 성형해서 본관 바꾸면 동창생도 몰라본다더니 진짜구나. 군산 사는 애들은 다 알아, 걔가 제제야. 연예인들 나이 속이는 거야 네가 더 잘 알 거고."

연예인 프로필은 믿을 게 못 된다는 건 영화잡지 기자인 내가 누구보다 잘 아는 사실이었다. 귀엽게 뺨을 부풀리며 어린 척하던 신인 배우가 사실은 나보다 한참 언니라는 사실을 알게 된 적도 있었고, 활동을 쉬는 동안 성형하고 나타난 여배우를 알아보지 못하고 그녀에게 "영신 씨는 언제 와요?"라고 물어본 적도 있었다. 하지만 제제라니, 열두 살 나이에 처음으로 죽어버릴까 고민하게 했던 제제가 나보다 한참 꼬마라고 생각했던 아이돌 가수 제이였다니. 멍해진 나를 보며 보은이는 낮은 목소리로 키득거렸다. 그 아이의 눈동자가 어두워졌다.

미군 부대의 비행장이 있는 군산은 지금의 홍대만큼이나 외국인이 흔한 도시였다. 그때 이미 퇴락해가고 있던 영화동에는 간판에 한글보다 영어를 크게 써넣은 상점들이 있었고, 꼬마들은 흑인 병사를 보면 오래전에 유행한 팝송 가사를 따라 "헤이, 미스터 몽키!"를 외치며 겁도 없이 까불곤 했다. 그리고 군산의 중심부에 있던 내 초등학교에는 흑인 혼혈아가 몇 명 있었다. 졸업하기 직전 아빠 직장을 따라 전주로 전학 가기 전까지 나는 밋싸, 라봇, 제제라는 아이들과 같은 반을 해보았는데, 지금 생각해보면 그 아이들은 미샤, 로버트, 그리고 제이제이였을 것이다.

보은이가 새카맣고 진하게 그린 아이라인 아래로 어두운 눈을 빛내며 물었다.

"너 그때 누구 이름 썼어?"

나는 잠깐 망설였다. 열두 살밖에 되지 않았던 데다 겁먹고 있기는 했다지만, 거짓말인 줄 뻔히 알면서 친구를 일러바친 기억은 '하나'라는 흔하고 흔한 단어를 들을 때마다 끈질기게 되돌아와 나를 수치스럽게 했다. 그날 하나가 입고 있던 빨간색과 파란색이 섞인 후드 점퍼를 떠올리며 나는 대답했다.

"하나. 걔가 제일 무난했거든."

그때 범인의 이름을 쓰라며 쪽지를 한 장씩 받은 우리 다섯은 누구의 이름을 썼는지 결코 말하지 않았고 조금씩 멀어지다가 학년이 바뀐 다음에는 서로 아는 척도 하지 않게 되었다. 오직 보은이만 문득 내 앞에 나타나 자신이 얼마나 탈선했는지를 보여주고 사라졌다.

보은이는 고개를 끄덕이며 소주를 마셨다.

"나는 네 이름 썼어. 네가 제일 안전했거든."

김정원

"그래, 그랬겠지."

말은 그렇게 하면서도 누군가 확, 가슴속에서 성냥불을 그어 대는 듯했다. 얼굴이 달아올랐다. 함께 몰려다니던 다섯 중에서도 보은이는 나와 가장 친한 아이였고 그 아이의 집안 사정을 아는 것도 나뿐이었기에, 나는 그 아이만은 내 이름을 쓰지 않았을 거라고 믿었다. 나는 테이블 사이를 걸어 다니며 부족한 것이 없나 살피는 청년에게 손을 흔들었다.

"여기 고추장 삼겹살 1인분하고 소주 한 병 주세요!"

보은이와 내가 같은 반이었던 해, 군산초등학교 5학년 8반 담임을 맡은 여자의 이름은 김군자였다. 나이가 오십에 가까운 데다 얼굴도 이름처럼 착하게 생긴 그 여자를 아이들은 '군자'라고 줄여 부르며 우습게 알았지만, 보은이만은 환경미화 기간에 제 발로 남아 색지를 오려 붙이고 나무 바닥에 왁스를 칠해 윤기를 내며 엄마처럼 따랐다. 보은이는 집에 돌아가도 할 일이 없었기 때문이다. 옷 가게를 하던 아빠의 사업이 망한 다음 그 아이의 엄마는 그 애 말에 의하면 '도망'을 갔고, 재기하려는 아빠가 외지를 도는 사이 집을 지키는 건 할머니뿐이었다. 그 아이를 부잣집 딸처럼 보이게 했던 예쁜 옷들은 아빠가 처리하지 못한 재고였다.

군자가 보은이의 사정을 알아차린 것은 일주일 남짓 교실을 꾸민 다음 환경미화 심사를 받기 바로 전날이었다. 화분이며 꽃병이며 시계며 결코 비싸다고 할 수는 없지만 그렇다고 아무런 부담이 되지 않는다고 말하기도 뭐한, 그런 물건을 아이들이 하나씩 나누어 사 와야 했다. 군자가 제일 먼저 말한 물건은 시계였다. 나는 재빨리 손을 들었다. 엄마가 설 선물로 벽시계 하나가 들어왔으니 꼭 시계를 맡아와야 한다고 당부한 터였다. 그럴 줄 알았다는 듯이 군자가 만족스러운 웃음을 지었다.

"그래, 시계는 우리 반장이 사 오기로 하고, 그럼 다음으로는 화분이 몇 개 있었으면 좋겠는데?"

몇 명이 손을 들었다. 아버지가 지방 방송사 기자이고 엄마가 시내에서 한복집을 하는 영구가 가장 먼저 나섰고, 언제나 소시지와 돈가스 같은 고기반찬을 싸 와 점심시간이면 가장 인기가 많던 제제도 가볍게 손을 들었다. 아무 일도 아니라는 듯이. 군자는 손을 든 아이들의 수를 세어보다가 살짝 입술을 깨물었다.

"다섯 명밖에 안 되네? 창문턱이 세 개니까 한 개당 두 개씩은 놓아야 할 텐데……."

그러나 소도시의 고만고만한 가정에서 자란 아이들은 꽃병이나 새 주전자 같은 좀 더 싼 물건의 차례가 돌아오기를 기다리며 딴청만 부리고 있었다. 교실을 더듬던 군자의 시선이 보은이에게서 멈추었다.

"보은아, 엄마가 화분 하나만 사다 주시면 안 될까? 벤저민처럼 비싼 게 아니어도 괜찮고. 그래, 봄이니까 조그만 철쭉 화분하나 있으면 좋을 거 같은데."

쉰 명 넘는 아이들이 일제히 보은이를 돌아봤다. 보은이는 그 하얀 얼굴이 더욱 창백해진 채로 속눈썹을 빠르게 깜빡거렸다.

김정원

"저…… 지금 엄마가 어디 멀리 가셔서요. 다음 달은 되어야 돌아오실 텐데……."

군자 같던 군자의 얼굴이 차갑게 변하는가 싶더니 희미하게 비웃는 기색이 떠올랐다. 20년 넘게 선생을 한 그녀는 한 달도 넘게 어딘가에 가 있다는 보은이의 엄마가 정말 무얼 하고 있는 건지 쉽게 알아차렸을 것이다. 쉬는 시간에 교무실로 불려간 보은이가 돌아온 이후, 군자는 보은이를 볼 때마다 그날의 그 비웃음을 머금곤 했다. 보은이도 더 이상 그녀를 '우리 담임선생님'이라고 부르지 않았고 우리처럼 간결하게 '군자'라고만 부르기 시작했다.

보은이가 탁자 위에 놓인 내 잔에 자기 잔을 가져와 '쨍' 소리를 내며 부딪쳤다.

"미안했어. 하지만 너도 알잖아, 너는 공부도 1등이었고 반장이었고 엄마가 자모회원이었고. 너라면 괜찮을 거 같았어."

나는 그저 피식거리기만 했다. 가슴이 쓰렸지만, 나도 그랬을 것이다. 내가 하나의 이름을 적은 이유는 그 아이가 다섯 명 중에서 나 다음으로 공부를 잘했고, 그 아이의 엄마가 자주 학교에 찾아왔기 때문이다. 그 아이라면 괜찮을 거 같았다. 내가 내가 아니었다면 아마 나도 '김진'이라는 이름을 적었을 것이다.

보은이가 쓴 소주를 혀에 적시듯 조금씩 마셨다. 웬만큼 소주를 좋아하지 않고서는 그렇게 마실 수 없는 일이었다. 10년이 훨씬 넘게 소주를 마셨지만 나는 아직도 소주 맛이 느껴질까 봐 술을 입속에 부어 넣자마자 재빨리 삼켜버린다. 보은이는 얼마나 오랫동안 이런 식으로 소주를 음미해온 걸까.

"그래도 다행이다. 나, 항상 너한테 물어보고 싶었어. 너만은 내 이름을 쓰지 않았겠지 하면서도 궁금하더라……. 나는 다수결로 당첨된 것만 알았지 몇 표가 나왔는지는 몰랐으니까."

혼자 교실에 들어오지 못하고 복도에 무릎 꿇고 앉아 있던 열두 살 여자아이가 생각났다. 열린 뒷문 틈으로 보이던, 절대로 손을 내리지 않겠다는 듯이 주먹을 꼭 쥔 채로 들어 올리고 있던 가늘고 하얀 팔도 생각이 났다. 6교시가 끝나고 다리가 저렸는지 약간 절룩거리며 교실로 들어온 보은이는 아픈 팔을 두들기면서도 울지 않았고, 그 아이의 이름을 적었을 네 명의 용의자를 흘겨보지도 않았다. 그다지 친하지 않았던 짝꿍과 공부 안 하고 밖에서 노니까 좋더라며 쾌활하게 웃어댔을 뿐이다.

"그런데 말이야, 다른 애들은 왜 내 이름을 적었을까? 군자가 나를 제일 싫어하는 거 알면서, 아니, 그걸 알아서 그랬을까?"

나는 한숨을 내쉬었다.

"사실은 나도 잠깐 네 이름을 적어야 하나 생각했어. 그래야 군자가 우리를 놓아줄 거 같았거든. 하지만 첫째로는 그럴 수가 없었고, 둘째로는 군자가 그렇게 호되게 대하지 않을 사람을 적어야겠더라고."

그건 보은이나 나와는 또 다른 종류의 영악함이었다. 보은이와 나는 누가 가장 피해를 보지 않을까 계산했지만, 다른 아이들은 누구를 적어야 군자가 가장 마음에 들어 할지를 계산했던 것이다. 고작 사탕 껍데기 몇 장 때문에 우리는 빠르게 권력 관계를 파악해 희생자를 선택했다. 그리고 결코 그 일을 잊지 못했다.

그랬다, 고작 사탕 껍데기 몇 장이었다. 보은이와 하나와 명지와 세영이와 나는 언제나처럼 점심시간이 끝나는 종소리를 듣고서야 교실 안으로 뛰어들어왔다. 우리는 사내아이들처럼 말뚝박기를 하고 노는 유일한 여자아이들이었다. 다른 아이들보다 키가 커서 어른스럽게 옷을 입고, 다른 아이들을 약간 깔보는 듯이 행동했으며, 지독하게 담임 말을 안 듣던 우리를, 군자는 탐탁지 않게 생각했다. 그러나 대놓고 미워하지는 못했다. 나는 공부를 잘해서 곧 있으면 시 대표로 수학 경시대회에 나갈 아이였고, 명지와 세영이와 하나는 제법 잘사는 집 아이들이었기 때문이다. 우리는 맞춤 옷 가게를 하는 세영이의 아빠가 틈만 나면 자기 옷은 전부 20만 원이 넘는다며 자랑하는 군자에게 천값만 20만 원이 넘는 고급 모직으로 치마 정장 한 벌을 맞춰주었다는 것도 알고 있었다.

가을보다 여름에 가까운 9월의 한낮, 햇볕으로 볼이 빨갛게 달아올라 헉헉거리며 자리에 앉아 숨을 고르는 우리 앞에서 군자가 책상을 내리쳤다.

"이게 뭐야앗!"

웬만하면 온화한 어조를 유지하던 군자의 목소리가 찢어지듯이 날카롭게 공기를 갈랐다. 그녀는 교실 앞쪽 구석에 놓인 자기 책상 위에서 사탕 껍데기 몇 장을 움켜쥐어 들더니 교탁으로 걸어와 흔들어댔다. 검은 줄무늬 몇 개가 그려진 그 비닐 포장지들은 아이들이 자주 사 먹던, 하지만 학교에선 불량식품이라고 사 먹지 말라며 단속하던 조그만 엿을 싼 포장지였다. 점심시간 직후여서 조금 소란스럽던 교실이 대번에 조용해졌다. 군자는 계속 소리를 질러댔다. 그 목소리에 살을 베일 수도 있을 것 같았다.

"누가, 누가아! 누가 선생님 책상에 이런 쓰레기를 올려놨어! 누구야, 당장 나와!"

순간적으로 불량식품을 사 먹었다고 혼나지 않을까 걱정한 나는 생각보다 일이 커질지 모르겠다고 생각했다. 사탕 봉지 몇 장이 책상 위에 놓여 있었다는 것이 그렇게 큰일인지는 알 수 없었지만, 군자가 자신의 권위와 자존심에 상처를 입었다고 믿는다는 것만은 분명했다. 한국전쟁 때도 쌀밥을 먹을 수 있었기 때문에 동네에 연기가 새나가지 않도록 조심해서 밥을 짓는 부잣집 딸이었다는 것을 강조하던 군자는, 어린 내가 보기에도 자부심이 강한 여자였다.

교실 뒤쪽에서 조그만 목소리가 새 나왔다.

"그거 진이하고 걔 친구들이 먹던데요."

나는 깜짝 놀라 목소리가 들린 쪽을 돌아보았다. 영구, 불행히도 심형래가 영구 노릇을 하기 전에 태어나 바보와 동의어가 되어버린 이름을 가지게 된 영구, 그럼에도 하는 짓만은 그 이름이 부끄럽지 않은 멍청한 영구였다.

군자가 나를 노려봤다.

"김진, 네가 이거 먹었어?"

김정원

나는 주춤거리며 의자를 뒤로 밀고 일어섰다. 목이 막혔다.

"네, 먹기는 먹었는데요, 근데 제가 그거 올려놓은 거 아니에요."

어릴 적부터 또박또박 말대꾸를 잘하고 따지기를 좋아해서 크면 꼭 변호사가 되라는 말까지 듣고 자란 나였는데 그 순간엔 꼭 영구처럼 말이 더듬거리며 새 나왔다. 마치 목구멍이 턱없이 작아져 목소리가 나올 틈을 찾지 못하는 것 같았다.

"그러니까, 먹기는 먹었다는 거지?"

나는 의자를 완전히 뒤로 밀고 무릎을 폈다.

"네. 그런데요⋯⋯."

군자가 내 말을 잘랐다.

"김진하고 같이 사탕 먹은 사람 다 일어나!"

오래된 나무판자가 삐걱거리는 소리를 냈다. 다른 네 명이 책상과 의자 사이에 틈을 벌리며 일어나 서로를 돌아보고 있었다.

"사탕은 니들이 먹었는데 쓰레기는 니들이 버리지 않았다?"

군자가 출석부를 모로 들어 교탁을 두드리며 말했다.

"그래도 니들 중에 누구 한 사람이 내 책상에 쓰레기를 버리기는 했겠지?"

조금 전까지 송곳처럼 날카로운 목소리로 신경을 파고들던 군자의 목소리가 순식간에 평소처럼 낮고 굵게 가라앉았다. 나는 몇 달 동안 날마다 대여섯 시간을 듣고 살았던 그 목소리가 새삼 끔찍했다. 군자는 다시 책상으로 돌아가 교무수첩에서 메모지 다섯 장을 찢어냈다.

"너희들 이거 들고 나가서 범인 이름 적어서 내. 너희들은 알 거 아니야, 누가 그랬는지."

우리는 우리 중의 누구도 그런 짓을 하지 않았다는 것만 알고 있었다. 도시락을 까 먹고 엿을 하나씩 입에 물자마자 운동장으로 뛰어나간 우리는 남자아이들이 오기 전에 재빨리 그늘진 벽을 차지하고선 내내 말뚝박기를 했기 때문이다. 하지만 군자는 사실을 말하라고 한 것이 아니라 범인의 이름을 말하라고 했다. 나는 무슨 말을 해도 소용없다는 것을 알고 있었다. 입술을 깨물며 땅바닥을 걷어차는 나에게 하나가 울먹거렸다.

"우리 어떡해, 군자 진짜 화났나 봐. 진아, 네가 들어가서 말 좀 해보면 안 돼? 그래도 너는 군자가 조금 예뻐하잖아, 반장이기도 하고……."

그 순간 짜증이 치밀었다. 그렇지 않아도 영구가 하필 내 이름만 지목한 것 때문에 불안하고 신경질이 나던 참이었다. 진이하고 하나하고, 뭐 그런 식으로 말할 수도 있는 일이었다.

"뭐, 반장? 여기서 반장이 왜 나와? 우윳값 내라고 교실 앞에서 소리소리 지를 때는 시끄럽게 수다만 떨더니 이럴 때만 반장이야?"

원래도 높고 가는 내 목소리가 비브라토로 떨리면서 한층 새되어졌다. 하나가 멈칫했다. 다른 아이들의 얼굴도 굳어졌다. 나는 아이들에게 등을 돌리고 팔짱을 꼈지만 알 듯 모를 듯 그 아이들이 조금씩 뒤로 물러나 나와 거리를 벌리기 시작했다는 것만은 뭔지 모를 서늘한 느낌으로 눈치챌 수 있었다. 누가 그

김정원

랬을까, 어떻게 하면 우리가 하지 않았다는 걸 알아줄까, 의논하는 아이들의 목소리를 들으며 나는 혼자 신교사와 구교사를 잇는 구름다리 아래를 내려다봤다. 그리고 지금 몸을 던진다면 내가 억울하다는 것을 믿어줄까 생각했다.

결정을 내리게 만든 것은 보은이였다.

"어떻게 할까, 이름 안 쓰면 하루 종일 교실에 안 들일 거 같은데. 집에도 못 갈지 모르고."

보은이는 나를 쳐다봤다. 아이들 몇 명이 함께 몰려다니다 보면 리더 노릇을 하는 아이도 있고 오락부장 노릇을 하는 아이도 있고, 그렇게 역할 분담을 하는 사람이 생겨나기 마련이었다. 그 그룹의 리더는 나였다. 30분째 밖에 서 있으려니 다리가 아팠고, 다른 방법을 생각해낼 수 없었다. 2층 구름다리에서 떨어져봐야 고작 다리나 부러질 것 같았다. 나는 고개를 끄덕였다.

"아무 이름이나 쓰고 들어가자."

가을 햇볕에 따뜻하게 달구어진 구름다리의 난간에 종이쪽지를 대고 우리는 서로 멀찌감치 떨어져 누군가의 이름을 적기 시작했다. 그리고 이름을 적자마자 황급히 쪽지를 두 번 세 번 접어 손바닥 안에 감추고 한 명씩 교실로 들어갔다.

그때 나는 서로 다른 이름을 적어내자 하고 싶었다. 누구도 두 표 이상을 얻지 않는다면 군자도 어떻게 할 수 없겠지 싶었기 때문이다. 하지만 조금 전에 짜증을 내는 바람에 나와 아이들 사이에는 미묘한 균열이 생겼고, 무엇보다 그렇게 했다가는 군자가 다시 한 번 우리를 교실 밖으로 쫓아낼까 봐 겁이 났다.

결국 희생자는 한 명으로 충분한 것이었다. 쪽지를 모두 받아 훑어본 군자는 자기 키 절반만 한 지시봉으로 보은이를 가리키며 말했다.

"너, 오늘 수업 끝날 때까지 복도에서 무릎 꿇고 손 들고 있어."

교과서를 펴 들며 우아하고 인자한, 언제나 비싼 정장만 입는 우리의 군자 선생님은 처음으로 상스러운 소리를 내뱉었다.

"하여튼 요즘 것들은 까져가지고 싸가지가 없어."

그날 이후에도 우리 다섯은 여전히 함께 점심 도시락을 먹었지만 그건 하루아침에 도시락 먹는 친구를 바꿀 수 없어서 그랬던 것뿐이다. 나는 점심시간에 책을 읽기 시작했고, 하나는 고무줄놀이에 끼어들었고, 보은이는 머리카락을 과산화수소로 탈색하거나 스카치테이프로 쌍꺼풀을 만드는 불량한 아이들과 어울렸다. 명지와 세영이도 어디에선가 새로운 그룹을 찾아냈을 것이다.

그렇게 데면데면하게 며칠을 지내던 보은이가 점심을 먹자마자 자리로 돌아가 책을 펼쳐 든 나에게 다가왔다. 눈빛도 목소리도 은밀했다.

"나, 그거 누가 버렸는지 알았어."

나는 책을 덮었다.

"누가 그랬는데?"

"제제. 어제 쉬는 시간에 걔가 남자애들한테 떠드는 소리 들었거든."

김정원

이제 고작 두 번째 해보는 것인데도 나는 또다시 빠르게 계산했다. 내가 흑인 혼혈아들이 겪는 설움을 다룬 다큐멘터리를 볼 때마다 이해하지 못하는 까닭은, 초등학교 시절 그 아이들을 귀하고 특별한 존재처럼 대하는 선생들을 보았기 때문이다. 군산에 맥도널드도 없던 시절이었다. 시골 소도시의 선생들은 미제 과자와 샴푸와 커다란 피자 박스를 들고 오는, 화장도 옷도 요란하면서 어딘지 세련돼 보이는 그 아이들의 엄마를 귀빈처럼 모시곤 했다. 그중에서도 제제는 유별나게 편애를 받았다. 그 애 아빠는 군의관이었다.

나는 도로 책을 열었다.

"이미 지나간 일인데 어떻게 해. 증거도 없고, 제제가 잡아떼면 그만 아니야."

나는 그때 보은이가 실망하던 표정을 잊지 못할 것이다. 같이 모욕을 받았으나 혼자 벌을 받은 그 아이의 눈이 내가 보는 앞에서 생기를 잃고 싸늘하게 식어버렸다. 그 순간까지 그 아이의 눈에 반짝거리는 빛이 담겨 있는 줄 몰랐던 나는 그게 없어지고 나서야 그 검은 눈에 빛이 존재했다는 사실을 깨달았다.

하지만 어쩔 수 없었다. 제제에게 비슷한 누명을 씌우는 상상을 수없이 하면서도 나는 아무것도 할 수 없었다.

"우리 제제한테 복수하지 않을래?"

새로 시킨 고기가 익었나 찔러보는 나에게 보은이가 은밀한 어조로 물었다. 나는 20년 전 그날처럼 빠르게 계산을 해보았다. 승산이 없었다.

"어떻게 복수하려고? DOT 같은 아이돌 그룹은 기획사가 관리 철저하게 할걸? 차라리 혼자라면 모르겠는데, 아마 걔 근처에도 못 갈 거다."

보은이가 고개를 흔들었다.

"아니야, 걔가 군산에서 되게 지저분하게 살았거든. 고등학교에 들어가면서부터 치맛바람도 소용없어지니까 '튀기'라고 왕따당하다가 거의 미치다시피 해서 교실에서 칼부림을 했대. 그일 때문에 퇴학당하고 나서 저 같은 흑인 혼혈 여자와 같이 살면서 열받는 일 있으면 한 번씩 두들겨 패고, 암튼 망나니였어. 그러니까 말이야⋯⋯."

그제야 나는 보은이가 15년 만에 나를 찾아온 이유를 알았다.

"걔도 안됐네. 그리고 보은아, 나 연예 기자 아니고 영화 기자거든? 우리 잡지에는 그런 가십 뉴스 같은 거 싣지 않아. 내가쓰고 싶어도 지면이 없어."

20년 전 그날과는 다르게 보은이의 검은 눈은 한층 어두운 빛을 뿜으며 깊어졌다.

"나도 그 정도는 알지. 그래도 너, 스포츠신문이나 인터넷 기자들과 알고 지낼 거 아니야. 그 사람들한테 말해주면 좋아하지 않을까? 인터넷 보면 이니셜 기사 많잖아."

나는 그 눈을 피하며 고기를 뒤집었다.

"그 이니셜 기사라는 것도 기획사 눈치 봐가며 싣는 거야. DOT 기획사 센 회사잖아. 괜히 잘못 썼다가 사이 나빠지고, 그건 그나마 다행이지, 소송이라도 휘말리면 골치 아파지는 거야.

그리고 나 아는 기자도 없어."

보은이의 눈이 다시 한 번 시들어갈까 무서워 나는 급하게 한 마디를 덧붙였다.

"네가 인터넷에 직접 올려보든지. 왜 그 아영이라는 가수도 나이와 경력 속인 거 동창생들이 인터넷에 올려서 들통났다며."

문득 옛날 생각이 나서 나는 쿡쿡거리며 말했다.

"우리 때 인터넷이 있었으면 너도 키스하는 법 몰라서 남자한테 차이거나 그러지 않았을 텐데, 그치?"

보은이의 눈이 심하게 흔들렸다. 실망과 분노와 우습지도 않은 추억 사이 어디쯤에 자리 잡아야 할지 모르는 눈이었다.

전주까지 나를 찾아온 열일곱 살의 보은이는 나이보다 들어 보이게 화장한 얼굴로 밀고 들어간 술집에서 문득 나에게 키스하는 법을 아는지 물었다.

"너는 할리퀸 로맨스 같은 거 많이 읽었잖아. 키스는 어떻게 하는 거야?"

처음 마셔보는 소주에 정신이 없었던 나는 균형을 잡으려고 탁자 모서리를 꼭 붙든 채 말했다.

"나도 안 해봤으니까 모르지. 대충 혀를 집어넣고 그걸 빨고 입술도 살짝 물어주고 그런 거 같긴 하던데……. 근데 왜?"

"어떤 오빠와 같이 살 뻔했는데 차였어. 밤에 그 오빠 자취방에서 놀다가 키스를 했는데, 어떻게 하는 건지도 모르겠고, 입술만 대고 있다가 심심하고 졸려서 잠들었어."

나는 보은이의 애매한 표정을 애써 모른 척했다.

"지금 같으면 지식인한테 물어보면 끝날 일이었는데 말이야. 조금만 늦게 태어날 걸 그랬다."

보은이는 마음을 정한 것 같았다. 천천히, 아주 천천히, 소주 한 잔을 들이켠 보은이가 말했다.

"그러니까 그냥 인터넷 익명 게시판 같은 데나 올려라, 이거지? 뜬소문이네 악플이네 하면서 아무도 믿어주지 않는?"

나는 머뭇거리며 고개를 숙였다. 머리카락이 흘러내려 그 끝이 소주잔에 빠졌다. 근원을 따져보자면 보은이가 억울하게 벌을 받은 것은 내 탓이기도 했다. 그러나 20년이나 지났고 이제는 거의 흔적도 남지 않은 일인데, 보은이가 모르는 그 일을 새삼 들춰내고 싶지 않았다.

"보은아, 다 지난 일이잖아. 그 일 말고 제제가 우리한테 무슨 해코지를 한 것도 없고, 우리도 아무 일 없이 잘 살았잖아. 그만 잊어라."

보은이가 픽, 하고 웃었다. 한쪽 입술 끝만 올리는 그 웃음이 어릴 적엔 왠지 교태로워 보여 나는 거울을 보며 혼자 그것을 따라 하기도 했다.

"너는 잘 살았을지 모르지. 하지만 나는 아니야."

보은이가 자기 머리채를 쥐고 흔들었다.

"내가 왜 돈 처들여가면서 허구한 날 스트레이트 파마 하고 다니는 줄 알아? 중학교 때 파마하고 다닌다고 선생한테 두들겨 맞았어. 원래 곱슬머리라고 했는데도 한국 사람한테 이런 곱슬이 어디 있느냐며 좆나게 때리더라? 열받아서 진짜 파마를 해버

김정원

렸지. 그다음에도 항상 비슷했어. 나는 잘못한 것도 없는데 아무도 믿어주지를 않았어. 너 같은 것들이 다 그렇지 뭐, 어린 것이 귀 뚫고 염색이나 하는 거 보면 뻔하지 뭐, 항상 그랬어."

보은이의 말투가 점점 거칠어졌다. 산업체 학교를 졸업하고 그 아이가 어떻게 살아왔는지 나는 알 수가 없었다. 하지만 진하게 화장을 했는데도 피곤해 보이는 얼굴이며 마감이 허술해 솔기가 비뚤어진 보세옷을 보면 그렇고 그런 뻔한 인생사를 들여다볼 수 있었다.

"멀쩡하게 잘 사는 년한테 함께 복수하자고 쫓아 올라온 내가 미친년이다."

보은이가 발딱 일어섰다.

"차비만 버렸네, 씨발. 그래도 너는 의리가 있는 줄 알았는데."

아직도 고기 몇 점이 연기를 피워 올리고 있는 탁자 앞에 민망하게 혼자 앉아 나는 '의리'라는 단어를 곱씹어보았다. 우리 나이에는 누구도 그런 단어를 쓰지 않았다. 고등학교 때 동거를 시작하려고 했으면서 키스하는 법을 몰랐고, 나이 서른둘에도 의리라는 것이 존재하리라고 믿었던 보은이는, 도대체 어떤 식으로 나이를 먹어온 걸까. 남들보다 빠르게 나이를 먹으려고 발버둥 치는 것처럼 보인 '까진' 아이는 아예 나이를 먹지 못했던 것이 아닐까. 나는 남은 술을 비우고 계산서를 집어 들었다.

보은이가 구속된 것은 몇 달이 지난 11월 무렵이었다. 그 아이가 무슨 사고를 치지 않을까 싶어서 거의 매일 인터넷 연예 뉴스를 챙겨보던 나는, 마음을 졸인 나머지 어쩌면 은밀하게 기다리기까지 했을지도 모를 뉴스를 발견했다.

아이돌 그룹 멤버 A군에게 유해물질이 든 음료수를 건네려던 30대 여성 B씨(무직)가 체포됐다. B씨는 그동안 A군이 멤버들과 함께 살고 있는 숙소 앞에 쓰레기를 버리거나, A군에게 잘게 찢은 자신의 사진과 바늘을 꽂은 인형을 보내는 등 이상행동을 보여왔다. 수사 결과 B씨는 인터넷 커뮤니티 등을 통해 "A군이 어린 시절 저지른 범죄로 인해 내 인생이 망가졌다", "상습적으로 여자를 패는 인간이다" 등등의 주장을 유포해 A군 소속사의 의뢰를 받아 경찰이 수사 중이던 인터넷 악플러와 동일 인물인 것으로 밝혀졌다. 소속사는 "B씨가 유포한 소문은 전혀 근거가 없는 허황된 것이다. 유흥업소에서 일하다가 한동안 실직 상태에 있던 A씨가 사회를 향한 분노를 엉뚱하게 표출한 것으로 보인다"고 밝혔다.

이 짧은 뉴스를 보자마자 나는 대번에 보은이가 내가 농담처럼 흘린 말을 곧이곧대로 실행해버렸다는 사실을 깨달았다. 20년 전처럼 내가 무심코 한 일이 어두운 악의를 품고 그 아이 마음에 번져간 것이다. 나는 뉴스에 줄줄이 달린 댓글들을 읽을까 망설이다가 인터넷 창을 닫아버렸다. 멀리서 제제의 초콜릿색 눈동자가 나를 노려보았다.

쉬는 시간에 제제를 둘러싸고 떠들던 남자아이들이 그 자리를 떠나 내게 가지고 온 것은 컬러 만화가 인쇄된 조그마한 책이었다. 아마도 누군가의 형이나 아버지가 영어 회화를 연습하려

김정원

고 테이프와 함께 샀을 것이다. 그중 누군가가 내 책상 위에 만화책을 내려놓으며 큰 소리로 물었다.

"너 영어 학원 다닌다고 했지? 이거 무슨 말인지 알아?"

열두 살 즈음이면 여자아이들이 남자아이보다 키도 크고 성숙하기 마련이다. 내 어깨에 닿을락 말락 하던 남자아이들이 언제나 우스워 보였던 나는 피식 웃으며 손끝으로 영어 대사를 하나하나 짚으며 읽기 시작했다.

"웨어 아 유 고잉, 제인? 어디 가니, 제인?"

그런 식으로 짧고 쉬웠던 대여섯 개 문장을 읽어 내려가자 남자아이들은 뒤 페이지에 적힌 해석을 확인하고는 환성을 지르며 신기해하다가 흘깃 제제를 돌아보았다.

"너는 아빠가 미국 사람이면서 진이보다 영어를 못하냐?"

언제나 미제 초콜릿바를 입에 물고 다니며 자랑스럽게 상표를 읽어주던 초콜릿색 피부의 혼혈아 제제는 나를 잠깐 노려보는가 싶더니 살찐 어깨를 동그랗게 움츠리며 아무 말 없이 창가 쪽으로 시선을 돌렸다. 제제는 영어를 하지 못했다. 아빠와 함께 살고 있었는데도 초등학교에 있던 흑인 혼혈아들은 모두 영어를 하지 못했다. 그랬기에, 나를 쏘아보던 제제의 눈동자가 며칠이 지나도록 어깨와 등 언저리에 젖은 얼룩처럼 습하고 끈적거리는 느낌으로 남아 있었으면서도, 나는 그 일이 사탕 껍데기로 돌아올 줄은 짐작도 하지 못했다.

어둡게 변한 컴퓨터 액정 위로 윈도 로고가 어지럽게 떠다니기 시작했다. 보은이가 입고 있던 싸구려 튜브톱의, 실밥이 너

덜거리는 스팽글이 반짝거렸고, 한 개에 10원짜리인 사탕 껍데기들이 바스락거렸고, 언제나 제제의 미제 학용품과 간식거리를 기웃거리던 남자아이들의 야비한 비웃음 소리가 들려왔다. 구름다리 아래 하얀 콘크리트 바닥에 9월 햇빛이 부딪혀 자잘하고 날카로운 조각들로 부서졌다. 생각해보면, 나도 그 남자아이들처럼 제제의 물건들이 신기하고 부러웠던 것일지 모르겠다. 10원짜리 엿을 물고 다니면서 그 아이의 초콜릿바와 밀크캐러멜를 보지 않으려 애쓰다가, 아주 사소한 기회를 얻자마자 아무것도 아닌 척 시기와 악의를 흘려보냈는지도 모르겠다.

나는 인터넷 메신저를 켰다. 거기엔 내가 아는 유일한 스포츠 신문 기자인 고 선배가 등록돼 있었다. 나는 그에게 말을 걸었다.

"고 선배, DOT 제이한테 스토커 붙은 거 맞지?"

"응, 그 여자 나이도 많던데 나이를 어디로 먹은 건지."

한심하다는 뜻으로 도리도리를 치는 강아지가 메신저 창에 떠올랐다. 굽이 아스팔트 바닥에 부딪힐 때마다 딱딱 소리를 내는 싸구려 샌들을 신은 나이 든 여자와, CF 한 편 찍으면 내가 10년 가까이 부어온 적금보다 많은 돈을 손에 넣을 화려한 아이돌 가수. 나는 쉿, 하고 조그마한 틈이 벌어지며 밀봉해두었던 나의 악의가 새 나오는 소리를 들었다.

"근데 그거 진짜면 어떡할래? 그냥 얘기해주는 건데 말이야, 내가 제이하고 같은 고향 출신이거든."

키보드가 빠르고 경쾌한 소음을 만들기 시작했다.

총각슈퍼 올림

김
민
아

**김
민
아**

대학에서 철학을, 대학원에서 상담과 사회복지를
전공했다. 2003년부터 국가인권위원회에서 일하고
있다. 지은 책으로는《우리는 서로의 이름을 부르며
자신의 안부를 물었다》《아픈 몸, 더 아픈 차별》《엄마,
없다》《인권은 대학 가서 누리라고요?》가 있고, 영화
〈4등〉 시나리오를 썼다. 다수의 저자와 공저를 몇 권
내기도 했다.

남자는 조린 음식을 좋아하는데 특히 두부조림을 최고로 쳤다. 지영은 유통기한이 내일까지인 두부를 냄비에 넣고 많다 싶게 조리고 나서야 그가 더는 오지 않는다는 게 생각났다. 한 끼 분량만 남겨놓고 용기에 두부를 담았다.

녹이 많이 슨 철문은 쉽게 열리지 않았다. 온몸으로 있는 힘 껏 밀 때마다 철문은 삭은 소리를 냈다. 할머니는 그새 집을 나선 모양이었다. 지영은 반찬통이 담긴 가방을 할머니 방문 앞 계단에 내려놓았다. 지난번 드린 냄비가 옆에 있었다. 냄비 안에는 삐뚤삐뚤하게 항시 고마워요, 라는 쪽지가 들어 있었다. 집 안으로 들어갈 때 보지 못했던 종이를 나오다 보았다.

한련 화분 가져간 사람!

다시 갖다 놓으세요.

소중히 키우던 것입니다.

제발 돌려주세요.

공책을 단숨에 찢었는지 찢긴 면이 들쭉날쭉했다. 까만 매직으로 큼직하게 꾹꾹 눌러쓴 글자엔 화가 실려 있었다. '사람' 글자 옆의 느낌표는 '노한 표정으로 사람을 부름과 동시에 바닥에 발을 구른다'는 대본의 지문 같았다. 다시금 둘러보니 종이는 하나가 아니라 여러 장으로, 보는 이의 눈높이에 맞춰 좌우 담벼락, 길이 넓어지는 바닥, 마을버스 정류장 옆 전봇대에도 붙어 있었다. 한 장을 쓰고 여러 장 복사한 게 아니라 모두 직접 써 내려간 이 사람은 누구일까. 가까운 곳에 살 테고 글씨체로 보아 여자인데. 그깟 화분 다시 사면 그만이지. 누구는 나무랄 수도 있겠지만 지영은 일면식도 없는 사람이 궁금하면서도 부러웠다. 그는 분실물에 마음 아파하는 사람이며, 화를 내야 할 땐 낼 줄 아는 사람이며, 어떤 절박함은 숨기지 않는 사람 같았다. 뭔가를 잃어버리면 체내 온도가 뚝 떨어지며 조그맣게 위축되는 지영과는 다른 사람. 지영은 잃어버리는 중이거나 잃어버린 것 앞에서는 본래 제 것이 아니었다고 급히 갈무리하는 사람이었다. 자신의 것을 가져가려 손을 뻗다 눈이 마주치면, 상대가 무안할까 봐 먼저 눈을 감아버린 적도 있었다. 나와의 인연은 여기까지야, 안녕, 하고 보내고 마는.

늦가을 여과지를 통과한 아침 볕은 부드럽고 말갛지만 지영

김민아

은 손을 들어 차양을 만들었다. 빛이 없어도 곧잘 손으로 차양을 만들어 쓰던 국어 선생님은 욕망이 없는 캐릭터에게는 이야기도 없다며, 욕망을 품은 사람이라야 사람의 마음을 잡아끌 수 있다고 했다. 교문 생김도 잊었는데 왜 그 말은 또렷할까. 내가 어디가 좋아요? 지영이 남자에게 물으면 당신은 무던해, 담담해서 좋아, 라고 말했다. 왜 떠나려고 해요?라고 물었던가. 남자는 지영을 포스트잇이라고 불렀다. 어디든 붙어 있을 순 있지만 죽어도 붙어 있겠다고는 안 하는, 절실함이 모자라는 종이.

*

사람들은 아침부터 늦은 저녁까지 어떻게 매일 한자리에 앉아 있느냐고 묻지만 앉아 있을 만큼 한가하진 않다. 틈틈이 쓸고 닦아야 하고, 물건이 처박혀 있다는 인상을 주지 않기 위해 진열에도 신경 써야 하고, 코흘리개들의 잔돈도 받아야 한다. 다른 슈퍼에 들어섰을 때 어질러진 계산대 위에 TV를 켜놓고 화면 속으로 들어가버린 밉상 주인을 더러 보아서 지영은 TV는 아예 들여놓을 생각도 하지 않았다. 자신이 짠 향나무 선반 위에 클래식 채널이 고정된 라디오와 꽃병을 올려두고 들어오는 이의 눈과 귀를 잠시라도 붙들고 싶었다. 슈퍼에서 한 정거장만 더 가면 마을버스 종점이고 하차하면 곧장 등산로라 사람들이 무시로 지나다녔다. 그들은 소식을 물어 나르는 제비처럼 물건을 고르는 짧은 시간에도 세상 돌아가는 이야기를 들려주었다. 그들의 노래가 시작되면 라디오 클래식은 백코러스로 작아졌다.

한 동네에서 10년을 살다 보니 슈퍼에 오는 사람들의 특징과 성격도 대충 짐작하게 된다. 1000원짜리라도 지폐는 모두 지갑에 넣어두는 깔끔한 사람, 5만 원짜리라도 주머니에서 구겨진 채로 내주는 털털한 사람, 이참에 동전 처리하겠다고 1만 원을 100원짜리 동전 백 개로 치르는 실속 있는 사람, 동네 사람이니 외상 긋자는 넉살 좋은 사람, 안주도 없이 매일 술만 사는 소박한 사람, 어떤 품목이든 가장 싼 것만 고르는 알뜰한 사람, 이왕이면 제일 비싼 걸 고르는 고마운 사람, 잠깐 오는데도 다 갖춰입고 오는 예의 바른 사람, 늘 속옷 바람으로 오는 자유분방한 사람. 지영은 그들의 변화에도 민감하다. 새로 사 입은 옷, 근자에 바꾼 헤어스타일도 알아차리니까. 물론 알은체한 적은 없다. 가게 열고 얼마 안 돼서 꼬마 손님이 왔다. 계산대에 200원을 척 올려놓더니 2000원짜리 초콜릿을 태연히 들고 나가던 여섯 살 정수는 올해 까까머리 중학생이 되었다. 정수는 단것을 좋아했는데, 지금은 변성기가 와서 없던 말수가 더 줄었다.

시간을 건디는 로맨스는 없듯 시간이 마모시키지 못하는 일은 없음을 지영은 슈퍼를 운영하면서 알았다. 더는 못 살겠다는 고성과 울부짖음이 밤을 가른 다음 날, 눈 밑까지 모자를 눌러쓰고 여자는 양파와 두부를 사러 오고, 남자는 담배를 달라 한다. 아이들은 엄마가 들려 보낸 돈으로 소금이나 간장 따위를 사고 잔돈으로 과자를 집었다.

반복되는 일상에선 오랫동안 덮어온 솜이불 냄새가 난다. 한

김민아

번쯤 솜을 털고 싶지만 번거롭고 성가시다. 지영은 자신이 파는 생활필수품에서 나는 이불 냄새가 어떨 땐 좋았고 어떨 땐 싫었다. 직원은 한 명이지만 엄격하게 관리되는 출근부에 도장 찍는 심정으로 지영은 매일 똑같은 시간에 셔터를 올렸다. 무엇도 바꾸지 않으려는 게으른 습관은 근면 성실함으로 비치기도 한다. 성적표 뒷면에는 담임선생님이 적어주는 행동 평가란이 있었다. 한 반 50명 아이들은 대개 네다섯 개 범주 안에서 분류됐다. 다소 산만함, 예의 바르고 인사성이 밝음, 주의 집중을 요함, 근면 성실함, 총명하고 명랑함. 고만고만한, 별 뜻 없는 평가라는 점에서, 한 사람의 근면 성실은 다소 산만한 성격 같은 것이다. 제아무리 성실해도 삶의 조건은 그다지 나아지지 않으니 역시 분류된 범주를 벗어나지 못한다.

평소보다 더 열심히 바닥을 닦고 있다. 해가 뉘엿 지는데 오늘은 생수 두 병, 맥주 두 캔, 라면 세 봉지, 수세미 한 개, 반값 아이스크림 네 개, 치약 한 개, 참치 두 캔, 화장지 두 개를 팔았다. 1킬로 반경 안에 편의점이 두 개나 생긴 게 6개월 전, 그때만 해도 총각슈퍼에 오던 사람들의 관성은 그런대로 유지됐지만 동네에서 시내로 접어드는 사거리에 대형 마트가 들어선 한 달 전부터는 사정이 달라졌다.

조금 일찍 닫으려는데 종점 한의사가 수세미를 사러 왔다. 값을 치르고 나가다가 문 앞에서 다시 돌아오더니 지영의 안색을 살피기 시작했다. 가게는 금세 진료실로 변했다. 지영의 손목을 끌어다 맥도 짚었다.

"맥에, 맥이 하나도 없네요. 파란 감자에 싹 난 격이에요. 좁은 공간에서만 종종거리면 찾아오던 좋은 기운도 제 자리가 없다는 걸 알고 나가버려요. 쉬어야 해요."

그는 지영에게 종이 한 장을 달라고 했다. 그는 망설임 없이 처방전이라 쓰더니 한 줄 아래 '山川을 떠돌다 올 것'이라고 썼다.

"이게 처방이에요?"

"지금은 먹는 약보다 쐬는 바람이 더 급해요. 일종의 풍욕이라 생각하면 될 거요."

지난 몇 년간 바람 한번 쐬질 못했다. 지영은 휴가를 허락해 준 처방지가 마음에 들었다. 한의사의 흘림체는 동양화 같기도 했다. 지영은 처방지를 잘 펴서 액자에 넣고 라디오 옆에 세워두었다. 단출하게 짐을 꾸리면서도 마음이 흔들리지 않으려 거듭 보았다.

낮에는 물만 보고 밤에는 별만 보는 호젓한 날들을 보냈다. 지영은 메마른 둥걸에 물이 오르는 걸 느꼈다. 집으로 돌아오는 버스 안, 고르지 못한 노면에 출렁이는 건 승객들이 아니라 지영의 몸속에 흐르는 물이었다.

*

2주 동안 쉽니다, 종이를 떼어내고 셔터를 올리다 여독이 풀리지 않아 헛것을 본 줄 알았다. 슈퍼 유리에 비친 맞은편엔 처음 보는 건물이 서 있었다. 옷을 수선하는 미자 할머니와 수선

김민아

가게는 어디로 가고, 처음 보는 사람이 그 자리에 앉아 있는 걸까. 당황하는 지영을 멀리서 보고 있었던 게 분명한 세탁소 할아버지가 담배에 불을 붙이며 걸어왔다.

"이름이 요상하지? 건물이라는 게 2주 만에도 지어지더라니까."

총각슈퍼라면서 처녀가 주인이라고, 동네 아저씨들은 가끔 지영을 놀렸다. 원래 있던 슈퍼를 인수하면서 지영은 상호는 바꾸지 않았다. 장수부동산, 온누리약국, 선미분식, 옥연동 신문보급소, 우리세탁소, 부흥쌀집 옆에 총각슈퍼는 꼭 어울렸다.

노블리카라는 상호는 그런 무채색들 한가운데 찍힌 강렬한 원색이었다. 여배우나 쓸 법한 깃털이 화려한 작은 모자, 비즈를 촘촘하게 달아 어깨선을 강조한 블라우스, 가슴골이 깊게 파인 원피스, 속 팬티에 가까운 반바지, 빛나는 보석들이 노블리카의 투명한 통유리 안에서 반짝였다. 그것들은 값비싸 보였다. 머리를 틀어 올린 여자는 눈처럼 하얀 블라우스와 은은한 베이지색 미니스커트가 잘 어울렸다. 긴 목, 반듯한 쇄골에는 진주 목걸이가 걸려 있었는데 목걸이 스스로 기품이란 이런 것이다, 라고 과시하는 것 같았다. 앙다문 빨간 입술은 그녀 어딘가에 감추어진 열정의 단서처럼 보였다. 지영은 아름다움에 사로잡힌 남자의 눈으로 노블리카를 보았다. 그때 한 남자가 노블리카의 문을 열고 들어섰다. 조명 아래 선 두 사람은 손뼉을 치며 까르르 웃었다. 남자가 여자를 더 좋아하는 것 같았다. 지영은 의자에 앉아 손을 뻗어 두 사람을 손바닥 안으로 모았다. 두 사람이 쪽 들어오자마자 주먹을 꽉 움켜쥐었다. 답답하지도 않은지 둘은 웃음을 멈추지 않았다.

산 아래 오롯이 자리한 이 동네는 10년 전만 해도 기와지붕으로 잇닿은 한옥이 빼곡했지만, 목조건축물이 헐린 곳에 콘크리트 건물들이 들어서면서 한옥은 대부분 자취를 감추었다. 최근 1~2년 새 문화 연구하는 이들이 박물관에 버금갈 만하다고 언급하면서 낙후된 동네에서 단박에 보존해야 할 문화재가 되었다. 명맥만 유지되던 한옥이 '전통문화'라고 팔려나갔으니 그때부터였나 보다. 더 낡은 기와와 더 허름한 대문의 집값이 뛰고 동네에 활기가 돌기 시작한 것은. 쿵쾅쿵쾅 소음과 보풀 분진이 자욱한 공사장이 늘어났고, 잠잠해지면 어디선가 사람들이 들어왔다. 같은 일이 반복되자 동네 깊숙이 사람들이 말하는 상권이라는 게 형성됐다.

장수부동산 장 씨가 바빠졌다. 많이 걸어 납작해진 그의 구두 뒷굽을 보니 알겠다. 장 씨는 옆구리에 날렵하고 단단한 손가방을 낀 남자와 보조를 맞추며 쌀집, 우유보급소, 양품점, 떡방앗간을 매일 찾아다녔다. 비밀회담 같은 장면을 지영도 몇 번 목격했다. 부흥쌀집에 쌀 1만 원어치를 사러 간 날, 묻지도 않았는데 네가 궁금해하니까 특별히 너에게만 말해준다는 표정으로 아주머니는 녹취를 풀었다.

"권리금은 물론이고 보상금까지 준다잖아. 가게만 내달래. 내 얼굴에 화색이 돈 모양이야. 부동산이 눈치를 주더라. 일단 생각해보겠다고 하고 돌려보냈어. 부동산이 잘했다고 치켜세우더니 구매자들이 몸이 단 상태라 부르는 대로 줄 기세라는 거야. 협상을 하라는 거지. 슈퍼엔 아직 안 왔어?"

찰진 떡방앗간, 우리세탁소, 동네 미용실의 한옥 외관은 건드리지 않고 내부만 현대식으로 개조해 카페, 술집, 고급 옷집을 세울 거라 했다. 노블리카들이 몰려오고 있었다. 조금씩 사두고 먹어야 쌀벌레가 생기지 않는데. 1만 원어치씩 사다 먹는 쌀도 이젠 안녕이구나. 지영은 쌀 1만 원어치의 무게를 기억해두려고 봉지를 들어 앞뒤로 흔들어보았다.

두부 정도가 아니었다. 총각슈퍼에는 유통기한을 넘기는 식료품이 자꾸 늘어갔다. 하나 사면 하나 더 끼워주기도 해봤지만 기한을 서너 시간 남긴 공짜는 인기가 없었다. 폐지 줍는 할머니만이 지영의 두부와 콩나물 조림을 미안해하며 기다렸다.

집에 와 밥을 안치고 다시 신발을 꿰어 신었다. 음식 장만을 하다 마늘이 떨어진 걸 안 주부가 슬리퍼를 질질 끌고 걸어 덜렁 마늘 한 봉지만 사 오기엔 다소 망설여지는 거리지만, 총각슈퍼의 말라비틀어진 마늘을 떠올리면 마음을 다잡고 가야 하는 거리. 지영은 그런 주부의 심정으로 사거리마트까지 걸었다. 총각슈퍼에서 마트까지는 채 10분이 걸리지 않았다.

*

얇은 잠을 덮었더니 추웠나 보다. 온기를 그러모아 다시 자려

했지만 잠은 달아난 뒤였다. 잠자리에 든 흔적만 남은 이부자리를 밀쳐두고 머리맡의 시계를 보았다. 새날로 접어든 지 한 시간도 지나지 않았다. 지영은 방문을 열고 문지방에 걸터앉았다. 음료가 빽빽이 들어찬 냉장고의 파란 빛을 받아 파랗게 잠이 든 매장의 물건들. 빛은 가늘게 낮의 일에까지 가닿았다.

빨갛게 점멸하는 네온이 없었다면, 대형 교회인 줄 알았을 것이다. 뾰족한 첨탑에 사거리마트라는 상호가 걸려 있었다. 얼마나 거대한지 입구에 서 있기만 했는데도 마트는 지영을 빨아들였다. 교회라면 신도 1000명은 족히 들어갈 만한 공간이었다. 삼면이 바다인 한반도를 연상시키는 마트 안 각 벽면은 막 잡아 온 수산물과 물기를 머금은 채소, 유통기한 따위는 걱정하지 않아도 되는 다양한 유제품들로 넘쳐났다. 채소 코너에는 깨끗이 씻겨 한 묶음씩 정돈된 마늘이 바로 위에서 뿜어져 나오는 하얀 냉기에 휩싸여 신선도를 유지하고 있었다. 지영은 마늘 한 봉지를 집고 싶은 충동을 느꼈다. 지영의 슈퍼에서는 볼 수 없는 물건이 많았다. 커다란 카트를 양쪽에서 밀고 다녀도 여유로운 홀을 따라 걷다 보면 빽빽이 진열된 신비로운 제품의 세계가 펼쳐졌다. 그 세계의 끝은 계산대로 수렴되었다. 차례를 기다리며 그득 채워진 카트 옆에 선 사람들의 얼굴에선 한곳에서 빠르게 해치웠다는 만족감이 묻어났다. 물건을 사러 간 게 아닌 일종의 염탐이었다는 불순한 의도에서 벗어나기 위해 지영은 뭘 하나 사야겠다고 마음먹었다. 지영의 슈퍼에는 없는 물건을 고르고 싶었지만 그런 물건은 너무 많아서 무얼 집어야 할지, 지영은 밝

김민아

은 대로에서 길을 잃은 것 같았다. 결국 치실 한 통을 들었지만 계산은 오래 걸렸다.

총각슈퍼에도 물건이 이렇게 많은데, 줄 서지 않아도 되는데 긴 줄을 마다치 않고 기다리던 사람들. 총각슈퍼에선 한동안 물만 사가던 정수 엄마는 지영과 눈이 마주치자 지갑을 찾는 척한다. 마트 봉지를 들고 가던 화평빌라 101호 아주머니는 총각슈퍼 앞을 지날 때 봉지를 뒤로 감추고 걷는다. 그들이 총각슈퍼를 의식하고 있다는 걸 불편하다고 해야 할지 고맙다고 해야 할지 정리하지 못한 채 지영은 매장의 스위치를 켰다. 가게 안이 대낮처럼 환해지자 방금까지 지영을 보고 있던 사람들이 물건들 뒤로 재빨리 몸을 숨겼다.

셔터를 올리고 밖으로 나왔다. 훅 추웠다. 겨울이 종점을 출발해 이곳으로 오고 있었다. 기지개를 켜다 올려다본 하늘엔 빛나는 무엇이 있었다. 아마도 별이겠지만, 하나는 지나치게 빛나 별이 아닌 것 같았고 다른 하나는 겨우 빛나서 별이 아닌 것 같았다.

길엔 아무도 보이지 않는데 어디선가 부스럭거리는 소리가 들렸다. 지영은 소리를 따라갔다. 골목 안쪽에 자리한 빌라 아래서 아주머니와 아저씨 두 분이 집집마다 내놓은 재활용품을 분리하고 있었다.

바닥에 주저앉아 신문지와 플라스틱 통과 병들을 골라내는 뒷모습은 짚을 꼬거나 나물을 다듬는 사람 같아 보였지만, 들러붙은 음식물 찌꺼기 냄새 때문에 착시는 일순 사라졌다. 일주일의 3일은 밤마다 음식물 쓰레기 냄새가 응체돼 골목도 두통에 시달렸다. 먹고, 마시고, 트림하고, 방귀 뀌는 골목의 내장을 어디선가 나타난 밤의 사람들이 닦아내고 있었다.

할머니도 보였다. 지영은 할머니를 알고 버려진 종이의 세계를 알았다. 허리가 굽고 시야가 어두운 또래 노인보다 조금이라도 먼저 나와야 하나라도 더 주워 모을 수 있는 세계. 짧은 골목길 안에 폐지 줍는 노인이 다섯이나 된다는 건, 하루 종일 긁어모아도 수중에 2000원을 쥘까 말까 하는 동네에서 다섯 노인이 1만 원을 엇비슷하게 나눠 가진다는 뜻이었다. 처음부터 1만 원이 있지만 버려진 유모차에 폐지를 싣고 셀 수 없이 골목을 오가야 2000원을 손에 쥘 수 있는. 그들 앞에서 편의점과 마트를 원망할 순 없다. 지영은 슈퍼로 돌아가 개켜둔 상자 한 무더기를 유모차에 싣기 편하도록 힘주어 묶으면서 읊조렸다.

"흔드니까 흔들리는 건……."

*

"엊그제 장 씨 다녀갔다며? 상인연합회 사람 다 긁어다가 1년 넘게 데모했는데도 큰길에 떡하니 마트가 들어섰으니 딱할 노릇이지. 시한부로 오늘내일하던 아랫동네 재래시장도 그때 숨통 끊긴 거라고 봐야 해. 사람 목숨 줄을 끊어놓다니 나쁜 놈들이야 아주. 그래도 말이야, 나는 총각슈퍼 나가는 거 반대야, 우리 동네로 말할 거 같으면……."

김민아

손가방을 든 남자와 함께 장 씨가 슈퍼에 들어서자 세탁소 할아버지는 말을 멈췄다. 남자는 지난번에 보았던 손가방이 아니었다. 지영은 장 씨에게 조금만 기다려달라는 목례를 보냈다.

"장 씨가 이 동네에서 제일 신난 거 같아."

계산을 마친 할아버지가 장 씨에게 던진 한마디엔, 두 사람 사이에 어떤 전사(前事)가 있었음을 짐작게 하는 감정이 묻어 있었다. 할아버지가 나가자 장 씨는 도면을 탁자에 펼쳐 보였다.

"노인네, 어지간해야지."

안으로 도르르 말리는 종이를 손으로 쓸어내리면서 장 씨는 지영을 보았다.

"이거 봐 슈퍼 언니, 소식 들었지? 분식점 언니는 지난주에 내놨어. 이게 선미분식 도면인데 슈퍼랑 비슷한 면적이야. 나를 잘 믿고 따라와서 섭섭지 않게 해줬지. 이 가격이야."

장 씨는 보상금 숫자에 빨간 볼펜으로 두세 차례 동그라미를 치더니 밑줄을 쫙 그었다. 지영이 가타부타 말이 없자 방금까지 했던 말을 반복했다. 손가방 남자는 짜증이 묻은 얼굴로 보는 듯 마는 듯 슈퍼 안을 휘휘 둘러봤다.

"세탁소 노인한테 무슨 말을 들었는지 몰라도 머리 너무 굴리면 못써 언니야. 또 올게."

릴레이 주자처럼 이번엔 쌀집 아주머니가 슈퍼로 뛰어들었다.

"합의 봤어?"

지영은 피식 웃었다.

"사고 처리해요? 합의는 무슨."

"농담 말고 어서 말해봐. 얼마 준대?"

지영은 아무 말도 안 했다고 했다.

"왜? 왜 그런 건데?"

아주머니는 방금 끝난 시험의 정답을 캐묻기 시작했다.

"여길 넘긴다는 생각을 해본 적이 없어서요."

원하는 답이 아니어서 부아가 난 걸까. 아주머니는 팔을 걷어붙이더니 계산대를 내리쳤다.

"뭐라고? 그럼 이 고물을 끼고 죽기라도 하겠다는 거야? 나도 보는 눈이 있어. 솔직히 장사 안 되잖아. 그렇게 안 봤는데 은근히 욕심 있다 자기. 시간 끈다고 더 받는 거 아냐."

아주머니는 문을 거세게 열어젖히고 나가버렸다. 열린 문틈 사이로 들어오는 찬 바람 때문은 아닐 텐데, 지영은 현기증이 일며 두 손이 차가워지는 걸 느꼈다. 그녀는 "돈을 번다는 의미에 대해 자신의 생각을 피력하시오"라는 질문지를 강제로 받아 든 기분이었다. 슈퍼 운영은 돈 버는 일임이 틀림없다. 돈을 벌지 않으려면 장사를 왜 하겠는가. 그러나 여기서 내몰리면서까지 돈을 벌겠다는 생각은 해본 적이 없다. 그런데 누가, 정말이냐고, 그런 척만 하는 거 아니냐고 물어보면 자신 있게, 아니에요! 라고 대답할 수 있을까. 억만금을 준대도 이곳에서 나가지 않을 테야 정도는 아니지 않을까. 지영은 생각이 꼬이는 미로에 빠진 것 같았다.

평정심을 잃어버렸어요.

김민아

가져간 사람! 다시 갖다 놓으세요.

소중히 간직하던 것입니다.

제발 돌려주세요.

공책을 찢어서 욕실 거울에 붙여놓고, 지영은 양치질을 하며 계속 노려보았다. 거울은 슈퍼 유리창으로 변했다. 정수 엄마가 슈퍼로 들어온다. "간밤에 잠 안 자고 책 읽었구나?" 정수가 심 드렁한 표정으로 들어오더니 과자 한 봉지를 집어 든다. 세탁소 할아버지가 들어오신다. "누가 밖에 낙서 붙여놨더라. 떼버려." 부동산 장 씨 아저씨는 보지도 않고 들어온다. (안 돼요. 읽고 다 시 들어오세요. 지영은 등을 떠민다.) "뭐야? 저런 거 붙여놔도 더 올려주지 않아." 생활한복을 입은 행인이 들어온다. "도(道)에 관심 있으시군요."

지영은 거울에 붙인 종이는 떼버리고 오늘은 쉽니다, 라고 다 시 쓴 후 가게 유리창에 붙이고 문을 잠갔다. 내일까지가 유통 기한인 두부는 한쪽으로 밀어두고 어제 들어온 두부를 뜯어 많 다 싶게 조렸다. 도톰하게 계란말이도 만들었다. 얇게 썬 호박 에 밀가루 옷을 입혀 호박전도 부쳐냈다. 콩나물무침이 지겨워 서 마늘을 굵직하게 썰어 넣고 맑은 콩나물국을 끓였다. 반찬은 3단 찬합에 가지런히 넣고, 국은 주전자에 담았다. 할머니 방문 앞에 어지럽게 흩어진 폐지는 정리해서 한쪽에 세워두고 지영 은 보따리 두 개를 계단 위에 내려놓았다.

혼자 드시기엔 많을 거예요. 저녁에 놀러 갈게요. 종이는 보자기 사이에 끼워두었다.

지영은 처방전 액자를 내려 쓰다듬다가 장갑을 찾아 끼고 물한 통을 들었다. 멀리서 버스 타고도 찾아오는 산인데 자신은 마을버스조차 탈 필요 없는 코앞의 산을 오르지 못했던, 아니 쳐다보지도 않았던 날들이 이상하게 느껴졌다. 왜 이제 왔냐고, 산이 자신을 밀어내는 통에 지영은 처음엔 겁을 먹었다. 소란스럽던 몸 안의 시름이 가쁜 숨으로 뿜어져 나오자 고요해진 자리에 볕이 들기 시작하면서, 산도 지영도 조금은 누그러졌다.

지영은 나무와 바위의 굴곡을 어루만지며 더 높이 올랐다. 그것들은 눅진한 이끼에 감싸여 있었고 두꺼운 표면에서는 한기가 느껴졌다. 무엇에도 흔들리지 않으려고, 이끼는 이토록 단단하게 나무와 바위에 들러붙었을까. 그런 절박함이 켜가 된 걸까. 나무, 바위, 이끼의 가늠할 수 없는 생애가 그 순간 지영에게 깊숙이 들어왔다. 지영은 더 이상 차갑지 않고 마침내 시렸다. 누군가, 무언가 원했던 마음과 말하지 못한 말들 사이에 낮달 같은 내 욕망이 있었을 텐데. 지영은 내뱉지 못하고 가두어둔 말들을 생각했다. 보이는 건 온통 하늘뿐 더 오를 곳이 없었다. 달아날 곳도 숨을 곳도 없었다. 누구에게도 안녕, 여기까지인가봐, 라고 말할 수 없었다.

가게로 돌아온 지영은 공책을 꺼냈다. 글자 한 자 한 자에 평정심을 둘러 정갈하게 써 내려갔다. 소중히 가꾸던 곳입니다. 가게는 팔지 않습니다. 총각슈퍼 올림. 찢기는 면이 들쭉날쭉하지 않도록 지영은 자를 대고 반듯하게 잘라냈다. 종이 모서리에

김민아

투명 테이프를 두르고 가게 유리창에 붙였다. 멀리서 정수가 터벅터벅 걸어오고 있었다. 지영은 반갑게 손을 흔들며 야구 감독이 선수에게 수신호를 하듯 메모를 보라는 시늉을 보냈다. 정수는 손바닥을 모아 반사하더니 문을 열고 들어와 굵은 목소리로 말했다.

"초코바나 줘요."

전광판 인간

서
주
희

서
주
희

경희대학교 가정관리학과 졸업.
현, (주)아이스크림에듀 근무.

배우가 극 중 여자에게 예쁘다고 하는 말은 거짓이다. 전광판에 너! 못생겼어!라고 나오기 때문이다. 여자의 눈에는 전광판이 보이지 않지만 관객은 전광판을 보고 깔깔거릴 수 있었다. 원장님의 특별 지시로 서울 대학로의 연극을 보러 갔었다. 연극의 제목은 〈전광판 인간〉이었다. 녹색 말을 먹으면 몸이 초록색으로 변하는 물벼룩처럼, 생각이나 느낌이 가슴팍에 달린 전광판에 드러나, 속마음을 속일 수 없는 사람의 이야기였다. 돌아오는 길에 승합차에서 원장님과 기사 아저씨가 나누는 이야기를 들었다. 기사 아저씨는 자기 아내의 가슴팍에도 전광판이 달려서 마음속을 훤히 들여다봤으면 좋겠다고 했고, 원장님은 죽을 때까지 같이 살 사람인데 관심을 갖고 살피다 보면 언젠가 전광판이 짠 하고 나타날 거라고 했다. 원장님은 전시장 한 곳을 들러서 가자고 했다.

　전시장 내부는 조용했다. 많은 작품을 전시하기 위해 벽면마다 새로운 벽이 튀어나와 있는 구조여서 미로 같다는 인상을 주었다. 전시된 사진들에는 열악한 환경 속에서 질긴 생명력으로 살아가는 세계인들의 생활상이 담겨 있었다. 흑백사진 속 인물들의 모습이 낯설어 무척 이질적으로 느껴졌다. 아프리카의 난민, 돌을 채취하는 어린이들, 전쟁에 지친 젊은이들의 모습이었다. 내가 탄 휠체어를 밀어주던 기사 아저씨는 놀랍다는 듯, '세상에!'란 말을 반복하며 관람했다. 감상을 이야기하고 싶은 모양인데, 나에게는 아무 말도 건네지 않았다. 저만치 서 있는 원장님이 가까이 오기를 기다렸다가, "지구상에는 힘들게 사는 이들이 정말 많은 것 같다"는 말을 건넸다. 원장님은 아무 말도 하지 않고 다음 사진을 향해 걸어갔다. 나는 내 가슴팍에 걸린 전광판으로 맞아요! 아저씨! 그런 것 같아요!라고 말해주고 싶었지만 내겐 전광판도 없을뿐더러, 아저씨는 내가 뭔가를 볼 수 있고, 느낄 수 있고, 생각할 수 있고, 심지어 손가락까지 움직일 수 있다는 사실을 전혀 알지 못한다.

　상지원으로 돌아가는 길, 기사 아저씨가 원장님에게, 은정이는 아무것도 모르는데 왜 데리고 왔냐고 물었다. 혼자 두기 그래서 데리고 왔다는 말씀을 하셨다. 그리고 덧붙였다. 은정이가 아무것도 모르는지, 뭔가를 아는지 아무도 모르지 않냐고. 아무것도 모르리라는 것은 그저 우리의 짐작일 뿐이라고 했다.

　내게 있어 이 세상은, 활발히 움직이는 것들이 만들어내는 홀

룽한 전시장이다. 그렇게 된 지는 19년이 되었다. 사실 그건 태어난 지 19년이 되었다는 뜻이고, 내가 세상을 세밀하게 들여다보기 시작하고 나의 정체성을 관람자로 규정지은 지는 10년가량 되었다. 아홉 살까지의 삶은 내 기억에 없다. 내가 정신을 차리고 이 세상을 인식하기 시작했을 땐 이미 많은 것이 늦은 상태였다. 나는 상지원이란 곳에 있었고, 사회복지사들이 나를 돌보고 있었다. 전광판처럼 생긴 네모난 텔레비전을 통해 세상을 구경하는 것 말고 달리 할 수 있는 일이 없었다. 〈블랙〉이라는 인도 영화에서, 말도 못 하고 들을 수도 없는 시각장애아가, 손으로 만졌던 물렁한 액체에 '워터'라는 이름이 있다는 것을 알았을 때의 감격처럼, 나도 내가 존재하는 세상에 정자와 난자가 있고, 양수가 있고, 탄생이 있고, 가족이 가족을 버릴 수도 있으며, 나와 전혀 상관없는 사람들이 나를 돌볼 수 있다는 사실을 알았을 때 놀라움을 금치 못했다. 구경꾼의 운명을 받아들이기까지 내 전광판에는 숱한 말들이 쓰였다 지워지기를 반복했다.

그녀가 들어왔다. 요즘 들어 살이 많이 빠져서 오늘따라 말라 보이기까지 한다. 얼굴은 초췌하고 눈은 울었는지 퉁퉁 부어 있다. 목에 걸친 분홍색 앞치마에는 아이들을 씻기거나 먹이면서 묻었을 비눗물 자국과 김칫국물 얼룩이 선명하다. 그녀는 들어오자마자 내 머리통을 한 대 후려갈기더니 텔레비전 앞에 앉아 리모컨으로 채널을 빠르게 돌렸다. 마음에 드는 프로그램이 없는지 텔레비전을 끄고 다가와, "씨발!" 하고 조용히 속삭였다.

"존나 짜증 나!"라고 좀 더 큰 소리로 말했다. 그녀는 내 머리통을 한 번 더 세게 내리치고는 방을 나갔다.

　그녀의 나이는 스물일곱 살. 집은 인천. 가족은 아버지 한 명이다. 평소 멋 부리기를 좋아하고 화려하게 화장하는 것을 즐긴다. 상지원에서 사회복지사로 일한 지는 4년 정도 되었고, 그사이 그만둔다고 사직서를 냈다가 번복하기를 반복했다. 내가 있는 건물인 소망동의 4호실을 맡은 그녀가 주로 하는 일은 밥 먹이기, 청소하기, 아이들 씻기기 등이다. 그녀가 즐거운 표정으로 일하는 모습을 단 한 번도 본 적이 없다. 그렇다고 다른 사회복지사들과 희희낙락 즐겁게 수다 떠는 모습도 본 적이 없다. 출근 시각을 지키지 못해 매번 지각했다. 퇴근 시각이 되면 하던 일도 마무리하지 않고 화장부터 진하게 했다. 근무할 때 입은 흰 티와 검은 바지, 분홍색 앞치마를 내팽개치고, 입고 왔던 미니스커트와 가슴 윤곽이 드러나는 쫄티로 갈아입고 잽싸게 나갔다. 다른 사회복지사들은 그녀가 없을 때 흉을 자주 봤다. 그녀가 잘리고 새로 사람을 뽑았으면 좋겠다고.

　상지원은 서울 노원구에 위치한 중증장애 시설이다. 지적장애, 지체장애, 다운증후군, 복합장애아들이 소망동에 있고 마당을 사이에 두고 건너편 희망동에는 간혹 짐승처럼 울어대는 자폐아들이 거주한다. 나는 4호실 아이들이 가진 장애의 특징을 텔레비전을 통해 배웠고 힘겹게 외워두었다. 미성숙한 뇌의 비진행성 손상으로 야기된, 운동과 자세의 장애. 나를 비롯해 이

방의 아이들은 딱딱해진 육체의 교도소에 갇혀 산다. 가끔 상상하곤 한다. 쇼생크 교도소의 벽을 숟가락으로 파서 도망쳐 나온 그처럼 나도 육체로부터 탈출을 도모할 수 있었으면 좋겠다고. 척수가 있는 험하고 어두운 길목을 따라 손톱으로 야금야금 파인 척추의 구멍을 통해 연기처럼 빠져나가는 것이다. 자유로워진 나의 영혼이 가장 먼저 하고 싶은 일은 짙은 화장을 하고 나간 그녀의 뒤를 쫓는 일이다. 노원구에서 인천까지면 꽤 먼 거리인데 지하철에서 주로 무엇을 하는지, 그의 집은 어떻게 생겼고, 혼자 있을 때는 무엇을 하는지, 남자 친구와 있을 때만큼은 해맑게 웃는지 확인하고 싶다. 영혼만 자유로운 것이 아니라 몸까지 자유로워진다면 분위기 있는 근사한 커피숍에 앉아 그녀가 하는 모든 이야기를 들으며 맞장구를 쳐주고 싶다.

잠을 자던 다섯 살짜리 뇌성마비 아이, 성일이가 눈을 떴다. 먹고 자는 일 외에 아무것도 할 수 없는 이 방 아이들. 본능대로 먹고, 기계처럼 잠을 잘 뿐이다. 성일이가 일어났다는 것은 점심시간이 되었다는 뜻이다. 그녀와 다른 사회복지사 한 명이 큰 쟁반에다 밥과 컵, 물병과 양치 세트를 들고 들어왔다. 맨밥에 당근, 오이, 호박, 시금치 등의 삶은 채소를 다져 넣고 달걀을 푼 다음, 참기름을 넣어 비빈 비빔밥이 이곳 장애아들의 주식이다. 아무것도 모른 채 먹고 소화하고 싸는 일이, 누군가의 이야기를 듣고 공감해주는 일보다 위대한 생존이라면 난 퇴보를 한 셈이다. 내 차례가 되었다. 그녀가 나를 모로 눕히고 내 입에 한 숟가락씩 밥을 넣어준다. 나는 누워도 무릎이 접혀 있다. 등 뒤로 뻗어 있는 팔 때문에 이 방의 다른 아이들처럼 천장을 향해 똑바로 누울 수가 없다. 우스꽝스러운 자세로 눈알을 정신없이 굴리며 열심히 씹고 삼키는 나. 밥 먹을 때마다, 날 가졌던 그 여자를 떠올렸다. 그 여자의 젖을 빨아보긴 했을까. 텔레비전에서 해주는 〈생로병사의 비밀〉에서 보니 장애아 낳을 확률이 높은 산모는 모체 혈청 태아 검사, 융모막 검사, 양수 효소 검사 등 출산전 특별 검사를 받아야 한다고 하던데, 그 여자는 이렇게 좋은 검사가 있는 줄 알고 있었을까. 만약, 기형아 검사에서 아무 이상이 없어서 날 낳았다면 생후 몇 개월부터 괴물로 변하기 시작했을까. 그 여자는 지금 편안한지 궁금해졌다. 내가 씹고 삼키는 동안, 숟가락에 다음에 먹일 밥을 떠놓고 기다리는 그녀가 회전하는 나의 눈알을 노려보듯 응시하고 있는 것이 느껴졌다. 그녀는 무슨 생각을 하고 있을까.

1년 전 즈음이다. 의자에 앉아 자다가 나와 똑같이 생긴 아이가 내 몸 안에서 기어 나오는 꿈을 꾸고 놀라서 눈을 떴다. 붉은 여명이 어둑한 밤을 몰아내고 있는 시각이었다. 4호실의 아이들은 기척도 없이 자고 있었다. 그때였다. 내 몸속 은밀한 곳, 길고 어두운 구멍에서 뭔가 질척한 것이 흘러나오는 느낌을 받았다. 혹 꿈에서처럼, 나와 똑같이 생긴 아이가 기어 나오는 것인가, 만약 그렇다면 그 아이를 어떻게 보고, 어떻게 다시 집어넣어야 할까를 상상했다. 아이가 나오기 전에 염산이라도 마셔녹여버려야 하지 않을까 하는 생각까지 하다가 갑자기 얼마 전

서주희

에 본 드라마의 한 장면이 생각났다. 바람나서 딴 남자를 따라가는 주제에 그것도 양심이라고 아직 어린 딸을 위해 생리대를 한 박스 사 주고 가던 여자.

"은정이가 생리를 하나 봐, 어떡해!"

목욕을 시키기 위해 기저귀와 팬티를 벗기던 그녀가 기겁을 했다.

"기저귀 갈아주는 것도 힘든데, 한 달에 한 번씩 이걸 어떻게 뒤처리해주냐고, 미치겠네!"

나도 사람이라고 설마 생리를 하는 것이 아닐까 짐작했지만 그녀의 입에서 그 단어를 듣자 소름 끼치도록 두려웠다. 초경, 피, 여자, 강간, 임신, 기형아……. 소용돌이치던 내 눈알이 N극과 S극이 만났을 때처럼 '착!' 하고 멈췄고 때마침 눈 주위를 씻기던 그녀의 시선이 화살처럼 내 눈에 꽂혔다. 흠칫 놀란 그녀의 얼굴이 흙빛으로 변했다. 그녀가 같이 목욕을 시키던 1호실 사회복지사에게 물었다.

"은정이, 뇌병변 맞지?"

"어, 1급이잖아, 이 정도면 특특특 1급인 셈이지."

"뇌병변이면 머리부터 맛이 간 거잖아. 전신마비가 뇌 기능 이상 말고 다른 원인도 있나?"

"없지. 그렇다고 뇌의 전부가 파괴된 건 아니지 않을까?"

생리. 나를 가두고 있던 감옥의 새로운 변화였다. 딱 붙어버린 허벅지와, 종아리가 부채꼴 모양으로 퍼진 채 접힌 무릎이 내 하반신이다. 단 한 번도 서보지도 걸어보지도 못한 내 하체. 상반신은 더 압권이다. 양팔은 새가 비상하기 위해 뒤로 날개를 활짝 펼친 것처럼 등 뒤로 쭉 뻗은 모양을 하고 있다. 머리는 목을 기준으로 30도 정도 기울어져 있고, 입술 역시 삐뚤다. 눈알은 초점 없이 미친 듯이 돌아가기 때문에 사람들은 내 눈을 피한다. 정면으로 볼 자신이 없는 것이다. 그래서 뭔가를 새롭게 인식했을 때, 놀랐을 때, 무엇보다 내 뜻과 의지를 선명하게 밝히고 싶을 때 눈알이 일순간 멈춘다는 것을 아무도 모른다. 그렇기 때문에 내가 텔레비전으로 이 세상을 배우고, 알아가고 있다는 것을 전혀 눈치채지 못했다. 목욕을 다 시킨 그녀가 나를 4호실로 옮기고 내 앞에 전신거울을 세우고 말했다.

"한번, 봐."

어딘가에서 숨죽이고 살면서 누군가의 이야기를 들으며 '그래그래 네 말이 맞아!' 하고 맞장구쳐주고 있을 '아빠'란 사람이, 꽁꽁 언 저수지에서 썰매를 탄 나를 뒤에서 힘껏 밀어준다면 거울에 비친 이 모습으로 씽씽 달리지 않을까? 내 모습을 더 이상 보고 싶지 않았지만, 그녀는 집요하게 내 눈알을 관찰하며 한참 동안 내 곁을 떠나지 않았다.

"너, 내 말 다 들리지? 너, 정신은 멀쩡하지?"

그날 이후, 그녀가 나에게 말을 걸어오기 시작했다. 그녀는 나를 더 이상 밥만 축내는 식충이로 취급하지 않고 '사람'으로 대접해줬다. 아직은 일방적이긴 해도 첫 소통의 감격을 준 그녀가 나를 의식하고 처음으로 한 행동은 뜻밖의 것이었다. 점심 먹은 뒤, 2시부터 4시까지는 낮잠 시간이었다. 그녀는 조용히 4호실에 들어와 방문을 잠그고 이상한 짓을 했다. 이 방의 아이들은 점심을 먹은 뒤 2시경이 되면 알람을 맞춰둔 로봇처럼 잠이 들었다. 잠이 별로 없는 나는 그 시각, 꺼진 텔레비전에 비친 나의 실루엣을 쳐다보며 침묵의 시간을 견디곤 했다. 그녀가 처음 그 행위를 할 때는 도무지 무슨 짓인지 알 수가 없었다. 바지 속으로 손을 넣고 미간을 찌푸린 채 뭔가에 집중하더니 "아버지!" 하고 읊조렸다. 그 행위가 끝나면 내 쪽으로 와서는 "미안" 하고 나갔다.

어느 날은, 나를 앉혀놓고 실눈으로 째려보며 말했다.

"너, 여기 어떻게 왔는지 알아? 원장님이 그러는데, 너희 부모가 여기다 버리고 갔대. 네 부모는 네가 여기에 있는 걸 안다는 얘기지. 원장님한테 물어보니까, 네 부모는 한 번도 여길 찾아온 적이 없대. 어디서 얘길 들으셨는데, 널 버리고 나서 딸을 둘인가 낳고 아주 잘 살고 있대. 널 이렇게 낳은 건 네 부모들인데, 책임도 안 지고 지네들끼리 하하 호호 하는 거 생각하면 열받지 않니? 아니다, 그보다 네가 이런 몸으로 태어난 게 원통해 죽겠지? 1호실 정민호 알지? 얼마 전 텔레비전에도 나오고 음료수 캔처럼 굴러다니는 애. 민호는 말이라도 하고, 발가락이라도 쓰잖아. 넌 어째 아무것도 못 하는 애로 태어났니? 난, 말이야, 널 보면 내가 얼마나 행복한 인간인지 깨닫고 매일매일 감사하게 돼. 난 걸을 수도 있고, 먹고 싶은 것을 골라서 먹을 수도 있고, 사랑도 할 수 있고, 여행도 갈 수 있어. 와~ 누군가를 약 올리는 게 이런 재미구나, 스트레스가 다 풀린다. 내 직업이 정말 스트레스가 많거든. 대부분의 시간을 너 같은 비정상을 보면서 사는 게 얼마나 고역인데. 아! 살 것 같다. 누구나 이렇게 쏟아내지 않으면 살 수가 없는데, 그럴 대상이 없어. 왜냐면 사람들은 다 가식적이거든. 속 이야기를 안 하거든. 흉잡힐까 봐. 사람들이 가장 무서워하는 건, 남의 이목이거든!"

그녀는 거의 빠지지 않고 낮잠 시간마다 나를 찾아왔다. 문지방 옆에 정물처럼 앉아 있는 나를 텔레비전 화면 가까이 끌어다 놓고 포르노를 틀어놓거나, 따가운 햇볕이 방 안 깊숙이 들어온 지점에 앉혀놓고 내 눈동자가 멈추는 순간을 포착하기 위해 관찰했다. 내 윗도리를 벗기고 가슴을 만지거나, 내 팔에 빨래를 널어놓기도 했다. 기울어진 내 머리를 억지로 세우려고 힘을 주기도 하고, 자기 머리카락을 뽑아 내 콧구멍을 간질이기도 했다. 자고 있는 성일이를 깨우고는 일으켜 니은 자로 앉혔다. 몸을 못 가누는 성일이는 이내 칼등으로 세워진 낫처럼 쿵 소리를 내며 옆으로 쓰러졌다. 그녀는 내 눈알이 멈추는지 확인하면서 그 행동을 반복했다. 웃는 표정으로 안면근육이 마비된 성일이는 디딜방아처럼 쿠쿵, 팍, 쾅, 효과음을 내며 넘어졌다. 그녀가 물었다.

"내가 성일이 괴롭히면 어때? 마음 아파? 너도 감정 있어?"

나는 그녀가 궁금했는데, 그녀는 내게 자기 이야기는 하지 않았다. 나는 사실 사람들의 '생로병사의 비밀'보다 '희로애락의 비밀'이 알고 싶었다. 사지 멀쩡해서 감사하다는 그녀가 느끼는 행복감, 도대체 그 감정이 어떤 것인지 미치도록 알고 싶었다.

서주희

최근 나는 그녀의 진짜 이야기를 알게 되었다.

일주일 전, 오전 10시경. 청소 시간이라 소망동에서 생활하는 모든 장애아들이 거실로 불려 나오거나 끌려 나와 자기들만의 몸짓과 괴성으로 텔레비전을 보고 있었다. 그때, "보라, 이년 어딨어!" 소리치며 험상궂은 남자가 들어섰다. 억센 목소리와는 어울리지 않게 하얀 얼굴을 하고 있었고, 자글자글한 주름이 많았다. 낡고 허름한 베이지색 면바지에 가로줄 무늬가 들어간 회색 티셔츠를 입고 있는 그의 머리는 산발이었다. "보라, 너 어딨어! 빨리 못 나와!" 고성이 계속되자 다운증후군 아이들 중 어린애들이 놀라서 울음을 터뜨렸다. 현관에서 가장 가까운 1호실을 청소하던 사회복지사가 뛰어나와 "무슨 일이시죠?" 하며 놀란 얼굴로 물었다. 남자는 "필요 없고! 보라, 이년 여깄지. 나오라고 그래!" 하면서 처음보다는 더 강경한 어조로 말했다. 그녀가 4호실에서 그렁그렁한 눈물을 뚝뚝 흘리며 공포에 떠는 얼굴로 걸어 나왔다. 그녀는 무릎을 꿇고 남자의 종아리에 매달렸다.

"잘못했어요!"

"네년이 아비 돈줄을 막아? 돈 내놔!"

남자는 그녀의 머리채를 잡아 흔들며 눈물로 범벅된 얼굴을 사정없이 후려쳤다. 그녀가 뒤로 자빠지자 남자가 옆구리를 발로 걷어찼다. 이때 민호가 남자의 발치까지 최선을 다해 굴러가 입으로 바짓가랑이를 물고 흔들었다. 흠칫 놀란 남자가 징그러운 벌레를 떼어내듯 다리를 마구 흔들었다. 그 바람에 민호가 패브릭 소파 쪽으로 나가떨어져 모서리에 머리를 부딪치고 둥근 베개처럼 뒹굴었다. 그녀가 참을 수 없다는 듯 벌떡 일어나서 남자의 어깨를 뒤로 밀치며 소리쳤다.

"그래! 내가 카드 다 막았고, 돈 다 숨겼어! 내가 돈 버는 기계야? 내가 당신 도박 돈 대주는 돈줄이냐고! 여기가 어디라고 찾아와? 여기서 나가! 당장 나가, 경찰 부르기 전에! 나가라고! 아악!"

누가 알렸는지, 현관문으로 원장님이 들어섰다. 여스님이신 원장님은 흥분한 그녀의 두 손을 잡고 눈을 맞추며 침착하라는 메시지를 담은 표정을 보이고는 남자를 향해 낮은 톤으로 점잖게 말했다.

"아버님, 사무실에 가서 말씀하시죠. 아시겠지만, 이곳 아이들이 다른 아이들과 달리 매우 예민합니다. 안정이 필요한 아이들이에요. 사무실 한쪽에 자리를 마련했으니 그쪽으로 가서……."

남자는 원장님의 권위에도 아랑곳하지 않고 비아냥거리며 말했다.

"말 잘했네, 여기 애들? 이 병신들이 뭘 알아? 당신, 이 애들 장사해서 한 달에 얼마나 벌어? 어마어마하게 벌지? 기부금과 후원금이 장난 아니라면서? 그 돈 어디다 빼돌리는 거야? 내가 다 조사해봤어, 당신 재산이 수십억이던데, 우리 딸아이 하루 열네 시간씩 근무해서 벌어오는 돈이 얼만지 당신, 잘 알지? 그렇게 부려먹고, 꼴랑……."

그녀가 더 이상 참지 못하겠다는 듯, 원장님의 손에서 자신의 손을 풀고 제발 그만하라고 외치며, 남자의 손목을 잡아당기면서 밖으로 나갔다.

그렇게 사라진 그녀는 그날 상지원에서 보이지 않았다. 나는 자원봉사자가 먹여주는 점심을 먹었고, 낮잠 시간엔 나를 가장 괴롭히는 고문 기술자 '시간'과 마주해야 했다. 그녀는 다음 날도, 그다음 날도 나타나지 않았다. 그녀가 영원히 오지 않을지도 모른다는 생각이 들었다.

3일 만에 출근한 그녀의 얼굴은 형편없었다. 누군가에게 얻어맞은 것처럼 움푹 들어가 꺼져 있었고 짙은 그늘이 서려 있었다. 그녀의 눈은 포식자에게 잡힌 동물의 눈처럼 불안에 떨고 있었다. 그녀가 나를 씻기기 위해 소매와 바짓단을 걷어 올렸을 때, 군데군데 검고 푸른 멍 자국이 넓게 퍼져 있는 것이 보였다. 1호실과 3호실 사회복지사가 나누는 이야기에 의하면, 그녀가 상지원을 그만두겠다고 했지만, 원장님이 만류했다고 한다. 1호실 사회복지사는 그녀의 아버지가 원장님에게 그녀를 자르면 가만 안 두겠다고 협박한 것 같다고 추측했다. 낮잠 시간에 그녀를 기다렸다. 내가 그녀를 위해 뭘 할 수 있을까. 성일이가 까무룩 잠에 빠지는 것을 보았을 때 그녀가 문을 열고 들어왔다. 그녀는 방문 손잡이의 잠금 버튼을 누르고 문을 잠갔다. 발을 쭉 뻗어 이제 막 잠들려는 아이들을 한쪽 구석으로 몰더니 나를 구타하기 시작했다. 손바닥을 넓게 펴 내 얼굴을 거칠게 때렸다.

"난, 너만 보면 재수가 없어! 넌 사람한테 받은 상처가 없잖아. 너한테 일어난 일이 사람의 사악함, 그것도 나를 가장 사랑해야 하는 사람의 사악함 때문에 일어난 건 아니잖아. 네가 상상할 수도 없는 일이 나에게는 숱하게 일어났어, 아버지가 친딸을 건드리는 게 뭔지, 네가 알아?"

그녀가 발로 나를 걷어찼다.

"엄마가 바람나서 집을 나갔어. 남자가 더 좋아서 딸까지 버리는 거지. 술로 지내던 아버지가 날……. 넌, 부모란 작자들이, 너처럼 뻐꾸가 아닌데도 제 자식을 버리거나, 욕보이거나, 이용한다는 거 모르지? 넌, 그래도 널 내다 버린 부모를 쉽게 이해할 수 있지 않나? 넌, 고장 난 인간이니까, 쓰레기니까……."

그녀가 기울어진 내 목을 강제로 꺾었다.

"도박에 미친 아버지는 날 술집에 보내려고 했어. 겨우 고등학생인 나를……. 난 아버지를 피해 가출했고, 공동체라는 곳에서 고아처럼 먹고 자야 했어. 잠도 제대로 못 자면서 아르바이트를 해 졸업하고 취직을 했는데 그 인간이 귀신같이 찾아냈어!"

그녀가 나를 발로 세차게 밀어, 머리가 장롱 하단 모서리 부분에 처박혔고 얼굴이 바닥에 쓸렸다. 내 양발과 두 팔이 천장을 향해 솟구쳤다.

"아버지가 날 가두고 때렸어! 난 매일 맞고 살아, 맞기만 하면 좋게? 내가 버는 돈은 아버지 빚 갚는 데 한 푼도 안 남기고 꼴아박히고 있어. 이제 아버지 빚은 내가 평생 갚아도 못 갚을 지경이 됐어."

그녀가 자기 발을 내 엉덩이에 얹고, 세게 밀었다가 멈추기를 반복했다. 그때마다 정수리 부분이 수차례 장롱에 부딪혔다.

"넌, 걸어 다니고 말할 줄 아는 사람은 다 행복한 줄 알지? 사는 게 형벌인 나 같은 사람도 있어!"

그녀가 발로 나를 옆으로 넘어뜨리려는 순간, 밖에서 민호 목소리가 들렸다. 그 작은 발로 잠긴 방문을 두드리고 있었다.

"선생님, 여기 계세요? 원장님이 사무실로 오시래요!"

그녀가 나의 옆구리를 발로 있는 힘껏 밀었다. 옆으로 넘어지자 장롱 맨 가장자리에 길게 세워져 있던 옷걸이가 쓰러져 내 몸을 덮쳤다. 좀 전에 그녀가 아이들을 발로 쭉 미는 바람에 다른 아이들 틈에서 비스듬히 누워 있던 성일이가 잠에서 깨어 웃는 얼굴로 이 광경을 보고 있었다.

그녀는 그날 이후 3일간, 나와 개인적인 시간을 가지지 않았다.

점심시간이 끝나자 오전에 하지 못했던 청소를 하기 위해 사회복지사들이 분주히 움직였다. 그들의 말에 의하면, 오전에 그녀가 원장실로 불려갔다고 한다. 그 사건이 터진 이후 그녀는 원장님과 자주 면담을 하는 눈치였다. 이번엔 심하게 다툰 모양이었다. 짐작하기를 좋아하는 1호실 사회복지사는, 그녀가 드디어 잘린 것 같다고 했고, 옆에 있던 3호실 사회복지사는, 원장님이 그녀의 아버지를 명예훼손으로 고소한다는 소문이 있던

데, 그것 때문이라고 했다. 원장실에서 나온 그녀가 주방 식탁에 엎드려 한참을 우는 바람에 청소를 하지 못했다고 한다.

4호실과 거실을 청소하기 위해 왔다 갔다 하는 그녀의 움직임을 따라 표정을 살폈다. 그녀의 표정은 좀 전에 밥을 먹이며 내 눈을 노려보듯 응시할 때와는 사뭇 달랐다. 뭔가를 결심한 듯 사기충천해 보였고, 심지어 씩씩해 보이기까지 했다. 청소가 끝나자 네 명의 사회복지사들은 자기가 담당하는 아이들을 한 명씩 소속된 방으로 옮겼다. 덩치가 가장 큰 나는 맨 나중에 옮겨진다. 내 주변을 맴돌던 민호마저 발가락으로 리모컨을 눌러 텔레비전을 끄고 들어갔을 때, 그녀가 한쪽에 세워진 휠체어를 펼쳤고 다른 두 사회복지사의 도움으로 나를 앉힌 뒤, 아무 말 없이 현관문을 나섰다.

나를 데리고 마당으로 나온 그녀는 휠체어를 밀며 마당을 한 바퀴 돈 후에 정문 쪽으로 걸어갔다. 상지원은 산 중턱을 깎아 건축되었기 때문에 언덕에 위치했다. 정문을 나서면 포장된 도로가 나오는데 경사가 심한 내리막길이다. 외진 곳이라 사람들의 발걸음도 뜸했다. 그녀가 말했다.

"은정아? 이 비탈길, 속 시원하게 내려가보고 싶지 않니?"

내리막길이 시작되는 지점에 멈춰선 그녀는 휠체어를 앞으로 밀었다 뒤로 당겼다 하면서 가속을 붙이기 위해 반동을 줬다. 휠체어가 그녀 쪽으로 당겨졌을 때 등 뒤로 뻗은 팔을 이용해서 그녀의 옷자락을 잡고 싶었지만, 아무것도 잡을 수 없는 나의 손은 공허하기만 했다. 휠체어가 그녀의 몸에 부딪치나 싶더니 다시 앞으로 확 밀렸을 때 그녀가 손잡이를 놓았다. 어떻게라도 그녀의 옷자락을 잡기 위해 안간힘을 썼지만 내가 붙들 수 있는 건 아무것도 없었다. 휠체어에 앉은 나는 미끄럼 방지를 위해 홈이 파인 우둘투둘한 포장도로를 따라 덜덜거리며 내려갔다. 내 눈알이 바늘에 찔린 듯 놀라서 정지했고, 내리막의 끝에 무엇이 있는지 정신없이 찾았다. 오른쪽으로 약간 휘어진 경사로 끝에는 시내버스들이 다니는 차로가 있었다. 휠체어는 생각보다 빠른 속도로 거침없이 내려갔다. 비틀어진 머리, 뒤로 뻗은 팔, 비굴하게 꿇려 있는 무릎. 어딘가로 돌진하기 위해 태어난 몸처럼, 내 몸은 지금의 하강과 무척 잘 어울리는 모습이었다. 머리카락이 바람결에 휘날려 시야를 가리기도 했다. 내려가는 데 속도가 붙을수록 내 몸은 휠체어에서 분리되려 했다. 이번에는 발바닥을 이용해 휠체어의 각 옆면에 몸을 붙여보려 했지만 허사였다. 휠체어에서 벗어나 거친 노면을 따라 구른다면? 차들이 다니는 대로까지 굴러간다면? 어떻게 되는 걸까. 끝장? 이렇게 끝장? 처음으로 '벼랑'이라는 지점에 서 있는 기분이었다. 살고 싶었다. 공허한 내 손 못지않게 발도 허무하긴 마찬가지였다. 난 정말 아무것도 할 수가 없었다. 그때였다. 과속방지턱이었을까, 쿨렁하고 바퀴가 뭔가에 세게 부딪쳤고 내 몸은 공중으로 붕 솟아올랐다. 스키점프를 하듯 활강하는 나. 나의 전광판에 그래**도 한 명쯤은**이란 붉은 문구를 피 토하는 심정으로 썼다.

　나풀나풀거리는 노란 나비가 큼지막하게 박힌 하얀 원피스를 입고 4호실을 나섰다. 성일이와는 이미 눈을 맞추며 인사를 하고 나오는 길이다. 길고 좁은 복도를 지나 거실에 서서 한 바퀴 빙 돌았다. 원피스가 나팔꽃이 만개하는 것처럼 활짝 펴졌다. 거실과 연결된 주방에 처음으로 들어가봤다. 사회복지사들이 늦은 점심을 먹고 있다. "은정아, 오늘 기분 좋아 보이는구나, 어디 가니?" "네~, 약속이 있어요!" 나는 유쾌하게 대답을 하고 나와, 2호실과 3호실 방문을 열고 들어가 한창 낮잠 중인 아이들 볼에 일일이 입맞춤을 했다. 마지막으로 1호실로 들어가 민호의 얼굴을 쓰다듬었다. 내 손은 더 이상 밭고랑을 갈 때 쓰는 농기구처럼 흉측하거나 뻣뻣하지 않았다. 1호실 방을 나와, 다시 거실에서 빙그르르 한 바퀴 돌고 하이힐을 신고 현관문을 나섰다. 마당을 지나 정문을 통과하고, 내리막길을 조심스럽게 걸어 내려와 스타벅스로 들어갔다. '자바 칩 프라푸치노'를 주문했다. 음료를 받아 들고, 햇볕이 잘 드는 2층 창가에 자리를 잡았다. 가벼운 발걸음의 행인들을 내려다봤다. 고개를 들어 실내를 둘러봤다. 저쪽에서 걸어오는 하얀 여자. 엄마 같은데……, 엄마 같아……. 나라고 엄마가 쉽게 용서되는 건 아니야……, 그래도 보고 싶어……. 기대감에 부풀어 언젠가 그녀가 맛보라며 입에 넣어준, 처음으로 맛보았던 커피 음료를 빨대로 쭉 빨았다. 하얀 여자가 웃으며 다가왔다. 그녀였다.

정신이 들었다. 입안에 침인지 피인지 모를 액체가 고여 있는 것 같았다. 무심한 내 몸뚱이는 아무 일도 없다는 듯 무감각하게 길 위에 누워 있을 뿐이었다. 언덕에서 그녀가 헐레벌떡 뛰어오는 것이 시야에 들어왔다. 세상에서 가장 불쌍한 얼굴을 하

서주희

고 나를 향해 최선을 다해 뛰어오는 그녀의 모습에서 이루 말할 수 없는 슬픔을 느꼈다. 못되고 추한 그녀, 쌍스럽고 악랄한 그녀, 그러나 한없이 가여운 그녀. 나는 그녀에게 묻고 싶었다.

언니, 괜찮아?

그녀가 땀을 뻘뻘 흘리며 내 곁으로 왔다. 얼마나 빠른 속도로 내달렸는지 가쁜 숨을 연신 내뱉었다. 헉헉대며 얼굴을 내 얼굴 가까이에 대고 있어 처음으로 자세히 볼 수 있었다. 행성처럼 돌아가는 내 눈동자에 붉게 상기된 그녀의 얼굴이 사진처럼 박혔다. 그녀는 한참 숨을 고르고는 울먹거리며 나를 일으켜 세웠다.

"널 죽이고 싶었어! 네가 싫어! 널 보면 나를 보는 거 같아. 넌 왜 이렇게 태어나서 이 지경으로 살고 있는 거야!"

그녀가 주저앉아 내 허벅지를 잡고 큰 소리로 울부짖었다. 나는 눈알을 굴리며 그녀의 절규를 가만히 들었다. 이상하게 마음이 편안했다. 우리 뒤로 차량들이 지나가는 소리와 행인들의 수군거림이 들렸지만 그녀의 울음소리에만 집중하고 싶었다. 그녀가 내 마음처럼 울고 있었다.

울음을 그친 그녀는 지나가는 이의 도움으로 나를 휠체어에 태우고, 있는 힘을 다해 밀어 올렸다. 힘겹게 나를 마당 중앙에 데려다 놓고, 구석에 있는 수돗가로 가서 꼭지를 틀고 호스를 든 채 솟구치는 수돗물을 벌컥벌컥 마셨다. 그런 후에, 소망동 현관문을 열고 들어가서 물이 든 유리컵과 숟가락, 물수건을 가지고 나왔다. 물수건으로 내 입가를 닦아준 뒤 숟가락으로 물을 떠서 내 입에 넣어줬다. 의식을 치르듯 조용조용 행하던 손놀림을 끝내고 휠체어를 마당 한편에 있는 벤치를 향하게 해놓고 자신은 그 벤치로 가서 앉았다. 그녀가 나를 한참 동안 물끄러미 바라봤다. 앙다무는가 싶었던 입술을 깨물고 있었다. 얼굴도 일그러졌다. 속울음을 참기 위해 이를 악무는 것처럼 보였다. 나를 향한 시선은 거두지 않았다. 조금씩 떨리는 그녀의 몸. 벤치 가장자리를 잡았던 손에 힘이 들어가는 것이 보였다. 그때, 그녀의 전광판에 불빛이 들어왔고 글자가 보이기 시작했다. 나는 참을 수 없는 심정이 되어 쉿소리를 내며 아무런 움직임도 없는 몸부림을 쳤다. 소리 없이 흐느끼던 그녀가 나를 향해 걸어왔다. 휠체어를 천천히 눕히며 흔들리는 목소리로 말했다.

"너, 하늘 본 지 오래됐지?"

내 시야에 파란 하늘이 들어왔다. 나는 유일하게 움직일 수 있는 오른손 검지를 뻗어 그녀의 허벅지를 긁었다. 그녀가 깜짝 놀라 휠체어를 바르게 고정하고 "뭐야? 너 손가락 움직여?" 하며 나의 열 손가락을 하나씩 테스트했다. "오른손 검지 하나는 확실히 움직이는구나, 왜 몰랐을까" 했다. 나는 계속해서 검지를 꼼지락거렸고 그녀는 자신에게 무슨 할 말이 있냐고 물었다. 나는 검지를 계속 꼼지락거렸다. 그녀가 자신의 손바닥을 폈고 나는 거기다 이렇게 썼다. 살아. 그녀는 내가 쓴 글자를 인식하더니 자리에 풀썩 주저앉았다. 나를 바라보는 그녀의 눈에 동글동글한 눈물이 맺혔다.

상인들

이
슬
아

이
슬
아

연재 노동자, 〈일간 이슬아〉 발행인.
1992년 서울에서 태어나 살아가고 있다.
《일간 이슬아 수필집》과 《나는 울 때마다
엄마 얼굴이 된다》를 쓰고 그렸다.
매일 아침 맨손체조를 하고 물구나무를 선다.

태어나보니 주변엔 온통 상인들뿐이었습니다.

자동차 부품을 파는 골목에서 태어나 열 살까지 자랐습니다. 그곳은 답십리였고, 저의 첫 번째 장래희망은 건물 주인이 되는 거였습니다. 저희 할아버지처럼요. 할아버지가 가진 건물은 그리 크지 않았지만 일을 하지 않고도 어린 손녀에게 꽃등심을 구워줄 정도의 돈은 매월 벌어다 주는 건물이었지요. 그 건물에서 장사하는 상인들은 골목에서 할아버지를 마주치면 허리를 굽혀 인사했습니다. 그럼 할아버지는 가볍게 미소 지으며 인사를 받고는 가던 길을 계속 갔습니다. 그는 늘 허리를 펴고 뒷짐을 진 채 골목을 걸어 다녔습니다. 저는 왠지 인사하는 사람보다는 뒷짐을 지는 사람이 되고 싶었습니다. 어떤 날은 할아버지랑 같이 걷는 김에 저도 뒷짐을 지어보았어요. 엄마는 어린 저에게 배꼽

티를 자주 입히곤 했죠. 손을 뒤로 모아 뒷짐을 질 때면 꼭 손등에 허리 뒤쪽의 맨살이 닿았습니다. 골목의 아저씨, 아줌마들이 뒷짐 진 채 걷는 저를 보며 쿡쿡대고 웃었습니다. 그럼 저는 금방 창피해져서 다시 손을 앞으로 모아 배꼽을 가렸습니다.

골목 남자들의 직업은 모두 상인이었고, 골목 여자들의 직업은 며느리나 할머니나 엄마 등이었습니다. 그 여자들도 상인인 남편이나 아들을 도와 일을 하였지만 어쩐지 진짜 상인은 아닌 것 같았습니다. 왜냐하면 거래처로부터 걸려오는 전화벨이 울릴 때 여자들은 절대 받지 않았으니까요. 그들은 전화가 왔다는 사실을 급하게 전달하기만 할 뿐이었습니다. 흑룡상회나 진양상회나 신창파이프나 동명쇼바나 전화를 받고 돈을 만지는 건 모두 남자들이었습니다.

저는 골목의 여러 상가들 중에서도 3M 양면테이프를 파는 상인들의 딸로 자랐습니다. 그 가게의 이름은 대훈실업이었어요. 제 아빠와 작은아빠와 삼촌도 장사를 하려면 건물이 필요했는데요, 그들은 골목에서 누구를 만나도 허리 굽혀 인사하지 않았습니다. 왜냐하면 대훈실업 건물도 할아버지의 것이었으니까요.

집안에는 네 명의 어린아이들이 있었습니다. 이경희와 이찬희와 이원희, 그리고 이슬아. 이름이 '희' 자로 끝나는 그 손자들은 초등학생이 되자 양면테이프 가공기술을 조금씩 가르침 받았습니다. 장사를 물려받을 가능성이 있기 때문이죠. 그러나 저는 예외였습니다. 양면테이프 자르는 걸 배워도 되고 안 배워도 되는 사람, 제사를 지낼 때 절을 해도 되고 안 해도 되는 사람이

이슬아

었습니다. 저는 3M 테이프를 포장하는 상인들 중 한 명에게 물었습니다.

"삼촌, 왜 나한테는 일도 안 시키고 절도 안 시켜?"

귓등에 담배를 꽂은 삼촌이 말했습니다.

"지지배야, 너는 꼬추가 없잖아."

자동차 부품 상가의 상인들은 말투가 죄다 그 모양이었습니다. 저는 삼촌을 한번 째려본 뒤 여자들이 있는 곳으로 갔습니다. 거실에서는 엄마와 작은엄마가 빨래를 개고 있었습니다. 그 옆에 다리를 뻗고 누운 채로 낮잠 자는 척하며 며느리들의 담소를 엿들었지요. 그러나 하루 이틀 듣는 것도 아닌 시부모 욕과 남편 욕은 금방 지겨워지곤 했습니다. 그럴 때면 책을 읽으러 혼자 방에 들어갔습니다.

그맘때쯤 새로운 상인들을 알게 되었습니다. 그들은 답십리의 상인들과는 달랐습니다. 이름도 왠지 멋진 안토니오와 바사니오. 그들은 베니스의 상인들이었습니다. 의리 있고 배포가 큰 두 명의 사나이는 심보가 고약한 고리대금업자 샤일록에게 돈을 빌렸다가 역경에 처했습니다. 세 달 내로 돈을 갚지 못하면 안토니오의 심장 부위 살을 칼로 베어내는 인육재판이 벌어질 판이었습니다. 그러다가 바사니오의 약혼녀인 포샤의 영특한 작전으로 해피엔딩을 맞더군요.

포샤에겐 여러 미덕이 있었습니다. 저는 그녀가 순수하지 않아서 좋았습니다. 바사니오가 구애를 하러 포샤를 찾아갔을 때 내민 금상자와 은상자와 납상자 중에서, 신중하게 납상자를 집어 드는 모습을 보고 바사니오는 사랑에 빠집니다. 포샤가 얼마나 때 묻지 않은 여자인지 감탄하면서 말이죠. 그러나 그 이야기는 석연치 않았습니다. 진짜로 순수한 건 망설임 없이 금상자와 은상자를 선택한 사람들일 테니까요. 포샤의 납상자 선택은 순수하거나 직관적이지 않았습니다. 전략이었지요. 저는 속물근성을 한 꺼풀 감출 수 있는 포샤가 좋았습니다. 포샤의 미덕을 기억하며 낮잠에 빠졌습니다.

그런데 저는 과연 그녀처럼 상인의 여자가 되고 싶었던 걸까요?

장사라는 건 가끔 너무나 거짓말 같은 일처럼 보였습니다. 3M 테이프 가게만 보아도 그랬습니다. 명색이 3M 테이프 가게인데 테이프를 단 한 개도 직접 만들지 않았습니다. 그저 가공하고 유통하고 납품할 뿐이었습니다. 만약 양면테이프를 실은 차가 어느 날 오지 않는다면? 그들은 팔 게 없는 것입니다. 상인들의 세계는 수많은 약속들로 이루어져 있는 게 분명했습니다. 저는 그것이 불안해 보였습니다. 골목에 있는 상인들의 얼굴은 가끔 너무나 미심쩍어 보였기 때문입니다. 베니스에서 무역을 하는 안토니오도 자신의 물건들을 실어 보낸 배가 예상과 달리 돌아오지 않아 고생하지 않던가요. 장사는 가끔 도박보다 위험해 보였습니다.

저는 상인이 되고 싶지 않았습니다. 상인보다 더 멋있는 것이 되고 싶었습니다. 다만 베니스의 상인에 관한 이 이야기는 참으로 매혹적이었습니다. 낮잠에서 깬 뒤 그 책을 앞뒤로 훑어보았습니다. 그때 보았습니다.

지은이 윌리엄 셰익스피어.

그때 처음으로 셰익스피어 같은 사람이 되면 좋겠다고 생각했습니다. 셰익스피어는 양면테이프를 실은 트럭을 기다릴 필요도 없고 자신의 물건을 수출한 배의 위험을 걱정할 필요도 없었습니다. 그리고 돈을 버는 데 많은 재료가 필요하지 않을 게 분명했습니다. 한마디로 그에게는 장사 밑천이 필요해 보이지 않았습니다.

그렇다면 저는 무엇을 팔면 좋을까요?

답십리 골목뿐만 아니라 어디에나 상인들은 많았습니다. 품위 있는 장사꾼, 옹졸한 장사꾼, 손님을 피곤하게 하는 장사꾼 등 성격도 다양했습니다. 더 많은 상인들을 만나고 셰익스피어의 책을 비롯한 여러 작품들을 읽으며 자랐습니다. 스물두 살이 되자 부모님의 집에서 나와 독립생활을 시작했습니다. 아무리 못해도 한 달에 80만 원은 벌어야 했습니다. 곧바로 이야기를 파는 상인이 될 수는 없었습니다. 그건 아마 조금 먼 미래의 일일 테죠. 당장 다음 달에 낼 월세를 벌어다 줄 일이 필요했습니다.

주위를 둘러보니 제 또래의 친구들은 다들 비슷한 노동력을 팔고 있었습니다. 카페나 음식점 서빙 알바가 가장 흔했습니다. 적은 시급에 비해 아주 긴 시간을 바치는 노동이었습니다. 저는 적은 시간을 들이고도 돈을 벌 수 있는 일을 원했습니다. 학교도 다녀야 하고 데이트도 해야 하고 책도 읽어야 하고 살림도 해야 하고, 무엇보다 세상엔 재미있는 일이 너무 많으니까요. 혼치 않은 것을 가진 상인이 되고 싶었습니다. 그리하여 선택한 것이 누드모델입니다.

저는 옷을 벗어서 돈을 벌기 시작했습니다. 제가 옷을 벗음으로써 짭짤하게 돈을 벌 수 있는 이유는 그야 물론 남들이 옷을 벗지 않기 때문입니다. 자본주의 사회에서 고급 인력이 되려면 남들이 못 하는 일, 혹은 할 수는 있어도 선뜻 하고 싶지 않은 일을 잘할 수 있어야 한다고 할아버지는 늘 말씀하셨습니다. 그 말을 기억하며 자란 손녀가 스물두 살이 되어 누드모델이라는 직업을 선택할 줄은 모르셨겠지요. 그는 에곤 실레가 그려놓은 누드화 속 여자들을 얼마나 흠모하며 자랐는지도 모를 것입니다.

몸을 그리는 사람에게 관심이 많았습니다. 어느 날은 그리는 사람이 아닌 그려지는 사람이 되고 싶었습니다. 옷을 입지 않는 사회는 옷을 입는 사회보다 더 많이 먹는다고 합니다. 그래야 지방층이 더 두꺼워져서 추위로부터 몸을 보호할 수 있으니까요. 원래 인간은 춥지 않기 위해 옷을 입었습니다. 언제부턴가는 부끄럽지 않기 위해 옷을 입었고 또 언제부턴가는 자신을 과시하기 위해 옷을 입었습니다. 신기하게도 21세기에는 인간이 옷을 입기 위해 음식을 덜 먹는 일이 허다해졌습니다. 굶어야만 입을 수 있는 옷을 탐하게 되었으니까요.

이런 시대의 한가운데에서 50킬로그램인 저는 옷 벗는 일로 돈을 법니다. 누드모델의 세계에 입장하면서 나체를 필요로 하는 곳이 생각보다 많다는 걸 알게 되었습니다. 입시 미술을 준비하는 고등학생들, 그림을 전공하는 대학생들, 화가, 조각가,

이슬아

게임 회사 디자이너, 취미로 크로키를 배우는 일반인 등 돈을 내고 누드 드로잉 수업을 듣는 사람들을 만났습니다.

누드모델 협회에 소속되어 있는 저는 회장님으로부터 일을 받습니다. 그리고 수업이 진행되는 곳에 뚜벅뚜벅 찾아가서 옷을 벗습니다. 옷을 벗으면 사람들은 저를 그립니다. 그 시선들 속에서 포즈를 취한 채로 가만히 있다가 타이머가 울리면 포즈를 바꾸는 게 일의 내용입니다. 출근하는 날에는 가방에 타이머와 가운을 넣고, 마음에 드는 배경음악을 챙겨서 집을 나섭니다. 이 일은 재미있고 고단합니다.

옷을 벗으러 백화점에 갑니다.

신세계 백화점엔 냄새가 있습니다. 층별로 다르지요. 9층에서는 물감 냄새가 납니다. 비장한 마음으로 신세계 백화점 9층에 내린 저는 백화점의 냄새를 가슴으로 들이마시며 모델 협회 선생님과 메시지를 주고받습니다.

"선생님. 신세계 백화점에 잘 도착했습니다."

"수고해요."

저는 VIP 고객 전용 아카데미 강의실로 향합니다. 강의실 앞에는 '누드 크로키 수업'이라고 쓰인 표지판이 붙어 있습니다. 문을 열고 들어가 처음 보는 아줌마들과 중년의 남자 강사에게 인사를 합니다. 물감 냄새의 근원지는 여기입니다. 준비해 온 가운을 꺼내 탈의실에서 갈아입습니다. 누드모델의 가운은 기장이 무릎 정도까지 내려와야 하며 입고 벗기가 너무 어렵지 않아야 합니다. 요즘 제가 입는 건 엄마가 골라준 가운입니다. 알몸으로 벗겨지기 전에 제가 입고 있는 옷은 최대한 고급스러워야 한다고 엄마는 말했습니다. 겨울철에는 엄마의 구제옷 가게에서 11만 원에 팔던 폴스미스 알파카 롱코트를 가운으로 입곤 했습니다. 그걸 입으면 무대에 올라가기 전에 기분이 좋았지요. 날이 좀 따뜻해지자 엄마는 옷 가게에서 7만 원에 팔던 랄프로렌의 코트를 새 가운으로 입으라며 골라 주었습니다. 두 벌 다 구제이긴 해도 엄마의 옷 가게에서 파는 옷 중 비싼 축에 속하는 코트였습니다.

랄프로렌의 코트를 입은 저는 강의실로 나갑니다. 그림 그리는 여가 시간을 확보한 중년 여자들이 수다를 떨고 있습니다. 저는 미술 교실의 강사 선생님에게 오늘의 포즈 시간을 확인받습니다. 선생님이 말합니다.

"앞의 두 시간은 크로키 시간이니까 2분씩 포즈를 바꿔주시고, 뒤의 두 시간은 유화 수업이니까 고정 포즈로 진행해주세요."

5분 전입니다. 스피커를 꺼내 준비해 온 음악을 재생시킵니다. 모델이 선곡한 배경음악에 따라 그날 수업의 분위기가 다르게 조성됩니다. 오늘은 카펜터스와 마마스 앤드 파파스를 비롯한 올드팝을 재생 목록에 추가해놓았습니다. 누군가 노래를 흥얼거리며 캔버스를 꺼냅니다.

무대에 올라가기 1분 전입니다. 타이머를 손에 쥐고 나무 상판으로 만들어진 무대 옆에 서서 신발을 벗습니다. 잠시 후 강사 선생님이 형광등을 끄고 무대 위 핀 조명을 켭니다. 연극을 하는 기분으로 무대 위로 올라간 저는 말합니다. "2분 크로키 시작하겠습니다." 그리고 가운을 벗습니다. 이 순간을 몹시 좋아합니다. 홀가분하니까요.

사람들의 시선이 제 몸 구석구석에 닿기 시작합니다. 그들은 제 몸을 빠르게 스캔한 뒤 열심히 그립니다. 저는 시간이 흐른다는 걸 그 어느 때보다 온전히 느끼며 서 있거나 앉아 있거나 누워 있습니다. 2분 간격으로 타이머가 울리면 포즈를 바꿉니다. 포즈를 일단 한번 바꾸면 그대로 가만히 있어야 합니다. 가장 고정하기 어려운 신체 부위는 어깨도 다리도 손목도 아니고, 눈동자입니다. 눈동자를 가만히 두는 게 제일 힘듭니다. 여기저기 쳐다보고 싶어서 좀이 쑤시니까요. 눈동자는 이성보다 빠릅니다. 가끔은 눈동자를 굴리다가 그리고 있는 사람과 눈이 마주칩니다. 그럼 웃음을 참아야 합니다.

잡생각을 하는 사이 20분이 흐릅니다. "10분 쉬겠습니다" 하고 무대에서 내려갑니다. 사람들이 붓을 내려놓고 제가 가운을 걸치는 사이 크로키 수업의 강사가 무대 옆으로 걸어와서 말합니다.

"이번 주엔 아주 재미있는 모델이 왔네요. 그죠?"

모두가 강사를 쳐다봅니다.

"지난주까지 왔던 모델이 무난한 느낌이었다면, 이번 모델은 느낌이 세네요. 작은데도 힘이 있어요. 키는 작은 편이고 상체는 빈약하다고 할 수 있을 만큼 말랐어요. 그런데 힙과 하체가 아주 풍만해요. 여러분이 특히 주목해서 그려야 할 부분은 저기, 등뼈와 골반 선이에요. 등에서 허리를 지나 힙과 엉덩이까지 떨어지는 커브가 장난이 아니죠? 이만한 굴곡은 흔히 찾아볼 수 없어요. 커브가 센 몸을 그려볼 수 있는 좋은 기회예요."

한 아줌마가 저를 보며 말합니다. "장만옥이랑 조금 닮았네."

오른쪽에 앉은 아줌마가 거듭니다. "그리고 걔 누구더라, 모델 중에 눈 쪽 찢어진 애."

이번엔 왼쪽에 앉은 아줌마가 끼어듭니다. "장윤주?"

아줌마들이 "맞다! 맞다!" 하며 웃습니다.

그들은 한참 더 닮은 꼴 얘기를 합니다. 저는 들은 척과 못 들은 척 사이의 애매한 얼굴로 그들 사이를 지나칩니다.

네 번의 크로키를 반복하고, 타이머가 울립니다. 드디어 네 시간짜리 일이 끝났습니다. 진이 빠집니다. 저는 무대에서 인사한 뒤 탈의실로 가서 옷을 입습니다. 탈의실이 무척 싸늘하다는 걸 이제야 실감합니다.

강의실을 빠져나오자 일하느라 잠시 구겨놨던 민망함과 서러움이 슬쩍 고개를 듭니다. 변덕스러운 저는 백화점 화장실로 가서 잠깐 눈물을 훔칩니다. 넓고 쾌적한 백화점 화장실에서는 울 맛이 나니까요. 더러운 화장실이라면 절대 안 울었을 것입니다. 아까 무대 위에서 모른 척하며 잠시 곱게 접어놓았던 느낌들을 다시 쫙쫙 펴서 곱씹습니다. 골반뼈의 통증과 어깨와 무릎의 뻐근함과 톡톡 튀는 다리 저림과 으스스한 추위와 중간에 지루한 듯 붓을 내려놓던 아줌마의 표정과 강사가 내 엉덩이보고 궁둥이라고 말할 때의 입 모양 같은 것들을 떠올리며 닭똥 같은 눈물을 흘립니다. 엄마가 보고 싶어져서 조금 더 웁니다.

이제 대충 다 울었습니다. 울고 나니 서러울 거 하나 없습니다. 오늘 번 돈만으로도 이번 달 전기세와 도시가스비와 인터넷 요금을 내고도 남는다고 생각하니 기분이 조금 점잖아집니다. 다만 배가 고픕니다. 화장실 칸에서 나와 세면대에서 눈물 자국을 닦고 고급스러운 향기의 액체비누를 짜서 꼼꼼하게 손을 씻은 뒤 건조기 바람에 뽀송뽀송하게 말립니다.

백화점 9층에서 에스컬레이터를 타고 푸드코트로 내려가면서 무얼 먹을지 생각합니다. 두근두근 뛰는 마음으로 지하 푸드코트에 도착합니다. 아아, 맛있는 냄새들로 가득한 이곳. 마감 세일 중인 이 시간에는 가격도 싸지요. 아주 신중하게 메뉴를 고른 뒤 간이 식탁에 앉아 그것들을 냠냠 먹어치웁니다.

옷을 벗으러 강북 미술학원에도 갑니다.

어느새 여름입니다. 목소리가 걸걸한 미술학원 원장이 학생들을 향해 신경질적으로 소리칩니다. "야, 야, 숨 쉬지 마. 너희가 뱉은 이산화탄소 때문에 교실 더워지잖아."

서른 명이 넘는 고등학생들은 아랑곳하지 않고 웃고 떠들며 교실을 소음으로 가득 채우고 있습니다. 노원에 있는 한 입시 미술학원. 얼굴에 여드름과 뾰루지가 난 고등학생들로 붐빕니다. 누드 크로키 수업 직전, 그들이 떠는 호들갑과 개구진 장난을 지켜보며 무대에 설 준비를 합니다. 여러 번의 실험 결과 이런 날엔 〈아멜리에〉 OST를 트는 것이 적절합니다. 그 영화에 삽입된 음악들은 고등학생들을 차분히 가라앉히는 데 탁월하더군요. 곧이어 가운을 벗습니다.

가운을 벗자 입시생들은 손과 고개를 바쁘게 움직이며 그림을 그립니다. 교실은 입시생들이 그린 데생들로 사방이 둘러싸여 있고, 마룻바닥에는 물감 자국과 지우개 가루들이 즐비합니다. 서른 명 넘는 고등학생들이 스케치북을 들고 가운데에 서 있는 제 몸을 그립니다. 예전에 "지지배야, 너는 꼬추가 없잖아"라고 말하던 삼촌을 기억합니다. 학생들의 스케치북 위에 슥슥 그려지고 있는 제 몸을 봅니다.

아직 덜 벌어진 어깨들, 덜 자란 가슴들, 덜 자란 손발과 덜 높아진 코와 생길락 말락 한 쌍꺼풀들과 교정기를 빼지 않은 치아들. 그 몸들 사이에서 알몸인 내가 가만히 서 있습니다. 창밖에서 매미 소리가 들립니다. 스퀴열— 씨—열— 씨—열. 매미 소리를 들으며 포즈를 바꿉니다.

옷을 벗으러 강남 미술학원에도 갑니다.

압구정 미술학원이 강북 미술학원과 다른 건 좋은 교실에서 소수 정예로 수업을 한다는 점입니다. 한 반에 서른 명이 넘는 강북 미술학원처럼 선생님이 이산화탄소 걱정을 할 필요가 없지요. 압구정의 학생들은 누군가가 태워주는 차로 학원 앞에 도착합니다. 비싼 옷과 비싼 신발과 비싼 헤드폰을 걸쳤습니다. 그들 앞에서도 아무 팝송이나 틀 수 없습니다. 다들 영어를 너무나 잘하니까요. 미술학원 안에서도 심심하면 영어로 대화하곤 하는 애들. 저는 여기 올 때마다 가사가 많지 않은 일렉트로닉을 틀곤 합니다.

이슬아

쉬는 시간에 저는 그 애들의 스케치북을 보고 깜짝 놀랍니다. 저를 너무나 잘 그려놓았기 때문입니다. 나보다도 더 나랑 닮은 그림들입니다. 수업이 끝난 뒤 그들은 가로수길로 저녁을 먹으러 갑니다. 저는 배고픔을 참고 북아현동까지 전철을 타고 와서 밥을 차려 먹습니다.

누드모델들은 한여름과 한겨울에 한가합니다.

모델 일의 수요는 주로 학기 중에 많습니다. 그때 바짝 돈을 번 뒤 방학 때엔 해외로 여행을 가는 모델들도 많습니다. 언젠가 협회에 소속된 누드모델들끼리 모여 수다를 떨었던 적이 있습니다. 신참인 저는 조용히 언니들의 수다를 들었어요. 커트 머리 언니가 다른 모델들에게 물었습니다.

"이 일 하는 거 사람들한테 말해요?"

다들 이구동성으로 아니라고 대답했습니다. 목선이 예쁜 단발머리 언니가 불평했습니다.

"말하면 다들 이렇게 묻잖아요. 돈 때문에 그 일 하는 거지?"

커트 머리 언니는 억울한 듯 중얼거렸습니다.

"맞아요. 나는 나름대로 숭고한 이유가 있어서 이 일 하는 거거든요. 근데 다들 일단 돈 때문이라고 생각하잖아요."

그러자 옆에 조용히 앉아 있던 긴 머리 언니가 물었습니다.

"나는 돈 때문에 하는데, 자기는 아니에요?"

"물론 페이가 세기도 하죠. 근데 저는 진짜 숭고한 자세로 이 일 하는 거예요."

"숭고하다는 게 대체 뭔데요? 다른 일보다 천박할 이유도 없지만 그렇다고 딱히 더 숭고할 이유도 없죠."

들고 있던 저는 언니에게 말했습니다.

"저도 돈 때문에 누드모델이 돼요. 무엇보다도 시간 때문에 누드모델이 돼요. 시간을 버는 일이기도 하잖아요."

언니는 고개를 끄덕였습니다. 상인들 중에서도 가장 높은 곳에 있는 사람은 빌딩을 가진 사람도 아니고 자동차를 가진 사람도 아닌, 시간을 가진 상인이라고 믿는 우리. 시급 3만 원짜리 모델들. 비참한 마음 없이 벗은 몸을 팔 수 있는 상인들.

알몸을 파는 상인이 되어 전국을 돌아다닌 지 1년째입니다.

옷을 벗는 장소는 매번 바뀝니다. 일을 하러 갈 때마다 처음 보는 장소와 처음 보는 사람들에게 매번 새롭게 적응해야 합니다. 그때의 긴장과 피로감을 견디는 게 이 일의 큰 부분입니다. 아직은 제가 무엇으로 돈을 버는지 이야기하기엔 이릅니다. 기다리는 중입니다. 나를 불쌍하게도 특별하게도 여기지 않는 채로 이 직업을 이야기할 수 있게 될 때까지.

그러다가 이야기가 목까지 차오르는 날에는 글을 씁니다.

이야기를 파는 상인을 여전히 잊지 않았습니다. 셰익스피어가 쓴 이야기에는 맨 아래부터 저 꼭대기까지 모든 계층의 인물들이 등장합니다. 그는 돈을 내기만 하면 상놈이든 귀족이든 극장에 들어갈 수 있게 된 첫 세대의 작가였습니다. 너무나 다양한 계층이 그의 연극을 보러 왔기 때문에 그는 여러 계층을 포함한 이야기를 지어냈습니다. 그게 장사꾼보다 더 많은 장사 밑천이 필요한 일이라는 걸 알게 된 지는 얼마 되지 않았습니다.

이슬아

저는 여전히 상인들의 딸입니다. 이제는 건물 주인을 꿈꾸지 않습니다. 뒷짐을 지는 어른이 되고 싶은 마음도 별로 없습니다. 이왕이면 팔을 흔들며 씩씩하게 걷는 어른이 되고 싶습니다. 구체적으로 뭐가 될지는 아직 모르겠습니다. 아직 저는 제 손바닥만 한 이야기밖에 쓰지 못하니까요. 상인들 사이에서 태어나 자라고 있습니다.

춘향이 노래방

김
광
희

**김
광
희**

전생에 착한 일을 많이 했는지 우연히 문학상에 당선.
재미있는 글을 쓰고 싶으나 그만큼의 재능이 있는지는
잘 모르는 상황. 그래도 하는 데까지 해봐야 하지
않을까?라고 잠들 때마다 다짐하며 살고 있음.

해가 중천이었다. 그녀는 따끔한 느낌에 눈을 떴다. 토막 난 볕을 안대로 가려보려 했지만 역부족이었다. 밤새 쌓인 메시지를 확인하고자 화장대 위에 올려둔 핸드폰을 집어 들었다. 글씨 크기를 가장 크게 설정해두었음에도 돋보기를 써야 했다.

부고: 김수오
장례식장: 좋은 병원
발인: 20××년 ××월 ××일

김수오? 잠에서 덜 깼는지 누군지 바로 기억나지 않았다. 그녀는 자리에서 일어나 알레르기약을 챙겨 먹었다. 몇 달 전부터 몸이 참을 수 없을 정도로 가려워 먹기 시작한 약이었다. 병원에서는 갱년기에 흔히 있을 수 있는 증상이라고 했다. 그럴 수 있다며 받아들이라고 덧붙였다. 무어라 반박하고 싶었지만 마땅한 말이 떠오르지 않았다. 이해가 가지 않는 수학 공식을 억지로 외우듯 알겠다고 말하고는 약을 받아 왔다.

김수오. 약을 삼키기 위해 마신 냉수를 내려놓자 비로소 그 이름이 차갑게 떠올랐다. 작년까지 가게에서 일했던 젊은 총각이었다. 그녀는 멍하니 앉아 있다가 눈곱을 떼어내고 미역국에 밥을 한 숟가락 말았다. 어제 끓인 국이었지만 데우니 맛이 그럭저럭 괜찮았다. 되는대로 밥을 밀어 넣고 옷장을 뒤져 검은 옷을 꺼냈다.

그녀의 기억이 맞는다면 그는 아직 서른도 안 된 젊은 총각이었다. 공익근무를 하고 있지만 돈을 벌어야 한다며 밤에만 일할 수 있는 일거리를 알아보다 찾아왔다고 했다. 일을 시켜보니 눈치가 빠르고 똑똑한 느낌은 아니었다. 실수도 잦았다. 그러나 성실하고 부지런했다. 2년 남짓 일하면서 말도 없이 가게에 늦거나 쉬는 일은 한 번도 없었다. 일을 시작하고 몇 개월이 지난 다음부터는 급한 일이 생기면 그에게 가게를 믿고 맡겼다. 그런 종업원은 처음이었다.

그는 김치 같은 것을 챙겨주면 그때마다 진심으로 고마워하며 빈 그릇을 깨끗하게 씻어 오는 총각이었다. 반찬이니 과일이니 하는 것들을 받기만 하는 게 미안했는지 언젠가 한번은 그녀의 생일에 책을 선물하기도 했다. 결혼하고 처음 받아보는 생일 선물에 얼떨떨했지만 무척 고마운 마음이 들었다. 월급을 받은 날이면 그는 돈 봉투를 만지작거리다 곧잘 여동생과 조카 이야기를 꺼냈다. 태어난 지 얼마 안 된 아이라며 조카 사진을 귀찮을 정도로 보여주기도 했다. 조카가 그렇게 좋으냐고 물었을 때 웃으며 가족이 생겨 기쁘다고 말했다. 조카가 생기기 전에는 핏줄이라고 해봐야 여동생밖에 없었지만 이제는 그렇지 않다며. 그와 그의 여동생은 고아원에서 자랐다고 했다. 더 이상 부모의 얼굴이 기억나지 않는다고 말했던 것 같다.

그러다 공익근무가 끝나갈 즈음 돈을 좀 더 벌어야겠다며 회사에 들어간다고 했다. 그녀는 사람을 또 뽑을 생각에 아쉬운 마음이 들었지만 잘된 일 같다며 축하해주었다. 가게를 그만두고도 그는 몇 차례 가게를 찾아왔다. 싱거운 농담을 하며 여동생과 조카 이야기를 꺼냈다. 어두워 보이는 그의 표정에 그녀는 농담으로 가게에서 다시 일할 생각이 없느냐며 권유하곤 했다. 너 일할 때는 몸이 안 좋으면 가게를 쉬기도 했는데, 너 그만두고는 한 번도 쉰 적이 없다며. 어떻게 종업원이 한두 달 일하고 그만두기 일쑤라며. 그렇게 이야기하면 그는 수줍게 웃곤 했다. 그런 총각이 자살을 할 줄은 생각도 못 했다.

장례식장은 한산했다. 울음소리도 웃음소리도 없었다. 언젠가 사진으로 보았던 수오의 조카만 구석에서 기어 다니고 있었다. 그녀는 지갑에서 5만 원짜리 지폐 두 장을 꺼내 봉투에 넣고 자신의 이름을 적었다. 박금자. 수오의 여동생이 그녀를 맞았다. 결혼식 때 보고 처음 보는 것이었다. 여동생은 오래도록 금자의 손을 잡고 놓아주지 않았다. 아이가 작은 소리로 엄마를 찾는 소리를 내자 그제야 손을 놓아주었다. 그녀는 떡이라도 하나 집어 먹고 나가려다 가슴이 답답해져 신발을 신고 이내 자리를 떴다. 찬 바람 생각이 간절했다. 체한 것도 같았다. 바깥으로 나오니 그새 해가 저물어가고 있었다. 가방을 다시 메고 걸음을 옮겼다. 가게에 가야 했다.

가게는 병원에서 멀지 않은 곳에 있었다. 금자는 가게에 도착하자마자 열쇠를 꺼내 유리문을 열었다. 익숙한 손짓으로 두꺼비집을 찾아 모든 레버를 올렸다. 환영합니다. 어서 오세요. 환영합니다. 어서 오세요. 환영합니다. 어서 오세요. 노래방 기계가 차례로 그녀를 반겼다. TV와 CCTV를 켜고 에어 간판을 꺼내 출입구에 내어놓았다. 간판이 부풀어 오르다가 바람이 새는 소리가 나더니 좀처럼 솟아오르지 않았다. 가까이 가보니 얼마 전에 붙인 테이프가 뜯어져 있었다. 몇 달 전에 취객들이 가게 앞에서 비틀거리다가 실수로 찢은 곳이었다. 그녀는 다시 가게로 들어가 테이프를 꺼내 찢어진 부분에 대충 덧대었다. 간판이 금세 부풀어 올랐다. 공기가 가득 차자 가슴이 멜론 크기만 한 여자의 미소가 눈에 들어왔다. 멜론만 한 가슴을 가로질러 그보다 더 큼지막한 글씨도 보였다. 춘향이 노래방.

금자가 노래방을 시작한 지도 어느덧 10년이 흘렀다. 그저 누구 밑에서 일해봐야 아줌마가 한 달에 얼마나 벌겠느냐는 생각에 시작한 일이었다. 남편이 돈만 잘 벌어준다면 밤새 잠 못 자고 손님들 비위나 맞춰야 하는 노래방을 운영할 필요는 없었을 것이다. 한데 인생이라는 것이 그렇게 간단한 게 아니었다. 꼭 에어 간판 같았다. 잘 부풀어 오르다가도 어느 순간 바람이 새며 고꾸라지곤 했다. 어쩔 수 없이 선택한 것이 춘향이 노래방이었다.

말을 좀 보태면 그녀에게 남편이란 작자는 욕심이 너무 없는 사람이었다. 그것도 젊을 때는 매력이다 싶어 결혼까지 하게 되었지만 아이들이 점점 커가면서 생각이 바뀌었다. 아이들은 하고 싶은 것과 갖고 싶은 것이 많은 존재였다. 남편의 헌책방 수입으로는 국거리 쇠고기조차 사기 빠듯했다. 차츰 속이 탔다. 그때부터 동분서주로 일을 알아보기 시작했다. 되는대로 주택담보대출을 받아 지하에 조그마한 노래방을 차렸다. 그녀에게 아이들을 양육하는 데 가장 중요한 것은 사랑이 아니었다. 풍요였다.

처음에는 물론 시행착오도 많았다. 지하에 틀어박힌 채 밤새 깨어 있는 것도 곤욕이었는데 그렇게 앉아 있어도 손님이 없는 날이 허다했다. 어쩌다 손님들이 와도 한껏 취해 있었고, 그중 절반은 외상을 요구하는 손님들이었다. 그런 날이면 그녀는 자신의 신념을 무너뜨리고 싶었다. 남편에게 기대고도 싶었고, 좀 가난하게 살아도 상관없지 않나 하는 생각도 들었다. 그러나 아침은 밤의 수만큼 찾아왔다. 해가 뜨고 집에 돌아왔을 때 자고 있는 아이들을 보면 정신이 번쩍 들었다. 아이들은 망아지 같은 눈망울을 지으며 하고 싶은 것과, 갖고 싶은 것들을 이야기했다. 그 눈망울들을 배신할 수 없었다. 범죄를 저지르는 느낌이었다. 정당방위 같은 개념으로 해소될 수 있는 것이 아니었다. 마음을 단단히 먹어야 했다. 그녀는 밤새 노래방에 앉아 있다가 돌아와 아이들의 아침밥을 차려주고 눈을 붙였다. 다시 일어나 저녁밥을 차려주고 곧장 노래방에 달려가 앉았다.

그렇게 10년을 지냈다. 그 시간 동안 금자는 수십 번도 넘게 외상값을 두고 손님들과 혈전을 벌였고, 수백 번도 넘게 손님들이 요구한 아가씨를 부르기 위해 통화를 했으며, 수천 번도 넘게 에어 간판의 공기를 넣었다 뺐다. 그러는 동안 제법 장사 수완이 생겨 단골도 많아졌다. 덕분에 국거리 쇠고기 정도는 걱정하지 않아도 괜찮았다. 그사이 아이들은 모두 자라 서울이며 미국 뉴욕이며 하는 곳으로 떠나갔다. 학교를 다녀야 한다며, 혹은 영어를 제대로 배워야 한다며. 남편은 보증을 잘못 서는 바람에 전국을 도망쳐 다녔다. 잘못하면 노래방까지 압류당할 처지였던 터라 이혼을 했다. 몇 해 전부터는 연락이 닿지 않았다. 그저 금자만 묵묵히 춘향이 노래방을 지켰다.

삐리리리 리리 리리리. 가게 문이 열릴 때 나는 기계 소리가 들리자 금자는 깎던 과일을 내려놓고 문을 바라봤다. 어제부터 일을 시작한 종업원이었다. 복만이라고 했다.

"밥은 먹고 왔냐?"

"공익근무 끝나고 바로 와서 아직 못 먹었어요."

"그래, 일단 밥부터 먹자. 밥 먹고 저 뉴욕 방부터 청소하면 되겠다."

춘향이 노래방의 방 이름은 세계 각국의 주요 도시에서 착안

했다. 그녀는 한 번도 가본 적 없는 그 도시들의 이름을 발음하는 것이 아직도 어색했다. 대부분의 손님들도 마찬가지였다.

금자는 냉장고에서 반찬들을 꺼내고 친정에서 가져온 김치를 좀 썰어 찌개를 끓여냈다. 집에는 더 이상 반찬들을 둘 필요가 없어 가게에 거의 다 옮겨놓고 지냈다. 찌개에 두부를 마저 넣고 간단히 상을 차리자 복만은 배가 고팠는지 급하게 숟가락을 떴다.

"천천히 먹어라. 체하겠다."

그녀의 충고는 개의치 않고 복만은 깻잎을 한 장 뜯어 밥에 올렸다. 깻잎을 복만 가까이에 놓으며 생각했다. 이놈은 얼마나 있을까? 노래방을 운영하면서 손님들을 대하는 일만큼 번거로운 것이 일할 사람을 뽑는 거였다. 손님들이 없을 때면 하루 이틀 일하다 말도 없이 안 나오는 종업원이 꽤 있었다. 팁을 못 받기 때문이었다. 금자는 그때마다 허겁지겁 사람 구걸을 해야 했다.

"이모, 이거 깻잎 좀 더 먹을 수 있어요?"

복만이 몇 장 안 남은 깻잎을 다 먹고는 더 달라고 하자 그녀는 냉장고에서 깻잎을 한 움큼 꺼냈다. 한 장 한 장 정성스럽게 깻잎을 떼어내 밥 위에 올려놓는 복만을 보며 그녀는 수오를 떠올렸다. 젊은 놈이 죽긴 왜 죽어. 다 저렇게 먹고살려고 하는 건데. 그렇게 이야기하고 싶었다.

복만의 저녁을 챙겨주고 시간이 한참 흘렀음에도 손님들은 오지 않았다. 금자는 내내 TV를 보았고, 복만은 내내 핸드폰만 만지작거렸다. 그녀는 뭐 저렇게 핸드폰으로 할 일이 많을까 하고 드문드문 그를 쳐다봤지만 뭘 보는지는 따로 묻지 않았다. 다만 팁을 못 받은 그가 살짝 안쓰럽기도 해서 치킨을 한 마리 시켰다. 치킨을 보고서야 복만은 핸드폰을 내려놓았다. 치킨을 다 먹고 난 뒤에도 손님은 없었다. 금자는 복만에게 손님이 안 올 것 같으니 정리하고 그만 가보라고 말했다.

책을 읽으며 한 시간을 더 앉아 있었지만 손님들은 오지 않았다. 그녀는 에어 간판의 바람을 빼고 가게에 들여놓았다. CCTV와 TV를 껐다. 음식물 쓰레기도 따로 챙겨 버리고, 전기까지 모두 내린 다음 가게 문을 잠갔다. 가게 문이 닫히며 하루가 끝나는 소리가 났다. 근처에 술집이 많다 보니 아직도 술이 덜 깬 사람들이 고집스럽게 도로를 서성거렸다. 금자는 그들 사이를 비집고 집으로 돌아와 침대에 누웠다. 가게 월세를 계산하다 잠이 들었다.

해가 뜨려 하고 있었다. 금자는 가려움에 눈을 떴다. 최근 들어 이런 일이 부쩍 잦아졌다. 차가운 물로 급하게 샤워를 마치고 방으로 돌아왔다. 다시 잠들기 전에 침대에 누워 핸드폰을 열어보니 몇 개의 메시지가 쌓여 있었다. 대출 광고, 초등학교 동창의 딸 결혼식 통보, 핸드폰 요금 내역, 그리고 복만의 메시지였다.

이모 저 복만입니다. 저 이제 가게 못 나갈 것 같아요. 그냥 제가 이틀 치 일했던 것만 아래 계좌로 좀 보내주세요. ××은행 ×

xx-xx-xxxxx 김복만.

그녀는 메시지를 바라보다 핸드폰을 덮었다. 가게에 가려면 좀 더 자둬야 했다.

해가 중천이었다. 금자는 일어나 알레르기약을 챙겨 먹고 메시지를 확인했다. 새로운 메시지는 없었다. TV를 켜고 빨래를 돌리고 친정에서 가져온 찬들을 꺼내 밥을 차려 먹었다. 그리고 설거지까지 끝내놓고 청소를 시작했다. 집은 이제 그녀 혼자 살기에는 너무 넓었다. 자식들이 쓰던 방에는 한때 그 옷이 아니면 도저히 바깥으로 나갈 수 없다고 해서 사준 옷들만이 가득했다. 남편이 서재로 썼던 방에는 홈쇼핑에서 주문한 물건들이 자리를 잡았다. 그녀는 베란다까지 물청소를 하고 나서야 소파에 주저앉았다. 돋보기를 쓰고 다시 한 번 핸드폰을 확인했다.

아직 입금 안 하셨네요. 오늘까지 입금 부탁드릴게요.

이틀. 복만이 일한 시간이었다. 그중에 손님을 받은 것은 첫날 한 번뿐이다. 그녀는 그런 그를 위해 두 번의 저녁과 두 번의 야식을 마련해주었다. 물론 손님이 많건 적건 때가 되면 월급도 챙겨줄 예정이었다. 그러나 금자의 호의와 복만의 통보는 별개의 문제였다. 생각해보면 그 전에 일했던 종업원 중에는 화장실에 다녀온다고 한 뒤 연락이 안 되는 경우도 있었다. 거기에 비하면 양반이었다. 그녀는 5만 원을 입금하고 옷을 벗었다. 가게에 가려면 씻어야 했다. 새로운 종업원을 알아보는 것은 그다음 일이었다.

씻고 나온 금자가 화장을 하는 사이에 새로운 메시지가 도착했다. 복만이었다.

> 이모 이런 말씀은 안 드리려고 했는데, 추가로 4만 3000원 더 입금해주셔야 합니다. 최저 시급으로 계산해도 그 정도는 나올 겁니다. 급하니까 오늘 보내주세요. 안 보내주시면 신고하겠습니다.

그녀는 핸드폰을 멍하니 바라보다 고개를 젓고 화장을 마무리 지었다. 목 언저리가 가려운 느낌이 들었지만 옷을 챙겨 입는 일에만 신경을 집중했다.

경찰로부터 전화가 걸려온 것은 가게에 도착한 지 세 시간 남짓 지난 뒤였다.

"여보세요? 춘향이 노래방 박금자 씨 맞습니까? 여기 경찰서입니다."

경찰은 별일이 다 있다며 이야기를 이었다.

"아, 요즘 애들 무서워요. 아니 아무리 그래도 그렇지, 이틀 일해놓고 돈은 또 돈대로 달라고 했다면서요? 그래서 사장님이 5만 원도 넣어줬다면서요? 아, 그래도 어쩌겠습니까? 아닌 말로 똥 밟았다고 생각하시고 사장님께서 그냥 나머지도 다 넣어주세요. 안 그러면 고소 취하 안 한답니다. 일단은 사정 알고 계시고요. 연락 주세요."

그녀는 전화기를 내려놓고 TV 채널을 돌리기 위해 리모컨을 집어 들었다. 손톱 끝이 빨갰다. 전화를 하면서 피가 나도록 목 언저리를 긁은 모양이었다.

손님들이 들어온 것은 새벽 2시가 조금 지난 시간이었다. 가게 문을 닫을까 하는데 젊은 남자 세 명이 문을 열고 들어왔다.

"아줌마, 여기 한 시간에 얼마예요?"

그중 몸집이 가장 큰 남자가 물어왔다.

"2만 원인데 여기 학생들은 못 들어와요."

금자가 보기에 그들은 아무리 나이를 높게 봐도 고등학생 정도로밖에 보이지 않았다.

"아니, 노래만 부르는데 뭐가 그렇게 비싸요? 그리고 노래도 우리가 다 부르는데."

"어쨌든 학생들은 안 돼요."

"아줌마 우리 학생 아니에요. 야, 너 몇 살이냐?"

몸집이 가장 큰 남자는 뒤편에 서 있는 남자들을 보며 농담하듯 물었다.

"그러면 신분증 좀 볼 수 있을까요?"

"여기 있어요, 여기! 아, 진짜 우리 성인인데 왜 그래요."

그녀는 돋보기를 꺼내 신분증을 들여다보았다. 성인이 맞았다.

"됐죠? 우리 어느 방 들어가면 돼요? 저 방 들어가면 되나요? 와! 방 이름이 뉴욕이에요? 뉴욕? 나 뉴욕은 한 번도 안 가봤는데. 언제 가보나 했는데 오늘 가네."

덩치 큰 남자는 신기하다는 듯 몇 번이고 뉴욕이라는 단어를 내뱉었다. 뒤편에 있는 남자 둘은 작은 목소리로 그의 이야기에 호응해주었다.

"아줌마, 여기 뉴욕에 맥주 세트 하나 깔아주세요. 근데 혹시 아가씨도 불러줘요?"

금자는 남자들을 뉴욕으로 안내하고 곧바로 아가씨를 부를 수 있는 소개소에 전화했다. 전화를 걸 때마다 느끼는 것이었지만 노래방을 운영하는 데 아가씨를 찾는 것만큼 어려운 일은 없었다. 술에 취한 손님들을 상대하는 일은 그에 비하면 간단한 일이었다. 도저히 감당이 안 될 정도로 취한 경우에는 경찰을 부르면 됐다. 앞뒤 안 가리고 무조건 외상으로 하겠다고 하는 손님들에게는 나중에 소리 지르고 찾아가는 경우가 있다 하더라도 받아내면 되는 일이었다. 그러나 아가씨를 찾는 것은 전혀 다른 개념의 일이었다. 찾는 사람에 비해 아가씨 자체가 적긴 했지만 그건 그런대로 적응된 터였다. 전화기를 붙들고 사방에 전화를 하다 보면 아가씨는 이내 도착하곤 했으니. 생각보다 빨리 오거나 생각보다 늦게 오거나. 그뿐이었다.

금자가 정말로 어려움을 겪는 부분은 따로 있었다. 아가씨를 앞에 둔 손님들의 표정이었다. 그들 중 열에 아홉은 대놓고 아가씨 가슴이 너무 작다느니, 화장이 너무 진하다느니 투정을 부렸다. 더러 벌건 얼굴로 금자에게 다가와 아가씨와 따로 모텔에 가도 되는지 물으며 히죽거리는 이들도 있었다. 한껏 취한 채

김광희

딸 같은 아가씨들을 희롱하는 그들의 모습을 볼 때마다 금자는 앞니로 혀를 깨물었다. 여과를 잃은 욕망과 법인카드가 뒤엉켜 만들어낸 권력. 적응이 될 법도 한데 그 권력을 마주할 때마다 그녀는 힘이 빠졌다. 있는 힘껏 손님의 뒤통수를 갈겨주고 싶었지만 번번이 무력해졌다.

몇 차례의 전화 끝에 근처에서 일을 마친 아가씨가 한걸음에 달려와주었다. 보라였다.

"어디 방이에요, 언니?"

"저 방인데 한 20분 전에 들어갔어."

"언니네 집 사람들은 맨날 취해 있던데, 오늘도 많이 취했어요? 지난번 그 아저씨는 진짜 좀 심했어. 아니 왜 노래 잘 부르다가 갑자기 울고 지랄이야."

"아니야 보라야. 이번에는 아저씨 아니야. 어린애들 같아. 여기 맥주 더 챙겨가고."

금자는 보라에게 맥주를 챙겨 주고 손님들이 있는 뉴욕으로 밀어 넣었다. 보라가 들어가자마자 환호성이 들리더니 댄스음악이 터져 나왔다. 누군가 포효했다. 새벽에 노래방에 오는 손님들은 두 부류였다. 울거나 포효하거나. 그녀는 매일 갈 곳 없는 그 소리를 가만히 앉아 들었다.

보라가 노래방 도우미를 직업으로 삼은 계기도 금자와 크게 다르지 않았다. 남편이 공장에서 벌어다 주는 돈은 언제나 같았지만, 아이 분윳값은 하루가 다르게 올라서 뛰어든 일이었다.

따지고 보면 금자와 비슷한 동기로 일을 시작한 셈이다. 다만 금자는 노래방 경영을, 보라는 아가씨를 선택한 것뿐이었다.

출산을 했음에도 보라는 아줌마티가 나지 않았고, 무엇보다 가슴이 적잖이 컸다. 그녀가 손님들 노래에 맞춰 몸을 흔들면 손님들은 흠칫 놀란 표정으로 보라를 쳐다보곤 했다. 보라의 남편은 물론 말렸다. 처음에는.

"그거 그렇게 흔들어서 돈 버니까 좋으냐?"

보라의 남편은 좀 더 부드러운 질문으로 이야기를 시작할 수도 있었지만 공장 일에 지친 탓에 그렇게 하지 못했다. 그는 어조나 어감보단 질문의 당위성에 집중했다.

"그래, 좋다! 좋아! 너도 뭐 까놓고 보면 이거 보고 결혼한 거 아니야?"

일을 시작할 즈음에는 보라 또한 생각이 많았다. 당연히 부드럽게 대답할 수 없었다. 싸움은 그렇게 시작되었다.

"이년이 할 소리 안 할 소리 구분을 못 하고! 이제 완전히 맛이 갔구나!"

"내가 뭐! 나는 뭐 좋아서 이러는 줄 알아! 네가 돈을 이렇게 고함치듯 화끈하게 벌어다 줬으면 내가 밤에 이렇게 있겠어?"

춘향이 노래방 구석에서 격렬하게 이어지던 말싸움은 거기서 끝났다. 남편은 이후 보라에게 아무 말도 하지 않았다. 아무 말도 하지 못했다. 보라는 그날 남편을 보내고 예의 그 부자연스러운 가슴으로 두둑하게 팁을 받았다. 그리고 손님들이 모두 나간 시간에 금자와 함께 남은 과일과 땅콩을 안주 삼아 소주를 마셨다. 보라는 금세 취기가 올라 자신이 미친년이라는 말만 계속 뇌까리다 이내 잠들었다. 금자는 소파 구석에 보라를 눕혀놓고 남편에게 전화를 걸어 데려가라고 했다. 남편은 슬리퍼 차림으로 달려왔다. 그를 위해 가게 문을 열어주며 내내 궁금했던 것을 물어보았다.

"근데 보라 본명이 뭐예요? 진짜 보라?"

"아니에요. 보라가 아니라 미자예요. 최미자."

금자는 이후로도 종종 미자와 소주를 마셨다.

두 시간 남짓 지나 뉴욕에서 나온 남자들은 계산도 하지 않고 유유히 가게를 빠져나갔다. 남자들은 법을 잘 알았다. 그들은 미성년자였다. 애초에 들여보내서는 안 되는 일이었다. 금자는 기가 찼지만 최근에 들었던 다른 가게 이야기를 떠올리며 그들을 그냥 보내주었다. 신고해봤자 춘향이 노래방만 영업정지를 받게 될 것이 뻔했다. 두 시간의 포효와 몇 병의 맥주, 그리고 가끔 미자의 가슴을 주물럭거린 대가는 금자의 체념 이외에 없었다. 문제 있으면 신고하세요. 아무 말도 안 하고 뒤편에 서성이던 고등학생 남자는 가게 문을 닫으며 그런 말을 내뱉었다.

금자는 나이를 정확하게 확인하지 않은 것이 마음에 걸렸다. 거짓을 간파해내지 못했다는 사실이 죄책감으로 번졌다. 수오가 있었더라면. 그런 생각이 들었다. 수오는 단박에 청소년들을 알아보곤 했다. 제 또래라 그런지 그런 것에는 눈치가 좀 있는 편이었다. 미자는 돈을 안 받겠다고 했지만 그럴 수 없었다. 미자가 간 뒤에 찾아오는 손님들은 없었다. 그녀는 멍하니 TV를 보았다. 생각 없이 채널을 돌리다가 목 언저리가 너무 가려워 알레르기약을 찾았지만 가게에는 따로 챙겨둔 것이 없었다. 참기가 점점 힘들어져 냉장고에서 얼음을 하나 꺼냈다. 목에 대니 좀 나았다. 작아지는 얼음을 놓치지 않으려고 자꾸만 손에 힘을 주었다. 얼음은 얼마 지나지 않아 사라졌다. 차가운 목을 어루만지며 금자는 복만에게 메시지를 하나 보냈다. 가게 문을 닫을까 하다가 뉴욕으로 들어갔다. 맥주와 땅콩과 담배꽁초가 질서 없이 흩어져 있는 광경을 바라보다 노래방 기계에 숫자를 입력했다. 처녀 시절 부르던 노래가 흐릿하게 방에 뭉개졌다.

여느 때와 다름없이 해가 중천이었다. 금자는 안대를 벗고 자리에서 일어났다. 알레르기약을 챙겨 먹고 메시지를 확인했다. 새로운 메시지는 없었다. 허기가 졌다. 뭐라도 먹을 생각에 친정에서 가져온 김치를 큼지막하게 썰어 찌개를 끓여냈다. 두부가 아쉬웠지만 집안일을 마치는 대로 가게에 가야 했다. 청소기를 돌리고 돋보기를 쓴 다음 쌓여 있는 고지서들을 정리했다. 내도 내도 낼 돈이 가득했다. 벌어도 벌어도 제자리였다. 그녀는 이불 빨래를 할까 하다가 그대로 소파에 드러누웠다. 돋보기를 벗고 눈을 감았다. 눈두덩이 위로 고지서가 쏟아졌다.
깜빡 잠이 든 모양이었다. 눈을 떠보니 슬슬 가게에 갈 시간이었다. 가게에 가는 길에 파인애플 다섯 개, 딸기 세 박스, 바나나 일곱 송이를 샀다. 과일 가게 주인은 사람 좋은 웃음을 지으며 고맙다고 했다. 이따 가게로 배달해드리겠다는 말도 잊지 않았다. 그녀는 피곤이 가득한 그의 미소에 애써 웃어 보였다. 불현듯 그가 과일을 팔아 떼돈을 벌었으면 좋겠다는 생각이 들었다.

가게에 도착하니 복만의 메시지가 와 있었다. 새벽에 병무청에 신고하겠다고 보낸 협박이 통한 모양이었다. 금자는 공익근무를 하면서 다른 일을 해서는 안 된다는 사실을 잘 알고 있었다. 수오가 이야기해준 것이었다. 수오는 근무하는 동사무소에서 회식이 있을 때마다 직원들을 가게로 데리고 오곤 했다. 원래는 공익근무를 하면서 다른 일을 하는 것은 불법인데, 눈감아주시는 좋은 분들이라고 했다.

이모, 죄송합니다. 제가 생각이 짧았습니다. 공익근무하면서 다른 일을 하면 안 되는데 제가 잘못했습니다. 고소 취하했습니다. 신고하지 말아주세요.

그녀는 복만이 이전에 보내온 메시지와 방금 도착한 메시지를 번갈아가며 확인했다. 그의 참담한 역전패였다. 그러나 유쾌하진 않았다. 금자는 일전의 복만이 알려준 계좌로 5만 원을 더 이체했다. 젊은 놈이 열심히 살 생각을 해야지. 수 쓰며 살면 나중에 다 돌아온다. 그렇게 메시지를 작성해 보낼까 하다가 그만두었다.

핸드폰을 내려놓고 우선 뉴욕으로 들어갔다. 전날 미성년자들이 남긴 흔적부터 치워야 했다. 테이블에 진득하게 묻어 있는 맥주를 닦으며 금자는 어제 찾아왔던 미성년자들을 떠올렸다. 꽤씸한 기분을 지우기 어려웠다. 시간이 흘러, 더는 닦아내지 못할 실수를 저지를 그들의 미래도 그려졌다. 어질러진 방을 모두 치우고 문을 닫았다. '뉴욕'이라는 글씨가 선명하게 눈에 들어왔다. 어제 왔던 청년 중 하나는 뉴욕이 처음이라고 했다. 청년은 어떤 나날을 보내왔던 것일까? 앞으로 진짜 뉴욕에 갈 수 있을까? 생각이 거기까지 뻗치자 금자는 고개를 저었다. 어쨌든 이제 와서 신고할 수도 없는 노릇이었다. 영업정지만 당할 것이 분명했다. 법이 그랬다. 그녀는 방에서 가져온 쓰레기통을 비웠다. 체념인지 안쓰러움인지 모를 감정들이 쏟아져 나왔다.

청소를 마치고 방에 있는 방석을 교체하려고 구석을 살피다 책을 한 권 발견했다. 어디서 난 것인지 바로 기억나지 않았다. 제목을 보니 재테크 책이었다. 한참을 떠올리다 수오가 선물했던 책이라는 것이 기억났다. 자신이 읽고 너무 감명받아 주는 것이라고 했었다. 앞부분에 글귀가 적혀 있는 것이 보였다. 책을 받았을 때는 손님이 많아 제대로 들춰보지 않은 것이 분명했다. 금자는 돋보기를 꺼냈다. 매일 밤잠도 못 자고 고생하시니 돈 많이 버시면 좋겠다는 내용의 짧은 편지였다. 희미하게 어지럼증이 일었다. 그녀는 되는대로 가까이에 있는 소파에 주저앉았다. 이것도 갱년기 증상이었나? 의사가 했던 이야기를 더듬어 보았지만 정확히 기억나지 않았다. 상관없었다. 조심스럽게 몸을 일으켜 냉수를 한 잔 마셨다.

김광희

삐리리리 리리 리리리. 가게 문이 열리는 소리가 들렸다. 과일 가게 주인이었다. 바닥에 과일을 내려놓는 그의 이마에 땀이 드문드문 맺혀 있었다. 금자는 천천히 일어나 그에게 냉수를 건네고 과일값을 지급했다. 과일 가게 주인은 급하게 땀을 닦고는 장갑을 벗어 돈을 받았다. 지폐를 반으로 접어 왼쪽 주머니에 넣고 지퍼를 단단히 잠갔다.

"역시 우리 사장님, 이런 책도 읽으시나 보네요."

그는 금자가 냉수를 가지러 간 사이 떨어뜨린 책을 주우며 신기하다는 듯 쳐다봤다. 매일 수없이 과일 박스를 실어 나르는 사람이라는 것이 믿기 어려울 정도로 책을 쥐는 손이 어색했다.

"예전에 선물 받은 책인데 이제라도 읽어볼까 해요."

"근데 저는 이런 책은 무슨 말인지 하나도 모르겠던데. 역시 사장님은 멋쟁이네요. 그럼 다음에 또 뵐게요. 수고하세요."

과일 가게 주인은 왼쪽 주머니에 달려 있는 지퍼를 한 번 더 단단히 잠그며 책을 건넸다. 툭. 무언가 떨어지는 소리가 났다. 종이 같은 거로 봐서 아마 수오가 책갈피로 썼던 모양이었다. 그녀는 과일 가게 주인을 배웅하고 책갈피를 주웠다. 처음 보는 이름이 적힌 명함이었다. 수오가 입사했던 회사의 명함이었다.

수오의 사인은 자살이었다. 다단계 회사였던 것 같다고, 장례 식장에서 금자를 알아본 여동생이 이야기했다. 여동생의 눈은 심하게 충혈되어 있었다. 금자는 달리 해줄 말이 떠오르지 않았다. 그녀가 입술을 달싹거리는 사이 여동생은 기어 다니는 아이를 챙기기 위해 급하게 자리를 떴다. 두 살배기 아이가 기어 다니기에 장례식장은 너무 넓고 위험했다. 아이를 돌보기 위해 안아 드는 여동생에게서 김치 냄새가 났다. 수오는 여동생에게 김치를 나눠줬다고 했다. 여동생은 그 김치를 먹고 배가 불러 아이를 낳았을 것이다.

장례식을 다녀오고 이틀이 지났으니 오늘 발인이 있을 것이다. 금자는 하나밖에 없는 오빠를 불구덩이 속으로 밀어 넣는 상복을 입은 여동생을 떠올렸다. 여동생의 마음에 평생 가라앉지 않을 그 불덩이를 떠올리자 속이 메슥거렸다. 메시지를 보냈다. 전화를 하는 것은 예의에 어긋나는 것 같았다.

김치가 좀 생겼는데 필요하면 보내줄게.

답장이 바로 왔다.

고맙습니다. 오빠가 계속 거기서 일했으면 얼마나 좋았을까요?

수오가 있었더라면. 수오가 있었더라면 아마 한 번은 긴 휴가를 떠났을 것이다. 한 번도 타보지 않았던 비행기를 타고, 한 번도 가보지 않았던 도시를 가봤을지도 모르겠다. 뉴욕이 좋을 듯싶었다. 뉴욕. 금자는 입에 붙지 않는 그 단어를 발음하며 손에 쥐고 있던 핸드폰을 내려놓았다.

그녀는 수오가 선물한 책을 펼쳤다. 돋보기를 꺼내고 천천히 첫 장을 읽기 시작했다. 몇 장을 읽어 내려가다 이내 책을 덮고 전화를 걸었다. 신호가 멈추고 수화기 너머로 사무적인 목소리가 울렸다.

"저기…… 회사를…… 그러니까 회사를 신고할 수도 있습니까?"

"무슨 말씀이시죠?"

"젊은 사람이 왜…… 자살 같은 것을 했을까요?"

"네? 아주머니 무슨 말씀이세요. 천천히 설명을 좀 해주세요."

당황하는 경찰에게 금자는 되도록 상세하게 설명하려 했다. 그러나 말이 나오지 않았다.

삐리리리 리리 리리리. 가게 문이 열리는 소리에 눈을 떴다. 깜빡 잠이 든 모양이었다. 등이 땀으로 흠뻑 젖어 있었다. 화장도 번져 있었다. 취객 여럿이 비틀거리며 가게로 들이닥쳤다. 그중 한 명은 몸을 제대로 가누지도 못했다. 어디에 뭐가 묻었는지 바지 끝이 잔뜩 젖어 있었다. 금자는 그들을 뉴욕으로 안내했다. 맥주와 과일을 꺼내 방에 건네주고 아가씨를 찾기 위해 전화를 걸었다. 한 통의 전화가 채 끝나기도 전에 뉴욕에서 토하는 소리가 들렸다. 방에 있는 마이크 덕에 소리는 더욱 우악스럽게 울려 퍼졌다.

금자는 아가씨를 기다리며 CCTV를 통해 보이는 바깥을 중간중간 응시했다. 그녀는 자신에게 주어진 모든 밤과 새벽을 그렇게 확인했다. 온갖 조명이 어둠을 좀먹고 있었다. 밝은 밤이었다. 이 시간에 깨어 있어야만 하는 사람들이 밟히지도 않는 작은 벌레들처럼 도로를 배회했다. 그녀와 마찬가지로 낮을 거세당한 사람들이었다. 그들에게 안대를 씌워주고 싶은 충동이 일었다. 볕이 들지 않는 커다란 방에서 그들과 나란히 누워 잠이 드는 것을 상상했다. 누구도 몸을 긁다 깨지 않는 밤. 금자는 그런 밤을 그리며 챙겨 온 알레르기약을 삼켰다. 내일은 반드시 새로운 종업원을 구하는 광고를 하겠다고 다짐했다.

김광희

수평의 세계

성
해
나

**성
해
나**

2019년 〈동아일보〉 신춘문예에 중편 〈오즈〉로 당선되며 등단.
글을 쓸 때마다 이전과 다른 사람이 되어감을 느낀다.
그것이 좋아 글쓰기를 시작했고, 여전히 이어가고 있다.
깊이 쓰고, 신중히 고치고 싶다.

그 집으로 이사를 온 첫날, 나와 을은 대형 마트에서 산 조립식 식탁 때문에 한참 동안 애를 먹었다. 설명서에 적힌 순서대로 이것을 저기에 끼워 맞추고, 저것을 이쪽에 끼워 맞췄는데도 막상 완성하면 식탁은 다리 한 쪽이 짧은 이상한 모양이 되어 있었다. 여러 번 다시 조립했는데도 그대로였다.

이상하지?

한 쪽 다리가 들린 식탁을 보며 을이 말했고, 가만히 서서 바라보다 우리는 그것을 교환하기로 했다.

마트는 언덕 아래에 있었다. 식탁을 분해한 조립품을 담은 박스를 을과 한쪽씩 나눠 들고 언덕을 천천히 내려갔다. 언덕은 가팔랐다. 펑퐁을 하듯 우리는 후, 하, 후, 하 번갈아 숨소리를 냈다. 후우우. 막 백반집을 지났을 때 을이 숨을 크게 몰아쉬더니 재미있는 얘기를 해주겠다고 했다. 을은 그제 어머니에게 걸려온 전화에 대해 얘기했다.

우리 어머니가 지난주에 교회 사람들이랑 흑석동에 있는 점집에 갔대. 2만 원을 내면 한 사람 사주를 볼 수 있었는데, 어머니 지갑엔 딱 2만 원이 있었던 거야.

자기 자신이나 남편의 사주 혹은 아들 부부의 궁합 이런 걸 보는 사람들 틈에서 을의 어머니는 누구의 사주를 봐야 할까 고심하다 둘째인 을의 사주를 봐달라고 했다고 한다. 숨을 가쁘게 쉬며 그는 말을 이었다.

형도 있고, 동생도 있는데 어머니는 왜 하필 내 사주를 본걸까…….

을이 거기까지 이야기했을 때 우리는 마트 주차장에 도착했다. 후우우. 을은 다시금 숨을 크게 내쉬었다.

우리보다 먼저 A/S를 받으러 온 손님들이 있어 나와 을은 기다리는 시간 동안 지하 식품 코너에서 장을 봤다.

그래서? 네 사주는 어떻대?

세일 전단을 살펴보고 있는 을에게 나는 말했다. 을은 천천히 카트를 밀며 말을 이었다. 무당의 전언에 따르면 그의 사주엔 대운은 없고, 살만 잔뜩 끼어 있다고 했다.

웃기다. 진짜 그렇게 말해?

깜짝 놀라 물었다. 을은 대수롭지 않다는 듯 어깨를 으쓱하며 쇼핑 카트에 우유를 집어넣었다. 하나를 사면 하나를 더 주는 전단 상품이었다. 함께 장을 볼 때마다 그는 유통기한도, 브랜드도 상관없이 무조건 싸게 파는 음식만을 집어 들곤 했다. 제조 일자를 확인하고, 조금 더 나은 음식을 사라고 해도 그는 그래도 싸잖아, 하며 멋쩍게 웃기만 했다.

그 무당 말이 내 사주엔 흙이 많대. 금은 아예 없고. 그래서 인복도 없고, 자식 복도 없고, 부모 복도 없고, 형제 복도 없고…….

저런 말을 저렇게 아무렇지 않게 하다니. 그의 말을 들으며 나도 모르게 울적해졌다. 아는지 모르는지 을은 세일 전단만 꼼꼼히 확인하며 저렴한 상품을 선별하고 있었다. 가장 싼 시리얼이 뭔지 살피는 을의 옆모습을 빤히 바라보았다. 몰랐는데 을은 귓불이 없는 귀를 가지고 있었다. 귓불 없는 귀를 가진 사람은 가난하다던데. 중얼대다 을이 쳐다보기에 고개를 저었다.

아무튼 누군지 몰라도 나랑 결혼할 사람은 힘들 거야.

을은 말했다. 대답 대신 나는 을이 고른 시리얼보다 조금 더 비싼 유기농 시리얼을 카트에 담았다. 을의 입에서 결혼이라는 단어가 튀어나올 때마다 나는 말을 아꼈다. 을은 말이 없는 나를 한참 동안 바라보다 내가 고른 시리얼을 제자리에 놓고, 정육 코너를 향해 카트를 밀었다. 돼지고기를 할인판매한다는 방송이 들렸다.

새 제품으로 교환했는데도 식탁은 여전히 한쪽으로 기울어져 있었다.

이건 이 집 문제야.

또다시 마트에 가야 하나 고민하는 내게 을은 말했다. 을은 냉장고에서 생수병 하나를 꺼내 굴렸다. 병은 집의 오른편에서 왼편으로 천천히 굴러가 그쪽 벽에서 멈추었다. 나는 오, 하고 작게 탄성을 내질렀다. 지반이 왼편으로 미세하게 기울어져 있는 것 같다고 을은 말했다. 을의 말을 듣고 보니 집의 모든 것들이 이상한 각도로 치우쳐진 것 같았다. 식탁에 앉아 머리를 왼편으로 살짝 기울였다. 수평은 여전히 맞지 않았다.

그래도 집값이 싸잖아.

이상하다고 중얼대는 내게 을이 말했다. 다음엔 더 나은 곳에서 살자. 그는 그렇게 덧붙였다. 을이 말하는 다음이 언제인지 물으려다 말았다. 다음이 얼마나 기약이 없는 말인지 나도, 을도 잘 알고 있었다. 나는 식탁에서 일어났다. 한참 동안 머리를 기울이고 있으려니 목 뒤가 뻐근했다.

마트에서 사 온 것들로 저녁을 지어 먹은 뒤, 우리는 누가 먼저랄 것도 없이 옷을 벗고 몸을 섞었다. 을의 몸에서는 언제나 미묘한 냄새가 났다. 하도 맡아 이제는 익숙해진 냄새였다. 간장 냄새 같기도, 오래 달인 약재에서 풍기는 향 같기도 한 냄새. 그런 냄새를 나는 어린 시절 친구의 집에서 맡은 적이 있었다. 컨테이너를 개조한 토굴 같은 집이었는데, 그 집의 식탁도, 의자도 모두 끈적끈적했던 게 유독 기억에 남았다. 익숙하지만 친근해질 수는 없을 것 같은 그 냄새를 맡으며 나는 을의 등을 꽉 끌어안았다.

설거지하기가 귀찮아져 나와 을은 이불을 정리하고 창가 아래 나란히 누웠다. 건너편 상가의 네온사인 불빛이 빨강, 초록, 노랑으로 반짝이는 어두운 방 안에서 나는 을의 등에 그의 이름을 반복해 적으며 혼자 웃었다. 을의 풀네임은 가을이었다. 을은 그와 함께 백화점 식품 코너에서 일했을 때 동료들이 그를 부르던 별칭 같은 것이었다. 가을이라고 부를 때도 있었지만 을이라는 어감이 더 가볍고, 간편해 다들 을을 을이라고 부르곤 했다. 을 또한 그렇게 불리는 것을 아무렇지 않게 받아들였다. 나는 을의 등에 을이라고 썼다 가을이라고 썼다 하며 장난을 쳤다. 어렸을 때. 어둠 속에서 을이 말했다.

말했었나. 어렸을 때, 가족들이랑 딱 이만한 방에 살았어. 거기서 살기엔 여섯은 너무 많았지. 왼편에 형이 자고, 오른편엔 아버지가 잤는데 누구한테 방이 너무 좁다고 말은 못 하고 밤마다 입을 꾹 다물고 울었어. 가족들도 알고 있었는지 언젠가 밤에 자는데 아버지가 왜 밤마다 우느냐고 꾸짖는 거야. 이유도 말하지 못하고 나는 자꾸 울고, 아버지는 천장을 보고 누워서 왜 우냐고 혼만 내고.

등을 돌리고 있어 을이 어떤 표정을 짓고 있는지 보이지 않았다. 나는 동조 없이 그의 말을 듣고만 있었다. 돌아누운 을의 등에 네온 불빛이 어른대었다. 을의 목소리가 이곳이 아니라 저 길 건너편에서, 아니 그보다 먼 데서 아득하게 들려오는 것 같았다.

사고로 아버지가 죽은 후에 가족들이랑 누워서 잠을 자는데, 뒤척여도 될 만큼의 자리가 생긴 거야. 조금 넓어져서 좋았는데 자꾸 허전하고. 그래서 전처럼 또 울었는데 이제는 왜 우는지 이유를 모르겠는 거야. 이유를 몰라서 계속 울었어.

길 건너 네온사인이 빨강, 파랑, 초록으로 어슴푸레 반짝이다 돌연 깜깜해졌다. 처음 듣는 이야기였다. 말을 마친 뒤에도 을은 아무런 미동 없이 등을 돌린 채 누워 있었다. 등을 쓰다듬어줄까. 생각하며 손을 조금 뻗었다. 어쩐지 움츠러든 것 같은 등 위로 네온사인 빛이 천천히 흘러갔다. 그 등을 보며 이내 마음을 접었다. 뭔가 얹힌 것처럼 배 속이 묵직해지는 듯한 기분이 들었다.

이제 그만 자자.

어둠 속에서 을이 말했다. 자려고 애써도 좀처럼 잠이 오지 않아 천장에 고인 형형색색의 빛들을 멀거니 바라보았다. 빛은 흘러가다 왼쪽 벽의 모서리에서 직각으로 꺾였다. 지반이 기운 집에 누워 있으려니 이 세계도 조금은 사선으로 기울어진 것만 같았다. 영영 수평을 이룰 수 없다면 이 세계는 어디서부터 잘못된 걸까. 생각하다 잠들었다.

그 집의 현관 문고리에는 전에 살던 사람들이 두고 간 것 같은 우유 주머니가 걸려 있었다. 그 주머니를 보고 을과 나는 우유를 배달시켜 먹는 일에 대해 잠시 고민했다. 을은 내게 우유를 배달시켜 먹어본 적이 있느냐 물었고, 나는 고등학교를 졸업하기 전까지는 늘 우유를 시켜 먹었다고 대답했다.

부모가 일 나가느라 바쁘니까. 밥 대신 우유랑 시리얼 같은

성해나

거 먹고 그랬어.

내 말을 듣고 을은 생각에 잠겼다가 자신은 한 번도 우유를 배달시켜 먹어본 적이 없다고 이야기했다.

그럼 이번 기회에 한번 마셔보는 것도 나쁘지 않겠네.

내가 말했고, 을은 내일 아르바이트 면접을 보러 가기 전에 배달업체에 전화를 걸겠다고 했다. 그 무렵 을은 생동성 실험 아르바이트를 하며 돈을 벌었다. 택배 상하차 일을 하다 허리를 크게 다친 이후로 을은 그 일을 하며 돈을 벌었다. 실험 중인 복제약을 먹고 신체 변화를 체크하는 일이었는데, 정기적이지도 규칙적이지도 않아 을은 주로 집에서 칩거하며 일이 생길 때마다 밖으로 나가곤 했다. 을은 매 실험마다 10밀리리터의 피를 뽑고, 30분 간격으로 약을 복용했다. 수척해진 채 돌아오는 을의 팔에는 언제나 채혈용 바늘 자국이 남아 있었고, 빨래를 하기 위해 바지 주머니를 뒤져보면 알약 껍질들이 쏟아져 나왔다.

다른 일 하면 안 돼?

주사 자국들이 남아 있는 을의 팔을 쓸어내리며 나는 따지듯 묻곤 했다. 그럴 때마다 을은 손가락을 튕겨 내 이마를 가볍게 때렸다.

어쩔 수 없잖아.

을은 더 높은 보수의 일자리를 구하려면 지금보다 더 많은 게 필요하다고 말했다. 어쩔 수 없잖아. 나한테는 특별한 게 없으니까. 지금은 허리도 이렇고. 을이 나지막이 덧붙였다. 실험이 끝나고 3개월간은 참가할 수 없었지만, 을은 병원에서 일하는 친구의 도움을 받아 주사 자국이 가시면 다시금 일을 시작하곤 했다. 그렇게 번 돈은 부모의 빚을 갚거나 집세를 내면 얼마 남지 않았다.

다음 날, 퇴근을 해 집으로 돌아와보니 우유 배달에 대해 별 얘기가 없기에 기다리다 저녁을 먹을 때 넌지시 물어보았다. 을은 아무 말 없이 밥만 먹다 낮에 배달업체 직원과 나눈 통화에 대해 이야기했다.

전화를 걸긴 했는데.

을은 잠시 우물대다 말을 이었다.

목소리가 엄청 높은 여자가 전화를 받았어. 그런 전화를 걸긴 처음이라 그 여자가 이것저것 물어보는데 한참 동안 대답을 못 했어.

고단백 저지방 우유부터 무지방, 가공 우유, 검은깨, 멸균, 요거트까지. 직원이 나열하는 우유 종류만도 열 가지가 넘었고, 크기도 180밀리리터부터 910밀리리터까지 다양했다고. 딸기, 초코, 흰 우유 정도만 생각했는데, 이것저것 열심히 일러주는 직원의 목소리를 듣다 보니 점점 맥이 빠지고, 멀미하듯 속이 울렁거렸다고. 그 새된 목소리를 들으며 분기별 납부 금액을 머릿속으로 계산해보다 슬그머니 수화기를 놓았다고 을은 말했다.

을의 이야기를 다 듣고 그럼 그렇지, 하며 우유 이야기를 잊었다. 그 후부터 을과 나는 한 번도 우유를 꺼내본 적이 없는 그 주머니에 우유 대신 열쇠를 넣고 다녔다. 우리에겐 그게 더 익숙했다.

성해나

을이 병원에서 채혈을 하고 혈중농도를 측정하는 동안 나는 강남 번화가의 오마카세 사케 바에서 일했다. 그곳에서 일하는 사람은 총 아홉 명. 매니저가 하나, 직원이 둘. 나를 포함한 나머지는 모두 파트타이머였다. 가게에서 일하는 사람 중에는 조선족이 많았다. 외양이 비슷해 처음에는 알아차리지 못하다가 미묘하게 억세고, 어눌한 발음 때문에 우연히 알게 되었다. 그들은 일을 하다가도 모여 서툰 한국말로 욕이나 육담을 하며 웃고, 때때로 저들끼리만 알 수 있는 언어로 대화를 나누기도 했다. 종종 내게 너는 히프가 있어 애는 잘 놓겠구나, 같은 농담을 던지며 저들끼리 웃곤 했는데, 그럴 때마다 나는 그들을 한번 흘겨보다 대꾸 없이 일을 했다. 그런 행동들은 참을 만했다.

그곳에서 오래 일한 직원들은 창가 자리에 앉은 손님에게 유독 친절했다. 예약 없인 앉을 수 없는 자리였고, 그 자리에 앉은 사람들이 매출의 상당 부분을 올려주었기에 사장은 그들을 특별히 대우하라고 지시했다. 나는 늘 그 자리에 앉은 사람들에게서 어떤 차이를 느꼈다. 나나 내가 아는 사람들과는 다른 분위기. 처음에는 세련된 외양 때문이라고 생각하다가 나중엔 그것이 여유로움에서 비롯된다는 것을 알게 되었다. 간혹 서빙을 하다 실수로 잔을 떨어트리거나, 주문을 잘못 받을 때가 있었는데 그럴 때마다 그들은 다른 손님들처럼 신경질을 내거나, 컴플레인을 걸지 않았다. 오히려 웃었다. 괜찮아요. 천천히 하세요. 그런 말을 하며 미소 짓고, 아무렇지 않게 전에 하던 대화를 이어갔다. 그건 만들어지는 게 아니었다. 타고나는 것. 그런 사람들을 나는 매번 보았다.

손님이 계산을 마치면 아르바이트생들은 서빙 카트를 끌고 와 식기와 쓰레기를 치우고, 새로 세팅을 해야 했다. 대체로 손님들은 안주나 술을 조금씩 남겼다. 아깝네. 그것들을 한데 모아 버릴 때마다 조선족 직원들은 그렇게 말하곤 했다. 그런 말을 중얼거리며 그들은 말라버린 참치 타다키나, 차게 식은 관자 스테이크 같은 것을 아무렇지 않게 집어 먹었다.

먹어봐, 맛있어.

그들이 손님들이 남기고 간 안주를 내게 권할 때마다 나는 말없이 고개를 저었다. 맛있는데. 손님들이 남긴 안주를 이것저것 집어 먹으며 그들은 식기를 치우고, 술병을 카트에 실었다. 참을 수 없는 건 이런 것들이었다. 그런 행동들이 불쾌했다. 그런 행동들은 가게의 외관과 어울리지 않는다고, 정말 구질구질하지 않느냐고 나는 밤마다 을에게 토로했다. 내 말을 듣는 을의 반응은 언제나 시큰둥했다.

그 사람들 입장에서는 버리기엔 아깝고, 배는 고프고 어쩔 수 없잖아.

아무튼 불쾌해. 난 그 사람들이랑 다르단 말이야.

집에 돌아오면 노트북을 펼치고 명품 구매대행 사이트에 들어가 새벽까지 서핑을 했다. 명품을 교묘하게 본뜬 이미테이션을 중저가에 파는 사이트였다. 밤마다 나는 눈여겨 봐둔 핸드백이며 지갑을 장바구니에 차곡차곡 담아놓고, 다음 날이 되면 그것들을 장바구니 목록에서 지웠다.

성해나

사지도 않을 거면서 그런 건 왜 보고 있는 거야? 어차피 가짜 잖아.

을은 핸드백 가격을 보고 질겁하듯 물었다. 그 말을 하는 을을 매섭게 흘겨보다 등을 돌렸다. 그럴 때면 을은 작게 한숨을 내쉬다 이내 잠들었다.

한참 서핑을 하다 을의 곁에 누웠다. 그는 내 옷을 입고 있었다. 내가 다녔던 전문대 로고가 등에 크게 새겨진 티셔츠였다. 내게는 조금 큰 그 옷을 을은 즐겨 입었다. 하도 입어 빨아도 그의 냄새가 지워지지 않을 정도였다.

대학은 어땠어?

때때로 그가 물을 때마다 시시했어, 짧게 답하곤 했다. 그럴 때마다 을은 이해한다는 듯 고개를 끄덕였다. 을은 대학에 다닌 적이 없었으므로 그 행동은 묘하게 거슬렸다. 네가 뭘 알아. 알고나 고개를 끄덕이는 거야? 묻고 싶어도 묻지 못하고 말을 삼켰다. 그 티셔츠는 을과 어울리지 않았다.

생동성 실험에 참여하기 위해 병원에 갈 때마다 을은 적게는 2박 3일이나 많게는 일주일 동안 집에 들어오지 않았다. 잠은 집에서 자고 싶어도 병원에서 쉴 틈 없이 채혈 검사, 채뇨 검사, 신체검사, 문진을 반복하기 때문에 어쩔 수 없다고 을은 말하곤 했다.

그날은 을이 나간 지 사흘째 되는 날이었다. 퇴근 후에 평소처럼 우유 주머니를 뒤적이며 열쇠를 찾는데 아무리 뒤적여도 그게 집히지 않았다. 어디 떨어진 게 아닐까 싶어 옥상 여기저기를 뒤져보았지만 쓰레기만 집힐 뿐 열쇠라 할 만한 것은 도통 찾을 수 없었다. 그렇게 어둠 속에서 더듬더듬 헤매다 혹시나 싶어 방 쪽으로 조그맣게 나 있는 들창을 들여다보았다. 벽 쪽에 검은 형상이 기대어 앉아 있었다. 자세히 보니 을이었다.

을아, 문 좀 열어봐.

창문을 두드리며 크게 외쳤다. 을처럼 보이는 형체는 가만히 몸을 숙이고 있다가 비틀비틀 움직이더니 곧 현관 쪽으로 가 문을 열었다. 을은 방에 불도 켜지 않고, 이불을 온 몸에 둘둘 감고 있었다. 놀라 불을 켜고 을에게 다가갔다.

왜 그래? 어디 아파?

을은 나를 보며 한참 망설이다 몸에 두르고 있던 이불을 걷어보였다. 가려워. 을이 말했다. 목 언저리부터 둔부까지 열꽃이 피어 있었다. 손을 대보니 놀랄 만큼 뜨거웠다. 을은 가렵다며 온몸을 벅벅 긁었고, 그럴 때마다 살갗이 붉게 달아올랐다. 얼음을 대고, 후시딘을 발라보아도 나아지는 게 없었다. 가려워. 가려워. 반복해 말하는 을의 곁에 누워 내가 무엇을 해주어야 할지 곰곰이 생각하다 그만 잠이 들었다. 꿈에서도 벅벅, 몸을 긁는 소리가 들려 그날 밤 나는 여러 차례 잠을 설쳤다.

다음 날 출근을 하기 전, 을과 함께 피부과에 들렀다. 밤사이 을의 발진은 허벅지까지 내려와 있었다. 얼마나 긁었는지 고름이 터져 짓무른 흔적들도 군데군데 보였다. 의사는 온몸에 오톨도톨하게 돋은 발진을 살펴보다 복용하는 약이 있느냐고 물었다. 을은 손가락을 접어가며 아르바이트 내내 복용했던 약을 하나하나 열거했다. 바이토린 정, 암로디핀, 올란자핀, 라베프라졸……

그거 다 알고 드신 거예요?

경악하는 의사를 보며 을은 겸연쩍게 웃었다. 의사는 그동안 복용했던 약이 문제인 것 같다고 말하며 위생장갑을 낀 손으로 발진 부위를 쿡쿡 눌렀다. 의사의 손가락이 몸에 닿을 때마다 을의 얼굴이 미묘하게 일그러졌다. 의사는 우선 바르는 약을 처방해주겠다고 말했다. 내장 기관도 상했을지 모르니 외과에 가보라는 말도 덧붙였다.

그러니까 그 일 좀 그만두라고 했잖아. 이게 뭐야.

병원에서 나오며 을에게 소리를 질렀다. 을은 내 눈을 한참 동안 망연히 바라보다 어쩔 수 없잖아, 작게 말했다. 나도 모르게 힘이 빠져 다른 말은 더 보탤 수가 없었다.

약국에서 나는 을과 나란히 앉아 약이 제조되길 기다렸다. 딱히 할 말도 없고 해서 약국 벽에 걸린 TV에 시선을 고정했다. 디스커버리 채널에서 다큐멘터리가 방영되고 있었다. 기린 무리가 초원을 누비며 풀을 뜯고 있었다. 자주색 혀를 내밀며 풀을 뜯는 기린 중 유독 목이 짧은 잡종이 한 마리 섞여 있었다. 카메라는 그것을 오래 클로즈업해 찍었다. 다른 기린들이 열심히 풀을 씹는 동안 그것은 목을 늘이며 풀을 뜯기 위해 안간힘을 쓰고 있었다. 무리가 이동을 할 때도 그것은 자꾸만 뒤처지다 결국은 낙오되었다. 몸 군데군데 털이 빠져 볼품없어 보였다. 한

참 동안 화면을 바라보다 약사가 을의 이름을 부르기에 고개를
돌리고 접수대로 갔다.

　을과 병원에 다녀온 이후로 개강을 한 아르바이트생 둘이 줄
줄이 일을 그만둬 나는 휴일도 없이 일해야 했다. 사케를 데우
거나 차게 식히고, 그것을 내가고, 무릎 꿇고 주문을 받고, 카운
터 보는 일을 반복하고 돌아오면 씻을 힘도 없이 노곤했다. 을
과 제대로 눈도 맞추지 않은 채 잠드는 날이 이어졌다.
　한번은 목이 말라 잠에서 깨 우연히 을을 보게 되었다. 발진
이 일어난 이후로 을은 거의 벌거벗은 채 지냈다. 몸에 천이 닿
으면 발진이 악화되었기에 별수 없었다. 졸음에 반쯤 감긴 눈으
로 물을 마시는데 냉장고 불빛에 희미하게 비치는 을이 눈에 들
어왔다. 을은 뒤척이며 허벅지며 팔뚝을 긁다 손바닥으로 온몸
을 철썩철썩 때렸다. 간간이 신음 섞인 욕설을 내뱉기도 했다.
그 광경을 한참 동안 유심히 바라보고 있는데 등이 서늘해졌다.
평소에는 아무렇지 않았던 그의 몸이 더없이 기괴하게 느껴졌
다. 서둘러 냉장고 문을 닫고 요를 끌어와 을과 멀찍이 떨어져
잤다. 그날 밤 이후로 나는 집의 오른쪽 벽에 붙어 잤다. 처음에
는 의아해하며 내 옆에 요를 바짝 붙이던 을은 시간이 지나자 왼
편에 요를 깔고 잤다. 점점 나는 오른편에서 을은 왼편에서 자
는 게 자연스러운 일이 되고 있었다.

　을의 상태는 갈수록 악화되었다. 발진은 몸 전체에 균일하게

퍼졌다. 몸을 긁으면 고름이 터졌고, 그 자리에 흉터가 생겼다. 긁지 말라고 몇 번 손을 묶어놓기도 하고, 고무장갑 같은 것을 끼워주기도 했지만 별 소용이 없었다. 을은 습관적으로 긁었고, 더 이상 일을 하지 않았는데도 병은 낫지 않았다. 을의 담당의는 일주일에 두 번 피부과에 들러 치료를 받으라고 했지만, 을은 언젠가부터 더 이상 병원에 가지 않았다. 함께 병원에 가준다고 말해도 고개만 몇 번 주억일 뿐 알았다고 하지는 않았다.

시간이 지나면 저절로 낫지 않을까. 거기까지 가는 것도 힘들고, 약값이며 병원비며 아깝잖아.

을은 연신 콩자반만 집어 먹었다. 먹으면서도 그는 사타구니나 종아리 부근을 끊임없이 긁었다. 화가 치밀어 올랐다. 아깝긴 뭐가 아깝냐고, 구질구질하게 그러지 좀 말라고. 을을 보며 생각하다 결국엔 아무 말도 하지 못했다. 허겁지겁 밥을 밀어 넣고 그와 인사도 제대로 나누지 않은 채 집을 나왔다. 출근 시간보다 이르게 나온 건 처음이었다. 백반집에 다다랐을 때 왠지 을에게 미안한 기분이 들었다. 문자나 할까 생각하며 핸드폰을 만지작거리다 이내 마음을 접었다. 퇴근하면 오랜만에 둘이 맥주나 한잔해야겠다. 그동안 못 했던 얘기도 하고. 그런 생각을 하며 언덕을 천천히 내려갔다.

유난히 바쁜 날이었다. 새로 들어온 아르바이트생 하나가 말도 없이 출근을 하지 않았고, 예약 손님이 밀려 숨 돌릴 틈도 없이 서빙과 세팅을 반복해야 했다. 평소에는 수다를 떨며 몸을 사리던 조선족 파트타이머들도 정신없이 홀을 뛰어다녔다. 화장을 다시 고칠 틈도 없이 테이블을 치우는데 가게 문이 열렸다. 어서 오세요. 기계적으로 인사를 하며 고개를 들었다. 한 무리의 남자들을 따라 들어온 낯이 익은 여자가 정면에서 나를 응시하고 있었다. 살이 빠지고, 얼굴이 화사해져 누군지 못 알아봤는데 자세히 보니 대학 동기였다.

오랜만이다.

친구들과 술을 마시러 왔다는 그녀에게 나는 말했다. 그녀는 나를 보며 한참 말을 고르다 이렇게 말했다.

너는…… 여전하구나.

그녀와 얽힌 기억은 딱 하나였다. 학교를 그만두기 전, 조별 과제를 하기 위해 그녀의 아파트에 간 적이 있었다. 북유럽풍 가구를 곳곳에 배치한 고급 맨션이었다.

이런 집은 얼마나 해?

화장실이 두 개나 딸린 집을 둘러보며 내가 물었고, 그녀는 그냥 비싸, 하며 머리칼을 쓸어 넘겼다. 그녀에게서 좋은 냄새가 났다.

그녀가 학부를 마치고 친지의 회사에 입사했다는 소식을 누군가를 통해 얼핏 들은 적 있었다. 내 무엇이 여전하다는 건지 묻기도 전에 그녀는 거나하게 취한 사람들과 함께 창가 쪽 룸으로 향했다.

친구야?

가까운 곳에서 테이블을 치우던 조선족 직원 하나가 슬그머니 물었다. 망설이며 대답을 미뤘다. 조선족 직원들은 그런 나를 둘러싼 채 부럽다며 떠들어댔다. 그들은 친구도 보고 좋겠다느니 같이 술 한잔하라느니 하며 한마디씩 건넸다.

친구는 잘 사나 봐.

그중 하나가 안주로 나온 해초무침을 씹으며 말했다. 그 말을 하는 사람의 입에서 좋지 못한 냄새가 났다. 미간을 바짝 좁힌 채 그를 바라보았다. 친구는, 이라는 말이 마음에 걸렸다. 주제넘은 말이란 생각이 들었다. 그를 향해 무슨 말인가 쏘아붙이려던 순간, 동기의 룸에서 벨이 울렸다. 웃고 떠드는 조선족 직원들을 뒤로한 채 동기가 들어간 룸으로 주문을 받으러 갔다.

동기는 메뉴판을 대충 넘겨보다 아사히 주조의 프리미엄 사케를 주문했다. 한 병에 20만 원이 웃도는 값비싼 술이었다. 그녀가 습관적으로 머리를 만질 때마다 컬이 들어간 머리칼이 부드럽게 찰랑거렸다. 그녀에게서 여전히 좋은 냄새가 났다. 그 냄새를 맡으며 알겠습니다, 정중하게 말했다. 그들은 창가 자리에 앉은 손님들이었으니까. 특별한 대우를 받을 만한 가치가 있는 사람들이었으니까. 그에 맞춰 내 몫을 했다.

그들은 꾸준히 고급 술과 안주를 시켰다. 그 방의 벨이 울릴 때마다 나는 하던 일을 중단하고 달려가 주문을 받았다. 사장의 지령 때문이었다. 억센 억양의 조선족 직원보단 내가 주문을 받는 게 더 나을 것 같다고 사장은 넌지시 말했다. 화장실로 가 머리를 다시 묶고, 무너진 화장을 고쳤다. 거울을 보며 살며시 입꼬리를 올렸다. 물때 낀 거울은 지저분했다. 손으로 몇 번이고 박박 닦아보아도 얼룩은 잘 지워지지 않았다.

마감 시간이 가까워질 때까지 동기의 룸은 소란스러웠다. 벨이 울리면 서둘러 달려가 주문을 받고, 술병과 빈 그릇을 치웠다. 술 취한 사람들은 유쾌하고 즐거워 보였다.

자정 즈음 퇴근 시간이 가까워졌으니 주문을 그만 받으라는 호출이 들어와 그 방으로 들어가 그 말을 전했다.

저기요.

뒤돌아 나가는 나를 그 방의 누군가가 불러 세웠다. 그는 5만 원을 내밀었다.

팁이에요. 한순간 얼굴이 뜨거워졌다. 그 자리에 앉은 이들은 모두 내 또래로 보였다. 그들은 태연하고 무구한 얼굴로 나를 쳐다보았다. 그 심상한 눈빛들도 견디기 어려웠지만, 무엇보다 나를 견딜 수 없게 만든 건 동기였다.

괜찮아. 받아.

동기는 말했다. 그녀는 여유롭게 미소 지으며 내게 괜찮다고 손짓했다. 발갛게 달아오른 얼굴을 손으로 감싸며 팁을 받아 들었다. 구김 없이 빳빳한 새 돈이었다. 엉거주춤 고개를 숙이고 그 방을 나섰다. 얼굴이 여전히 화끈거렸다.

그들이 나간 건 자정 즈음이었다. 사람들이 전부 나간 뒤, 조선족 직원 몇과 그 방으로 들어가 테이블을 치웠다. 술병을 정리하고 식기를 차곡차곡 모아 서빙 카트에 담았다. 테이블 위에는 그들이 시킨 안주가 남아 있었다. 참치 뱃살 같은 고급 안주였다. 모두 쏟아 버리려던 찰나, 조선족 직원 한 명이 참치회 한 점을 집어 입에 넣었다.

성해나

아깝잖아.

그는 아무렇지 않게 회를 씹으며 재떨이를 비웠다. 다른 직원들도 남은 안주를 집어 먹으며 테이블을 치웠다. 당혹스럽고 익숙한 풍경. 그들 사이에 가만히 서 있다 문득 고개를 돌렸다. 문 밖에 동기가 서 있었다. 그녀는 당황하며 나와 조선족 직원들을 번갈아 보았다. 그녀의 얼굴 위로 어떤 표정이 설핏 지나갔다. 약간의 연민과 동정이 묻어 있는 표정. 그런 눈으로 이쪽을 바라보다 그녀는 의자 사이에 놓인 지갑을 챙겨 나갔다.

지갑을 두고 갔나 보네.

조선족 직원들은 서로를 보며 민망한 듯 웃었다. 사소한 죄를 들킨 사람들처럼 조용히 킬킬댔다. 그러다 누군가,

칠칠치 못해라.

비웃는 투로 말했고, 그 말에 하나둘 웃음을 터트리기 시작해 종국에는 그 자리에 있던 모두가 웃었다. 나를 제외하고.

나는 그 상황이 하나도 재미있지 않았다. 언짢고 불편했다. 오늘의 불행과 모멸이 모두 이들로 인해 비롯된 것만 같아 화가 났다. 안주를 먹는 조선족 직원들을 향해 나지막이 말했다.

부끄럽지도 않아요?

그들은 놀란 얼굴로 나를 보았다.

매번 이러는 거 부끄럽지 않냐고요. 정말, 다들…… 구질구질하게 그러지 좀 말아요.

그런 말을 성난 사람처럼 마구 쏘아붙였다. 입 밖으로 꺼낼 생각도 없었고, 온전히 진심도 아닌 말을. 상처가 될 게 분명한

말을 그렇게 쏟아냈다. 조선족 직원들은 서로를 마주 보며 얼떨떨하게 서 있었다. 누군가 먹던 안주를 멋쩍게 내려놓았고, 다른 누군가는 발갛게 달아오른 얼굴을 손으로 감싸며 서빙 카트를 복도로 옮겼다. 말없이 테이블을 닦는 내게 누군가 다가와 고개를 숙였다.

조심할게요. 미안해.

아니에요, 제가 실수했어요, 오늘따라 일이 힘들어서 그랬어요, 같은 말들이 입안에서 떠돌았다. 하지만 나는 결국 아무 말도 하지 못했다. 그저 미안하다고 말하는 직원의 귀, 작고 귓불이 없는 귀를 빤히 바라보다 서둘러 그곳을 빠져나왔다.

옥탑은 캄캄했다. 을은 TV를 켜놓은 채 늘 자던 그 자리에서 잠들어 있었다. 그는 여전히 몸을 긁었다. 하도 긁어 거무스름해진 상흔이 을의 몸 군데군데에 얼룩처럼 남아 있었다. 피로가 밀려왔다. 트렁크 안에 손을 넣어 사타구니를 긁는 을의 곁에 우두커니 앉아 TV 화면을 들여다보았다.

각 분야의 멘토들이 시청자의 고민을 상담해주는 예능 프로그램이 방영되고 있었다. 힐링이란 타이틀을 내걸고 방영되는 프로그램이었다. 선잠이 들다 깨다 하며 방송이 끝나갈 때까지 TV를 그대로 틀어두었다.

겨우 눈을 떴을 때, MC가 막 클로징 멘트를 하고 있었다. 여러분, 좋은 밤 되세요. 발을 뻗어 전원 버튼을 눌렀다. TV가 꺼졌고 방이 더욱 어두워졌다. 길 건너 상가가 보름 전 문을 닫아

더 이상 빨강, 초록, 파랑의 빛이 방 안에 새어 들어오지 않았다. 어둠 속에서 나는 주섬주섬 을의 옆자리에 요를 깔았다. 을은 나신으로 가만히 누워 있었다. 을의 등에 난 상처를 찬찬히 어루만졌다. 그의 등을 만져본 게 아주 오랜만이라는 생각이 들었다. 언제 아물려나. 손바닥에 닿는 감촉이 좋지 않았다. 상처가 영영 아물지 않을 것 같은 느낌이 들었다.

몸은 피곤한데 쉽게 잠이 오지 않았다. 좋은 밤 되세요. 조금 전, TV에서 들었던 MC의 클로징 멘트가 귓전을 맴돌았다. 좋은 밤 되세요. 좋은 밤 되세요. 눈을 감지 않아도 깜깜한 방 안에서 을의 등을 쓰다듬으며 한동안 중얼거렸다.

을아, 좋은 밤은 있을까.

을은 미동이 없었다. 자는 거야? 물으며 을의 등을 톡톡 두드렸다. 을은 여전히 움직이지 않고,

지랄. 누군가 창밖에서 소리쳤다.

정당방위

이
유
경

**이
유
경**

글쓰기로 밥벌이할 깜냥은 안 되지만,
밥 먹다 보면 글이 쓰고 싶어지는 대학원생.

1.

시험 종료를 알리는 종소리가 전국에 울려 퍼졌다. 선미는 감독관의 지시에 따라 양손을 머리 위에 올렸다. 한숨 소리가 여기저기서 새어 나왔다.

"망했다."

한 수험생이 허무한 마음을 이기지 못하고 툭 내뱉었다. 몇몇은 소리가 나는 쪽으로 고개를 돌렸고, 몇몇은 얼굴만 움찔했으며, 나머지는 미동도 없었다. 어떤 행동을 취했든 대부분 비슷한 심정이었다. 해방감은 순간이었고, 그냥 흘려보냈던 시간을 아쉬워하거나 앞일을 막연히 두려워했다. 그러나 선미는 달랐다. 그녀는 당장에 일어나 환호성이라도 지르고 싶었다. 역대

최고점을 받으리란 걸 직감하고 있었다. 누군가가 망했다고 하는 소리를 들으니 더욱 확신이 서면서, 자신의 직감이 맞는지 확인해봐야겠다는 생각뿐이었다. 선미는 제출했던 휴대폰을 되찾은 뒤 곧바로 전원을 켜고는 누구보다 먼저 교실을 빠져나갔다.

선미는 엄마에게 전화를 걸며 교문을 나섰다. 엄마가 전화를 받지 않아 휴대폰을 귀에 댄 채 주위를 두리번거렸다. 많은 부모들이 자식을 기다리며 겹겹이 서 있었다. 선미는 그들의 틈에서 엄마를 찾았다. 여전히 휴대폰에서는 통화 연결음만 단조롭게 이어졌다. 선미는 다른 부모들과 눈이 마주쳤다. 점잖게들 서 있지만 하나같이 안절부절못하는 모습이, 그녀는 조금 웃기다고 생각했다. 수능이 인생의 전부는 아니라고 말하면서도 대학이 인생을 결정짓는다고 믿는 것만큼. 웃기다고 생각했다. 선미는 이런 모순을 이해하고자 했다. 승리자가 있으면 패배자도 있는 법이고, 패배자를 위한 변명도 필요할 터였다. 어찌 되었건 그런 변명은 자신과는 상관이 없었다. 굳이 따지자면 그녀는 늘 승리자였다.

엄마가 전화를 받았다. 선미는 위치를 설명하려고 또 한 번 주위를 둘러보다가 부모들이 서 있는 뒤쪽에서 차 한 대를 발견했다. 경찰차였다. 마구잡이로 주차된 꼴을 보아하니 경찰관의 주차 실력이 형편없거나 다급한 사건이 발생한 것 같았다. 선미는 통화를 마치고, 경찰차가 세워진 곳으로 조금씩 다가갔다. 형사로 보이는 남자가 통화를 하고 있었다.

"곧 서로 돌아가겠습니다. 일단 사고 수습은 어느 정도 끝

이유경

났……."

"어허, 참, 형사 양반! 애들 듣겠네."

한 아저씨가 남자의 말을 끊었다. 선미는 애들이 들어선 안 될 사건이 뭔지 궁금했다. 조금 더 기웃거려볼까 하는데 누군가 왼쪽 어깨를 확 잡았다. 아빠였다. 그 옆에 엄마도 있었다.

"엄마! 아빠도 어떻게 왔네?"

"우리 딸 수능인데 일찍 퇴근했지."

"딸, 시험 보느라 수고했어. 정말."

가족은 서로를 부둥켜안았다.

"딸, 뭐 먹고 싶어? 다 말해봐. 어디 갈까?"

세 사람의 몸이 떨어지자마자 엄마가 선미에게 물어왔다. 쫓기는 듯한 목소리였지만 선미는 눈치채지 못했다. 사실 더 급한 건 선미였다.

"엄마, 나 가채점부터 하면 안 돼? 지금 빨리하고 싶은데."

"어, 그러면 일단 차로 갈까? 저쪽에 대놨어."

아빠가 그녀의 팔을 잡아끌면서 말했다.

조금 뒤 세 사람은 차에 탔고, 엄마와 아빠는 어느 레스토랑에 가면 좋을지 얘기를 나누기 시작했다. 선미는 휴대폰으로 웹 브라우저를 켰다. 바로 실시간 검색어가 떴다. 1위 수능 정답, 2위 수능 시간표, 3위 수험생 자살……까지 읽고, 선미는 1위를 터치했다. 주요 과목 세 개의 정답지가 이미 공개되어 있었다. 그녀는 답을 적어 온 수험표를 꺼내서 몇 분 동안 조용히 답을 맞췄다. 예상대로였다.

"대박! 나 두 개밖에 안 틀렸어!"

선미의 기쁜 목소리가 차 안에 울렸다.

2.

다른 사람들이 모두 교실을 빠져나갈 동안 효진은 미적미적 가방을 꾸렸다. 마지막 사람이 나가고 나서야 계속 깔고 앉은 오리털 파카를 집어 들었다. 아침에 장롱 깊숙한 곳에서 꺼낸 옷이었다. 수능 한파라는 옛말을 곧이곧대로 믿어버린 탓이다. 집을 나서고 얼마 안 돼 잘못 입었다는 걸 알았지만, 갈아입고 오는 시간이 아까워서 그냥 고사장으로 향했다. 효진은 내내 창 피했다. 아무도 자기를 주목하지 않는다는 것 정도는 알고 있었다. 그래도 부끄러운 기분은 어쩔 수 없었다. 온몸으로 말하고 있는 것만 같았다. 오늘 날씨 따뜻하다고 알려주는 엄마가 없었다고. 점심시간에 꺼낸 편의점 도시락도 마찬가지의 이유로 부끄러웠다.

"아, 나도 편의점에서 사 올걸. 엄마 밥 맛없는데."

한 수험생이 친구에게 이렇게 말했다. 그녀는 그 말에 더 위축됐었다. 효진은 오리털 파카를 접어서 돌돌 말았다. 이미 책으로 가득 찬 가방에 파카를 밀어 넣었다. 절반도 들어가지 않았다. 체중을 실어서 꾹꾹 눌러봤지만 오리털 파카는 그녀 마음만큼도 위축되려 하지 않았다.

이유경

효진은 오리털 파카를 가방에서 꺼냈다. 쓸데없이 힘쓰는 일은 그만두고 잠시 미뤄둔 일을 끝내기로 했다. 교실에는 정말 그녀뿐이었다. 휴대폰 전원을 켰다. 부재중 전화는 없었다. 효진은 자기가 전화를 걸어볼까 하다가 웹 브라우저를 켰다. 바로 실시간 검색어가 떴는데 눈에 들어오지 않았다. 뉴스를 검색했다. 검색창에 폭력, 남편, 의식불명을 썼다. 한 시간 전에 뜬 최신 기사가 보였고, 떨리는 손가락으로 기사를 터치한 뒤 읽어나갔다.

'정당방위를 인정할 수 없다는 법원 판단이 나왔다.'

효진은 이 문장을 꼭꼭 씹어 읽었다. 그러고는 책상에 얼굴을 묻었다. 그렇게 몇 분을 있다가 고개를 들었다. 엄마에게 전화를 걸었지만 받지 않았다. 메시지를 보내놓고 멍하니 앉아 있는데, 학교의 수위가 교실로 들어왔다.

"학생, 집에 안 가?"

효진은 대답하지 않았다. 집에 가도 치매 걸린 할아버지뿐이었다. 점심을 거르셨을지도 모른다. 저녁을 챙겨드려야 했다.

"부모님이 기다리실 텐데. 빨리 가봐. 곧 문 잠글 거야."

수위가 말실수를 했다고 생각했지만 효진은 아무 말도 하지 않았다. 수위는 다른 교실을 확인하러 갔다. 효진은 할 일이 없어서 다시 웹 브라우저를 켰다. 이제 실시간 검색어가 눈에 들어왔다. 1위 수능 정답, 2위 수능 시간표, 3위 수험생 자살……까지 읽고 그녀는 생각했다.

'나보다 불쌍한 애가 있네.'

그뿐이었고, 1위를 터치했다. 미루어봤자 결과는 바뀌지 않는다는 걸 방금 깨달은 참이었다.

조금 뒤 효진은 엄청난 결과를 맞았다. 운이 좋아도 너무 좋았다. 마킹이 밀리지만 않았다면 틀린 문제는 딱 두 개였다. 그런데도 효진은 그다지 기쁘지 않았다. 그녀는 다짐했다. 만약에 신이 이걸로 인생이 공평하다 말한다면 절대 용서치 않겠다고.

3.

오후 5시, 정애는 결국 효진을 데리러 가지 못했다. 아직도 법원 앞이었고, 오직 죽고 싶은 마음뿐이었다. 1심에서 무죄를 선고받았으니 2심도 당연히 무죄라고 생각했다. 변호사도 고용하지 않았다. 실은 그럴 돈이 없었다. 재판이 끝나자 검사에게 매달렸다. 검사는 대법원에 가도 판결이 바뀔 것 같진 않다고 했다. 정애는 딸에게 전화를 해야 할 것 같아 휴대폰을 집어 들었는데 전할 말이 없었다. 하릴없이 손가락만 꿈지럭대다가 웹 브라우저를 켰다. 실시간 검색어를 살폈다. 1위 수능 정답. 수능을 본 것도 아닌데 긴장감이 몰려왔다.

'효진이는 더 긴장했겠지.'

얼굴 보기 민망하다고 너무 일찍 집을 나온 게 미안해졌다. 아침부터 마음 심란해지지 말라는 배려였다고, 속으로 변명하고 있었는데, 이제야 변명인 줄 알았다. 2위 수능 시간표. 생각해보니 도시락도 챙겨주지 못했다. 정애는 저도 모르게 주먹으로 가슴을 두드리다가 3위에 오른 검색어를 보고 동작을 멈췄다. 주먹을 쥔 손이 떨렸다. 손가락을 뻗어 수험생 자살이란 글자에 갖다 댔다. 기사의 미리보기 창에 효진이 시험을 치른 학교 이름이 보였다. 마른침을 한 번 삼키고 그 기사를 터치하려는데 전화가 왔다. 효진이다. 안도감이 밀려왔다. 내 딸은 아니었다. 정애는 전화가 끊어질 때까지 가만히 있었다. 받을 용기는 없었다. 그러나 전화가 끊어진 순간, 정말 효진이 건 전화가 맞는지 의심이 들었다. 죽고 싶은 여자는 생각했다. 딸이라고 죽고 싶지 않을까.

'엄마 어디야?'

그때 문자메시지가 왔다. 안도감이 두 번째로 밀려왔다. 답장은 하지 않았다. 딸아이와 이렇게나마 조금 더 멀어져서 모든 걸 끝내고 싶었다. 정애는 그날 집에 들어가지 않았다.

4.

아침 7시, 선미는 TV를 틀었다. 거의 1년 만이었다. 앵커와 기자의 목소리는 여전히 단조롭고 재미라고는 한 움큼도 느낄 수 없었지만, 굳이 채널을 돌리지는 않았다. 이제 곧 성인이니 뉴스도 봐야 한다고 생각하며 애써 귀를 기울였다. 시위, 파업, 당쟁 같은 단어들이 귀에 박혔다. 뉴스는 1년 전과 별반 다르지 않았다. 선미는 소파에 몸을 가만히 기댔다. 저 화면 속의 이야기들은 지금도 자신과 관련이 없었다. 그래서 "지난밤 서울시 ××구의 한 골목에서 여고생이 살해된 채 발견됐습니다"라고 말하는 앵커의 멘트에 관심이 크게 쏠릴 수밖에 없었다. 마침 안방에서 나온 엄마가 선미의 손에서 리모컨을 뺏어 들었다.

"이런 건 아침부터 왜 봐."

"아, 엄마 잠깐만."

엄마와 딸이 실랑이를 하는 동안 앵커는 다음 소식으로 넘어갔다.

"폭력을 휘두른 남편을 때려 의식불명 상태에 빠지게 한 아내에 대해 정당방위를 인정할 수……."

픽. 꺼진 TV 화면을 배경으로 앵커 대신 엄마의 목소리가 이어졌다.

"딸, 예쁜 것만 보고 들어도 부족한 인생이야."

선미는 내심 동의했지만, 수능이 끝났는데도 구속받는 자신의 처지가 마음에 들지 않았다.

"나도 이제 알 건 알아야지."

볼멘소리가 흘러나왔다.

"알면 다쳐."

선미의 엄마는 장난스럽게 인상을 쓰고는 곧 부엌으로 갔다.

사실 선미는 알고 있었다. 알면 정말로 다친다. 그녀는 세간에서 말하는 온실 속 화초였다. 평탄한 인생을 살아왔고, 수능마저 기대보다 잘 봤다. 혹자는 선미의 굴곡 없는 인생을 권태

이유경

롭다고 말할 것이다. 그러나 정작 그녀는 별일 없는 자신의 인생을 사랑했다. 선미는 불행에 면역이 없었고, 안정이 곧 행복이라고 여겼다. 그래서 작은 불행도 자신의 인생을 크게 뒤흔들 수 있음을 어렴풋하게 알고 있었으며, 이를 가장 두려워했다. 선미의 엄마도 그걸 알고 있었기 때문에 어제 고사장에서 있었던 일을 딸에게 얘기하지 않았다. 딸을 지키는 최선의 방법은 말하지 않는 것이라고 믿었다. 언젠가는 불행이 닥칠지도 모르지만, 늦게 겪을수록 좋았다. 행복하기만 해도 부족한 인생이었다. 그러니 아침부터 푸짐하게 한 상 차렸다. 선미도 음식이 한가득한 입으로는 한마디도 할 수 없었다.

5.

선미는 기분 좋은 긴장감에 한껏 들뜬 채로 교실 문을 드르륵 열었다. 친구들이 인사를 건넸다. 우정과 경쟁심이 뒤섞인 얼기설기한 인사였다. 떠들썩하지만 서로 눈치만 보고 있는 교실이 선미는 마음에 들었다. 친한 친구들 틈에 끼어 앉았다.

"망했어."

곧 한 친구가 시작했다.

"나도 망했어."

다른 친구가 이어받았다.

"정말 망했어. 나 어떡해."

이건 또 다른 친구였다.

"왜 사냐, 나란 년."

으레 자조가 따라붙으며 레퍼토리가 완성됐다. 선미는 입이 근질근질했지만 아무 말도 하지 않았다. 일단은 가만히 있는 게 상책이었다. 그러면 예의 질문이 들어왔다.

"선미, 넌?"

이런 식으로.

"아, 난 생각보다는 잘 봤어."

선미는 조심스럽게 말했다.

"와, 맨날 너만 잘 보고. 나쁜 년."

"올 1등급 아니야?"

선미는 나쁜 년이라는 욕도 적당히 납득하려고 했다.

"응…… 올 1 나왔어."

또 한 번 수그리며 말했다.

"헐, 대박."

한동안 온갖 감탄사와 욕이 난무했다. 그러다 누군가 그 소란을 깼다.

"효진이 넌? 너도 잘 봤지?"

선미도 효진의 점수가 궁금했다. 슬쩍 안색을 살피니 영 우울해 보이는 게 잘 본 것 같진 않았다.

"아, 나도 잘 봤어. 사탐 하나 빼고 다 1등급이야. 답안지 밀려 쓰지만 않았으면?"

효진은 표정을 바꾸어 자랑하듯 실실댔고, 다들 아까처럼 감탄사와 욕을 내뱉었다. 선미는 그저 잘됐다고 말했는데 속으로는 꽤 놀라고 있었다. 자기보다 늘 떨어지던 효진이 비슷한 성적을 받았다는 게 놀라웠고, 자기처럼 겸손하려고 노력하지 않는 것도 놀라웠다. 무엇보다 우울했던 표정을 금세 바꾸는 게 신기했다. 효진은 자주 우울한 표정이었다. 문제를 안고 사는 얼굴이었다. 선미는 그럴 때면 효진을 피했다. 그녀는 생각했다. 친구라도 해결해줄 수 없는 문제는 많다. 그렇다면 굳이 그 문제가 뭔지 듣고 함께 고민하고, 또 함께 고생할 필요는 없다. 나 살기도 힘든 세상이라고 흔히들 말하지 않던가. 그런데 알고 보니 효진은 원래 우울한 얼굴일지도 모른다. 여기까지 생각이 미쳤을 때 담임 선생님이 교실로 들어왔다.

"다들 지금까지 고생했다. 그런데 앞으로 좀 더 고생해야 되는 거 알지? 오늘은 종이에 가채점한 점수 적고, 교무실로 와서 나한테 제출하고 가면 돼. 뭐 더 공부할 사람은 남아서 공부해도 되고."

담임은 자신의 농담이 재밌다는 듯 웃고 교무실로 돌아갔다. 선미와 효진의 무리는 갑자기 생긴 시간을 어떻게 보내면 좋을지 고민했는데 모두 허사로 돌아갔다. 선미는 논술 특강이 일찍부터 잡혀 있었고 대부분이 그랬다. 효진은 잠깐 학교에서 할 일이 있다고 말하며 떠나는 친구들을 배웅했다. 어제처럼 교실에 혼자 남을 때까지 한참을 미적미적거렸다.

6.

선미는 집으로 가는 버스를 그냥 보냈다. 마음이 여느 때보다 가벼웠기 때문에 마포대교 정도는 걸어서 건널 수 있을 것 같았다. 논술 학원도 3시까지 가면 되는데 아직 11시밖에 되지 않았다. 날씨도 따뜻한 편이었다. 적당한 바람에 기분이 좋았다. 선미는 다리를 건너면서 아까 교실에서 있었던 일을 생각했다. 다들 망했다고 해도 같이 망했다고 할 수 없었던 그때를 기억했다. 불행은 늘 그녀를 비껴나갔다. 축복받은 인생이었다. 선미는 그런 식으로 자기가 사는 세상과 타인이 사는 세상을 철저히 분리했다.

그러나 다리를 절반쯤 건넜을 때 선미는 정애를 보고 말았다. 정애는 다리의 난간 아래로 신발을 가지런히 놓아둔 채, 누가 봐도 강물에 몸을 던질 태세를 하고 있었다. 신발 밑에는 종이 한 장이 금방이라도 날아가버릴 듯 강바람에 펄럭이고 있었다. 선미는 자신이 누군가의 자살을 목격하기 직전이라는 것을 알았다. 제대로 가늠은 안 되지만 그녀의 인생에 한동안 트라우마가 될 것이 분명했다. 그래서 눈앞에서 벌어지고 있는 이 상황을 그냥 내버려둘 수 없었다. 선미는 빠른 걸음으로 정애에게 다가갔다. 정애는 조금 전에야 겨우 죽기로 마음먹고 강물을 내려다보고 있었다. 흐르는 강물결에 온 정신이 쏠려 있었기 때문에 선미가 자기 바로 옆까지 다가온 것을 눈치챘을 때는 깜짝 놀라고 말았다.

이유경

"미안한데요……"가 선미의 첫마디였다. 정애는 "아줌마, 지금 여기서 뭐 하시는 거예요?"라든가 "죽으면 안 돼요!"라든가 "잠깐 제 얘기 좀 들어보세요" 같은 말을 들을 거라 기대했기 때문에 그 첫마디에 저절로 고개가 돌아갔다. 정애는 선미의 차가운 표정과 마주했다.

"저는 아줌마의 죽음을 보지 않을 권리가 있어요."

죽기 전에 또 한 번 이런 기막힌 일이 생기다니. 정애는 어처구니가 없었다. 숨을 가다듬었다. 강바람이 셌는지 호흡이 가빠왔다.

"학생, 미안한데 내가 너무 억울해서 죽는 것밖에는 방법이 없네. 학생은 그냥 갈 길 가면 돼."

"아줌마가 어떻게 죽든 제가 상관할 바는 아니죠. 그런데 제가 그 사실을 알아야 할 필요는 없잖아요? 그러니까 일단 여기서는 죽지 말아주세요."

정애는 놀란 눈을 하고 선미를 위아래로 훑었다. 효진과 같은 교복을 입고 있었지만, 아주 다른 사람이었다. 정애는 선미의 말을 이해하려고 노력하다가 무언가를 깨달았다.

"그래 너 같은 사람들 때문이야. 남의 고통에 이토록 무관심한 사람들. 내가 어떻게 살아왔는 줄 알아? 내가 얼마나……."

선미는 귀를 막았다.

"듣고 싶지 않아요. 아줌마 사정 같은 거. 그냥 좀 아줌마 집 같은 데로 가주세요."

정애는 선미의 손목을 잡고 손을 귀에서 떼어냈다.

"네가 그냥 네 집에 가면 되지."

"마포대교, 중년 여성, 자살. 뉴스에서라도 이런 단어들을 보게 되면 난 아줌마를 생각할 수밖에 없잖아요. 그런 생각 평생 가지고 살고 싶지 않으니까. 아줌마가 가요."

그 순간 바람이 아주 강하게 불었다. 신발 밑에서 펄럭이던 정애의 유서가 다리 밑으로 떨어졌다. 정애는 문득, 자신이 죽어도 아무도 그 이유를 모를 수도 있다고, 자신의 죽음이 단지 실종 처리로 끝날 수도 있다고 생각했다. 그렇게 내버려둘 정도로 결심이 간단치는 않았다.

"너, 못 가. 보고 가."

정애는 선미의 손목을 잡고 있던 두 손에 힘을 꽉 줬다.

"아, 이거 놔요! 놓으라고!"

선미는 벗어나려고 발버둥 쳤다.

"너처럼 잔인한 애는 이런 걸 봐야 해. 그리고 평생 죄책감 갖고 살아."

"아아악, 그만두라고요!"

선미는 정애를 확 밀쳤고, 그 바람에 정애는 바닥에 고꾸라졌다. 정애의 손바닥과 무릎에서 피가 배어 나왔다.

"이, 이건, 정당방위예요. 아줌마가 내 인생을 망치려고 했잖아요!"

선미는 어제 치른 법과 정치 영역 시험에 정당방위에 대한 문제가 있었다는 게 기억났다.

정애는 고꾸라진 상태에서 고개만 들어 선미를 노려보았다.

"정당방위? 나도 정당방위였어. 10년 동안 당했다고. 그날도 또 술 먹고 때리려고 하길래 나도 정당방위로 좀 민 것뿐이야. 맞는 것도 지긋지긋했단 말이야!"

정애는 영문을 모르겠다는 선미의 표정을 보고서도 계속 말했다.

"치매 걸린 자기 아버지 병원 데려갔다 온다는데도 때리려고 했어. 그놈이 다치게 될 거라는 걸 내가 이미 알고 있었다고? 그게 뭐? 그 자식은 내가 다칠 걸 모르고 때렸니? 난 이제 치매 걸린 시부에 식물인간 된 남편까지 뒷바라지하면서 살아야 해. 근데 감옥까지 가라고? 내가 뭘 잘못했는데!"

정애는 바닥에 엎드린 채로 엉엉 울었다. 선미는 대충이나마 정애의 사연을 들으니 인지상정이나마 안쓰러운 마음이 들었다. 동시에 열정적으로 울고 있는 정애가 지금 당장 죽지는 않을 거라고 확신했다. 선미는 자신이 사람을 살렸을지도 모른다는 묘한 쾌감마저 들었다. 그녀는 이제 정애의 곁을 빠져나가려고 살며시 발걸음을 옮겼다.

그러나 정애가 손으로 자신의 발목을 움켜쥐자 선미는 깜짝 놀라고 말았다. 정애는 선미의 다리를 지지대 삼아 일어섰다.

"네가 마지막까지 내 인생을 망치니 나도 정당방위 좀 하자. 학교는 알겠고. 몇 학년 몇 반이야?"

정애는 선미의 손목을 끌고 선미가 왔던 길로 되돌아 걷기 시작했다. 선미는 자기가 무슨 잘못을 했는지, 정애가 학교에 가서 자신에 대해 어떤 식으로 말하려고 하는지 전혀 알 수가 없었다. 정애가 말하는 정당방위가 무엇인지도 알 수가 없었다. 머리를 쥐어짜도 소용이 없었다. 걸음이 무척 빨랐다. 손목을 잡은 힘이 너무 세서 뿌리칠 수가 없었다. 정애는 정신이 반쯤 나가버린 것 같았다. 선미는 다만 한 가지는 알 수 있었다. 정애는 더 이상 모르는 사람이 아니었다.

7.

정애와 선미가 교문에 들어섰을 때, 효진과 담임이 그쪽으로 걸어오고 있었다. 누가 먼저랄 것도 없이 양쪽에서 서로를 알아보았다.

"엄마!"

효진이 소리쳤고, 정애는 그제야 조금 정신을 차렸다.

"어, 효진아."

"효진이 어머님이세요? 그동안 한 번도 얼굴을 못 뵀네요. 근데, 선미랑 같이 오시나 봐요?"

담임은 그냥 하는 말이었지만 정애는 변명해야 한다고 생각했다. 자신이 선미의 손목을 꼭 붙들고 있는 걸 효진이 뚫어지게 보고 있었다.

"아, 그게…….''

"앞에서 만났어요. 효진이 보러 오신다길래 그냥 저도 같이 왔어요."

선미가 낚아채듯 대답했다. 효진은 의아한 표정으로 선미와 정애를 번갈아 쳐다봤다. 정애도 같은 표정으로 선미를 쳐다봤다.

"그럼 선미도 알고 있는 거니? 어머님, 안 그래도 효진이랑 오늘 상담을 했는데 그동안 맘고생 많으셨죠. 사실 제 친구 중에 변호사가 있는데 오늘 한번 얘기해보려고요. 효진이도 많이 생각하고 얘기해줬으니까 저도 노력해볼게요. 선미도 도와주는 거지? 법과 정치도 만점이더라, 너?"

담임이 또 농담이랍시고 웃었다.

"네!"

선미는 얼떨결에 대답했다. 하지만 얼떨결이 아니었다고도 생각하면서 효진을 바라보았다. 효진은 우울한 표정으로 웃고 있었다. 눈가에는 눈물이 고여 있었다. 그 앞에서 정애는 울었다.

"선생님, 정말 감사합니다. 정말 감사해요. 정말로요."

정애가 선미의 손목을 놓고, 이젠 담임의 손을 붙잡으며 말했다. 효진은 그런 엄마가 창피했지만 말리지는 않았다. 선미는 그 모습을 지켜보면서 왠지 자신도 울 것 같은 느낌이 들었다. 그리고 곧 울먹이며 말했다.

"울지 마세요. 효진이 이번에 시험도 정말 잘 봤는데……."

치킨런

이
항
로

이
항
로

1994년 경기도 군포 출생.
단국대학교 공연영화학부 영화전공 재학 중.

잘 지내니

한참 동안 핸드폰 액정을 바라보다 전송 버튼을 누른다. 타들어가던 담뱃재가 운동화 위로 떨어진다. 남은 꽁초를 비벼 끈다. 오토바이에 실려 있던 치킨을 꺼내 아파트 안으로 들어간다. 수리 중인 엘리베이터가 보인다. 변수다. 인부 한 명이 멋쩍은 웃음을 내보이며 말한다. 오늘은 걸어가셔야 해요. 벌써부터 무릎이 시큰거린다. 숨을 가다듬고 계단을 뛰어오른다. 11층까지 올라가려면 조금 더 서둘러야 하지만, 몸은 따라주지 않는다. 잠시 멈춰 호흡을 고른다. 누군가 가슴을 옥죄는 것 같다. 발걸음을 떼어 계단을 오른다. 배달을 시킨 호수의 문 앞으로 뛰어간다. 초인종을 누르니, 바가지머리 남학생이 나온다. 남학생이 웃는 얼굴로 무언가 앞으로 건넨다. 핸드폰 화면에 떠오른 스톱워치가 보인다. 시간은 이미 20분을 지났다. 남학생이 내 손에 들린 비닐봉지를 낚아채듯 가져간다. 문이 닫히고, 정적이 온몸을 감싼다.

느끼한 기름내가 콧속으로 끼쳐온다. 민머리의 사장이 손을 내민다. 아무것도 건네주지 않자, 사장의 고함이 귀청을 때린다. 몇 번째야 허 씨, 정신 차리고 살어! 아들뻘되는 애도 잘만 하는데. 이래서 늙은이는 쓰면 안 돼. 월급에서 깎겠다는 사장의 말이 어깨 위로 내려앉는다. 곡조를 바꾸는 사장의 잔소리가 가게 안에 울려 퍼진다. 자리에 앉아 있던 수혁이 사장을 흘깃 바라본다. 빨리 다음 배달 가! 사장의 우렁찬 목소리가 다시 한 번 들리자, 수혁이 헬멧을 쓴다. 치킨을 들고 나가는 수혁의 뒤를 따라가지만, 괜찮다는 눈인사가 돌아온다. 오토바이에 오른 수혁이 도로 저편으로 점을 그리며 사라진다. 사장의 눈총이 느껴진다. 바닥에 앉아 담배를 태운다. 비둘기들은 고개를 처박으며 무언가를 쪼아 먹는다. 주머니에 있던 핸드폰이 울린다. 메시지를 확인하지만, 기대한 소식은 아니다. 9월 15일 저녁 8시 동명고등학교 27회 동창회. 가을 햇볕이 머리 위로 떨어진다. 졸음이 밀려온다.

아내와 이혼한 지난해 겨울부터 지금의 가을까지 치킨런에서 일하며 깨달은 바 한 가지는 사계 중 가을이 가장 배달하기 좋은 날씨라는 것이다. 신호가 막힘없이 뚫린다. 가을밤의 선선한 기운이 뺨에 닿는다. 아파트 단지에 들어선 뒤 치킨을 들고 뛰기 시작한다. 고소한 치킨 냄새가 엘리베이터 안에 가득 찬다. 도착했다는 알림이 들리고, 문 앞으로 달려간다. 벨을 누르니 정갈한 인상의 여자가 나온다. 여자의 허리춤을 붙잡고 있는 조그만 남자아이가 보인다. 진짜 빨리 오네요. 여자가 건넨 지폐를 받는다. 꾸벅 인사를 한 뒤 뒤돌아 나온다. 가족들의 웃음소리가 등을 타고 넘어온다. 땅거미의 흔적이 아파트 복도를 수놓는다.

가게 앞에서 담배를 태우고 있는 수혁이 보인다. 허공을 휘젓던 수혁과 눈이 마주친다. 자리에서 일어난 수혁이 꾸벅 인사한다. 수고하셨습니다. 눈으로 인사한 뒤 안으로 들어간다. 손을 내미는 사장에게 배달비를 건넨다. 주방에 들어갔다 온 사장이 잔뼈로 튀긴 통닭을 쥐여준다. 가게 안을 빠져나온 뒤 집을 향해 걷는다. 가을밤 공기는 차다.

개미굴같이 이어진 다세대주택 골목이 보인다. 전봇대에 맺힌 불빛은 곧 꺼질 것처럼 깜빡거린다. 건물로 들어가 계단을 내려간다. 노파의 냄새가 반지하 철제문을 비집고 풍겨 나온다. 손에 들린 치킨 또한 온기를 잃은 지 오래다. 문을 열자 고릿한 똥내가 코를 찌른다. 가슴속에 있던 화가 잔뿌리를 뻗치며 온몸으로 퍼져나간다. 보일러를 튼 뒤 노파가 있는 방문을 연다. 누워 있던 노파가 고개 반쪽을 들어 나를 본다. 이내 고개를 떨구는 노파. 방은 노파가 지려놓은 냄새로 가득하다. 여름이 지났지만 노파의 악취는 시간이 갈수록 심해진다. 한구석에 치킨을 던지고 이불을 들친다. 검붉은 똥물이 기저귀를 비집고 나와 요를 적셨다. 신경질적으로 내복을 벗긴다. 깡마른 노파의 다리 사이로 기저귀가 빠져나간다. 몇 가닥 남아 있지 않은 헐벗은 거웃이 눈에 들어온다. 전기장판을 빼내고 요를 잡아당긴다. 차가운 방바닥에 맨살이 닿자 노파가 신음을 내뱉는다. 수건으로 노파의 몸 곳곳을 닦는다. 화장실로 가 온수를 튼다. 물 위로 수건을 던지자 검붉은 기운이 빠져나온다. 노파의 미약한 신음이 들린다. 주먹을 다잡는다. 차라리 노파는 정신을 잃고서 어린애가 되는 게 나았을지 모른다. 맨정신이 오히려 사람을 미치게 만든다.

노파 또한 나의 밑을 닦아주던 시간이 있었을 테다. 밭농사를 마치고 돌아와 내가 지린 똥을 맨손으로 닦아내고, 말려놓은 기저귀 천으로 아랫도리를 감쌌겠지. 배가 고파 울어 젖히면, 멍울이 만져지는 가슴을 드러내 젖을 물렸을 테고. 당신의 손길이 닿지 않은 작물이 없었던 것처럼 나의 몸 또한 당신의 손길을 타지 않은 곳이 없었을 것이다. 그렇게 한 해 두 해 자라나는 내가 당신의 기쁨이었을지 몰라도, 지금의 당신은 나에게 그렇지 않다. 깨끗이 쳐내고 싶은 존재일 뿐이다. 나는 당신이 아니다.

전자레인지에 데운 미음을 들고 안으로 들어간다. 노파의 몸을 모로 눕힌다. 졸음에 겨운 눈빛이 보이지만 아랑곳 않고 수저를 넣는다. 입가 사이를 비집고 흘러내린 미음이 베개에 떨어진다. 뭉텅이로 빠져 있는 백발이 보인다. 숟가락으로 노파의 이를 툭툭 두드리자 그제야 꿀컥 삼킨다. 노파가 한 그릇을 다

이항로

비운 뒤에야 등 뒤로 간다. 힘을 주어 어루만지고, 두드린다. 트림을 토해내는 노파. 내의를 벗긴다. 앙상하게 마른 등과 둔부 곳곳에 피어오른 욕창이 보인다. 분홍 속살을 드러내는 상처 위로 베이비파우더를 바른다. 하얀 가루가 공기 위로 떠오른다. 노파를 바로 눕히고 이불을 끌어 올린다. 노파가 눈을 감자 잠시 뒤 미약한 숨소리가 밀려 나온다. 듬성듬성 남아 있는 뒤통수가 보인다. 당신이 평생 일군 업의 결과가 이런 것인가 생각하지만, 답은 나오지 않는다. 구석에 놓인 치킨 몇 조각을 뜯고 매트리스에 눕는다. 눅눅한 곰팡내가 온몸을 덮는다. 핸드폰을 확인하지만, 연락은 오지 않았다. 하루의 피로가 머리끝에서 발끝까지 전류처럼 퍼진다.

누군가 옆구리를 간지럽힌다. 간질간질한 느낌이 옆구리에서 다리로 이동한다. 눈을 떠 이불을 들치자 무릎 위로 더듬이를 늘어뜨린 바퀴벌레가 보인다. 등허리에서 시작된 소름이 머리를 찌른다. 잡으려고 일어나자 순식간에 방구석 장롱 틈으로 숨는다. 어둠에 잠긴 단칸방이 보인다. 곰팡이가 핀 벽은 박제된 화석 같다. 꿈이라 믿고 싶지만, 안착된 현실이다. 노파는 아직도 꿈결을 헤매는지 호흡조차 들리지 않는다. 핸드폰을 들어 시간을 확인한다. 두 눈이 크게 뜨인다. 출근 시간인 11시를 향해 달려가고 있다. 서둘러 옷을 챙겨 입고 방문을 연다. 그제야 반지하 창문을 뚫고 들어온 햇살이 보인다. 어둠에 잠긴 노파를 잠시 바라보다 문을 열고 밖으로 나간다. 노파의 낮은 숨결이 목덜미를 잡아채는 것 같다.

시간에 겨우 맞춰 가게로 들어간다. 흘겨보는 주인의 눈초리
가 느껴진다. 주방에 있던 수혁이 꾸벅 인사한다. 주인이 무어
라 입을 열려고 하자 수혁이 포장된 치킨 봉지를 내 앞으로 내
민다. 잔소리를 피하게 해주는 수혁만의 방법이다. 헬멧을 쓰고
밖으로 나간다. 뙤약볕이 따갑게 쏟아져 내린다. 오토바이를 탄
뒤 도로에 오른다. 주머니에 있던 핸드폰이 울린다. 액정 속 메
시지를 본 후 가슴 한쪽이 뜀박질하기 시작한다. 기다리던 메시
지가 왔다. 다음 날 저녁에 보자는 딸애의 연락이다. 가속페달
을 조금 더 세게 밟는다.

배달에서 돌아온 후 사장에게 사정을 말하니 월급에서 제하
겠다고 한다. 수혁은 내가 해야 하는 배달만큼 더 달려야 한다.
수혁에게 지폐 한 장을 건네자 웃는 얼굴로 사양한다. 아무리
배달을 돌고 돌아도, 뛰고 또 뛰어도, 발걸음이 가볍다. 황혼을
알리는 노을이 질 무렵, 오늘 하루 아무것도 먹지 못했을 노파가
떠오른다. 원체 입이 짧은 사람이지만, 무엇 하나 들어가지 않
았으니 곯은 배만 웅크리고 있을지 모른다.

한기가 뺨을 때린다. 방문을 연다. 죽은 듯이 자고 있는 노파
가 보인다. 노파의 입으로 바투 귀를 갖다 댄다. 아침보다 낮아
진 숨소리가 미미하게 들린다. 볼을 건드리자 낮게 눈을 뜬 노
파가 나를 본다. 이내 눈이 감긴다. 부엌으로 가 주전자에 물을
데운다. 물 끓는 소리가 집 안 가득 퍼진다. 컵에 뜨거운 물을
담아 방으로 향한다. 한 숟가락씩 천천히 목구멍 너머로 넘겨준

다. 노파의 눈꺼풀이 사르르 풀린다. 주방 바닥에 놓여 있던 믹서에 미음과 시금치를 넣고 돌린다. 물을 넣어 저어준다. 노파를 모로 눕힌 뒤 또다시 수저질을 반복한다. 정신을 차린 노파가 나를 바라본다. 소 눈망울 같은 시선을 피하며 기저귀를 벗긴다. 먹은 게 없어서인지 나온 것 또한 없다. 아기 오줌 같은 검붉은 설사만 남아 있다. 몸을 닦고 새 기저귀로 갈아입힌다. 노파를 바로 눕힌 뒤 매트리스에 눕는다. 내일의 바람결은 조금 더 포근했으면.

아버지가 돌아가시고 얼마 안 있어 노파가 쓰러졌다. 매서운 동풍이 부는 날이었다. 서릿발 맞은 보리를 고르기 위해 산에 올라가던 길, 한파를 맞고 고스란히 엎어졌다. 맨손으로 육 남매를 키운 여인의 결말이라 부르기엔 가혹한 처사였다. 형제들은 가슴 아파했지만, 먼저 나서는 이는 없었다. 병실 침대 위로 누운 노파를 두고 침묵이 감돌았다. 그나마 먹고살 만한 게 성근이잖아. 부탁 좀 할게. 큰누나의 말에 옆에 서 있던 아내가 손등을 꼬집었다. 몸의 반쪽이 굳은 노파가 나를 건너다봤다. 다른 아이들보다 늦둥이인 나를 더 챙겼던 노파의 모습이 떠올랐다. 알겠어요. 아내의 시선이 느껴졌지만, 노파의 주름진 손만 눈에 들어왔다.

노파는 한 그릇도 채 비우지 않고 입가를 다문다. 입꼬리의 반쪽은 탈을 쓴 것처럼 말려 올라가 있다. 늦게 들어오니까 마저 드세요. 앙다문 노파의 입은 열릴 기미가 보이지 않는다. 깊은 잠에 빠지듯 눈을 감는 노파. 개수대에 그릇을 놓고 밖으로 나선다. 약속 시간까지 두 시간 남짓 남았지만 미리 가 있기로 한다. 벽공을 지나온 바람이 머리칼을 스친다.

카페 안 대학생들을 보니 아이들이 떠오른다. 올봄 유학을 마치고 돌아온 아이들도 저만큼 자랐을까. 간간이 아내에게 안부를 물었으나 돌아오는 답은 없었다. 주홍빛 노을이 창을 뚫고 떨어진다. 약속 시간이 가까워질수록 누군가 콕콕 심장을 찌르는 것 같다. 차임벨이 들릴 때마다 입구를 바라본다. 그때 한 쌍의 남녀가 문을 열고 들어선다. 아이들이다. 자리에서 일어나는 순간 시선이 마주친다. 표정 없는 아이들이 내 곁으로 다가온다. 아내의 모습은 보이지 않는다. 단발이던 딸애는 허리까지 머리를 길렀고, 아들은 그새 안경을 쓰고 있다. 어느새 아이들은 내 키를 넘고도 한 뼘이나 더 자랐다.

고개를 숙이며 인사한 아이들이 자리에 앉는다. 엉거주춤 따라 앉는다. 아들이 음료를 주문하러 간 사이, 엄마는? 띄엄띄엄 묻자, 딸애는 답이 없다. 정적만이 맴돈다. 아들이 돌아오고, 굳게 닫혀 있던 딸애의 입이 열린다. 엄만 아직 준비가 안 됐나 봐요. 노파가 누워 있는 방문을 보고 한숨만 내쉬던 아내의 모습이 파문처럼 일렁이다 사라진다. 안경을 추켜올린 아들이 연이어 말한다. 그래도 유학 마무리까지 보태주셔서 감사해요. 다른 회사 취직하신 거예요? 아들의 시선이 내가 입은 양복으로 향해 있다. 잠잠히 고개만 끄덕인다. 옆에 있던 딸애의 입가에 미소가 생긴다. 그러면 아빠 문제없어요. 할머니만 어떻게 맡겨보세요. 고개를 드니 빤히 바라보는 아이들의 눈동자가 있다. 현기증이 인다. 송장처럼 누워 있을 노파의 모습이 보인다. 침묵을 지키자 아이들의 입이 연이어 열린다. 엄마 고생한 거 알잖아요. 큰아빠들 힘들다고 해도 딱 잘라 말하세요. 찻잔의 손잡이만 매만진다. 아이들은 입을 다문다. 딸애의 말이 귓전을 울린다. 아무튼 할머니랑 살 순 없어요. 정리하시고 연락 주세요. 아이들이 자리에서 일어나 파도처럼 빠져나간다. 빈자리 위로 주홍빛 노을이 내려앉는다.

암흑이 다닥다닥 붙어 있는 개미집으로 들어선다. 전봇대의 불빛은 꺼져 있다. 딸애의 입에서 나온 정리한다는 말의 의미를 되짚는다. 아이들의 시간 속 내가 없었던 자리를 더듬어보지만, 무엇을 놓고 온 건지 알 수 없다. 층계를 내려가 문을 연다. 오늘도 어김없이 시큼한 냄새가 코를 찌른다. 날이 지날수록 고약해지는 것 같다. 가슴이 사레에 들린 것처럼 답답하다. 주먹을 쥐어 쳐보지만, 응어리는 조금 더 단단해진다. 누워 있던 노파가 눈언저리를 치켜뜨며 나를 본다. 멍하니 바라보니 노파가 먼저 시선을 피한다. 노파의 한쪽 손이 꿈틀거린다. 자리에 앉아 노파의 눈을 마주 본다. 이번에도 노파는 눈초리에서 벗어난다. 두 손을 들어 노파의 얼굴을 바로잡는다. 부러 눈길을 따라잡는다. 마주치지 않으려 애쓰는 큼지막한 눈자위로 물기가 맺힌다. 우우. 짐승의 소리가 비뚤어진 입을 헤집고 나온다. 노파의 이마 위로 얼굴을 맞댄다. 당신을 어쩌면 좋을지, 도무지 감이 오지 않는다.

집에 노파를 데려온 후부터 아내의 몸은 삭정이처럼 말라갔다. 내가 회사에 가 있는 동안 그 사람도 지금 내가 보내는 시간을 건너온 거겠지. 자신의 어미도 아닌 이의 몸을 하루에도 몇 번씩 닦고, 또 닦았을 것이다. 일을 끝마치고 돌아오면 웅크리고 자는 아내의 뒷모습이 보였다. 요양원을 생각해보지 않은 건 아니었다. 그때마다 젊었을 적 노파의 모습이 떠올랐다. 봄이면 내 손을 잡고 산에 오르고, 여름이면 나를 업고 냇가로 갔던 노파. 노파는 말이 없는 사람이었다. 그저 내 곁으로 걸어와 개나리 꽃봉오리를 건네주곤 조용히 미소 지었다. 노파의 미소가 내게 쥐여준 개나리처럼 환히 빛났다. 도랑에서 가재를 잡아 노파에게 넘겨주면, 새끼 가재는 다시 강물로 되돌려 보냈다. 소리치며 가르치는 대신 오감으로 알려주었다. 잔가지처럼 뻗쳐 나오는 노파의 지혜에 놀랄 때마다, 내 뒷머리를 쓰다듬으며 말없이 웃었다.

가을바람이 온몸을 훑고 지나간다. 신호는 좀체 바뀌지 않는다. 20분이 되기까지 얼마 남지 않았다. 청신호로 바뀌고 모퉁이를 돌아 단지 안으로 들어간다. 치킨을 꺼내 들고 엘리베이터에 몸을 싣는다. 간신히 시간을 맞출 것 같다. 배달을 시킨 호수로 뛰어가니 눈에 익은 현관문이 보인다. 바가지머리 남학생 집이다. 초인종을 누른다. 아무런 반응이 없다. 배달 왔습니다. 텅 빈 복도 가득 목소리가 울린다. 잠시 뒤 스르르 문이 열린다. 여학생의 얼굴이 문틈으로 빼꼼히 나온다. 씻고 있는데 소리치면

이황로

어떡해요. 말을 끝마친 여학생이 앞으로 무언가 내민다. 21분을 지나고 있는 스톱워치다. 고개를 들어 가만히 얼굴을 본다. 눈치를 살피던 여학생이 눈길을 피한다. 뭐 해 씨발. 문 뒤편에서 누군가의 말소리가 들린다. 저번에 보았던 남학생이 나온다. 아저씨 시간 지났잖아요. 온몸을 훑어 내리는 남학생의 눈을 빤히 쳐다보자, 기다란 손이 뻗쳐 온다. 봉지를 잡은 손을 떨쳐낸다. 존나 짜증 나네. 남학생의 목소리가 한층 더 올라간다. 그냥 다른 거 먹자. 여학생의 주춤거리는 말이 귓바퀴에 파고든다. 순식간에 문이 닫힌다. 핸드폰이 울린다. 처음 보는 번호가 액정 위로 떠오른다. 귓가에 핸드폰을 갖다 대자 낮은 어조의 음성이 들린다. 성근이 핸드폰 맞습니까. 대답을 하지 않자 뒷말이 재빨리 이어진다. 허성근 나다 나, 동명고 이호철. 땅딸막한 몸집에 새우눈을 한 까만 얼굴의 소년이 머릿속에 스친다. 호철은 잘 지내냐는 말을 시작으로 오늘 동창회에 꼭 나오라는 말을 덧붙인다. 머뭇거리며 대답을 하지 않자, 호철의 말이 부메랑처럼 되돌아온다. 네 소식 다 들었다. 해줄 얘기 있으니까 꼭 나와라 성근아.

애새끼들이 건방지게 공으로 처먹으려고 해. 사장의 성난 목청이 가게를 울린다. 담배를 태우고 있는 수혁에게 다가가 주머니에 지폐를 넣어준다. 의아한 표정으로 바라보는 수혁을 향해 말한다. 한 번만 더 빠질게 미안해. 수혁이 웃는 얼굴로 다시 지폐를 넘기지만 받지 않는다. 수혁을 따라 주저앉아 담배를 태운다. 연기가 높다란 하늘 위로 피어오른다.

한 번만 더 빠지면 다른 사람 구한다는 사장의 엄포에 고개를 숙이고 밖으로 나선다. 호철의 얼굴만 보고 나오면, 평상시 퇴근 시간에 맞춰 집에 갈 수 있을 것이다. 동창회 장소인 호프집으로 들어가자 불쾌한 술기운이 스친다. 벌써부터 몇몇 이들은 풀린 눈으로 해롱거린다. 저만치 가운데에 있던 한 사람이 번쩍 손을 든다. 깔끔한 양복을 빼입은 호철이 보인다. 근처 테이블로 다가가니 오랜만에 보는 얼굴들이 고갯짓으로 인사한다. 머리가 하얗게 세기 시작한 이들의 중심에 호철이 앉아 있다. 종업원에게 술잔을 부탁한 호철이 내게 먼저 악수를 청한다. 맞잡은 호철의 손에서 묵직한 기운이 실려 온다. 이전에는 느끼지 못했던 단단한 자신감이 호철의 눈빛에 녹아 있다.

술잔이 놓인 뒤 시작된 대화는 호철의 주도하에 진행된다. 아이들 교육부터 시작해 집사람과의 잠자리까지. 갖가지 이야기들이 테이블 위 안줏거리로 놓인다. 무리의 웃음소리가 세차게 터져 나온다. 낄낄거리던 호철이 양복 호주머니에서 명함을 꺼내 남자에게 건넨다. 야, 우리 가게 놀러 와. 재미 한번 봐야지. 다시 한 번 웃음이 터지는 가운데 술에 취한 무리 녀석 중 한 명이 입을 연다. 술장사하는 것도 자랑이라고 병신 새끼. 호철의 얼굴이 순식간에 굳는다. 옆에 앉아 있던 남자들이 호철의 눈치를 보며 너도나도 명함을 달라 말한다. 호철이 술잔을 넘긴 뒤 다시 이야기를 이어간다.

결제를 마친 호철이 내 옆에 다가와 차 앞으로 이끈다. 성근아 타라 집까지 데려다줄게. 한산한 밤의 도로가 드넓은 차창에 펼쳐진다. 아까 전까지만 해도 말 많던 호철은 침묵만 지키고 있다. 룸미러를 바라본 순간 호철과 눈이 마주친다. 호철이 굳게 닫힌 입을 연다. 성근아, 우리 학교 끝나고 맨날 당구장 가고 짱깨 먹었던 거 기억나냐. 대답 없이 고개만 끄덕인다. 그때 내가 삑사리 떠도 네가 맨날 쿠션 쳤잖냐. 우리 집 돈 없는 건 어떻게 알고 말없이 밥도 사주고. 난 그때 일 못 잊어. 차 안으로 고요만 감돈다. 호철이 다시 한 번 입술을 뗀다. 너희 어머니 아프다는 소식 들었다. 근데 산 사람은 살아야 하지 않겠냐. 잠자코 있자 다시 한 번 호철의 입이 열린다. 나 우리 어매 죽였다. 고개를 돌려 호철을 바라보니, 한쪽 입꼬리를 올린 호철이 나를 쳐다본다. 기류 속으로 적막이 파고든다.

호철의 입에서 나온 말은 간단했다. 아픈 어미를 보내주고, 보험금을 타라는 내용. 자신도 그렇게 했다며 고백하는 호철의 눈빛엔 일말의 후회도 보이지 않았다. 병환의 기간이 오래될수록 의심을 사기 적다고 말하며, 거짓된 병사를 꾸며내는 방법까지 덧붙였다. 성근아 그거 알지. 들이마시면 목소리 변하는 거. 어머니 계신 방 안의 구멍이란 구멍은 다 막고 헬륨 풀어. 그러곤 밖에서 눈감고 딱 15초만 기다려. 그러면 편안히 가시는 길에 들어선 거야. 나는 괜히 쫄아서 한 시간 넘게 못 들어갔는데 그럴 필요 없더라. 빠른 사람은 몇 분 안에 가는데, 어쨌든 20분 안에는 무조건 돼져. 어린애 같았으면 부검하고 뭐 한다 난리

나지. 근데 보험사나 경찰 놈들 살 만큼 산 사람들은 그냥 병사로 처리하데? 여하튼 이게 기똥찬 게 뭐냐면 몸에 흔적도 안 남고 바로 사라지니까 얼마나 좋아. 그저 가시기 전에 맛난 거 사드리고, 좋은 옷 입혀드려. 헬륨 필요하면 얘기하고. 성근이 너니까 이런 말 해주는 거야.

　노파의 똥내 같은 은행 냄새가 콧속으로 들어온다. 어둠에 잠긴 은행나무가 바람에 나부낀다. 은행잎들이 나풀거리며 노란 불빛을 뿜어낸다. 반지하 계단을 내려가자 문틈에 끼어 있는 종이가 보인다. 노파의 건강검진을 알리는 지물이다. 저번에 받은 게 언제였는지 헤아려보지만, 기억나지 않는다. 안으로 들어서니 노파의 신음이 멈춘다. 노파가 있는 방으로 향한다. 식은땀이 맺힌 늙은 얼굴이 보인다. 외투를 벗어 한쪽에 놓아둔다. 감긴 눈은 뜰 기미가 없다. 노파가 이대로 수면 아래로 깊이 침잠하면 어떨까. 손을 들어 노파의 얼굴을 쓸어내린다. 주름진 굴곡이 손끝에 닿는다. 전기장판의 온도를 높인 뒤 노파의 옆에 따라 눕는다. 지독한 구취가 뺨에 닿는다. 우리 둘 모두 이대로 영원히 잠들어 조용히 썩었으면. 노파가 손을 들어 내 볼을 어루만진다. 거슬거슬한 손길이 느껴지지만 보지 않는다.

　오늘도 어김없이 20분의 데드라인은 올가미로 변해 몸을 옥죈다. 자동차 경적 소리가 온몸을 뒤흔든다. 쉼 없이 페달을 밟고, 쉼 없이 뛴다. 모퉁이를 돌고, 계단을 오른다. 어쩌면 이건 노파와 나의 게임일지도 모른다. 주사위를 굴려 한 칸 한 칸 앞으로 나아가지만, 마지막엔 또다시 출발점으로 되돌아오는, 무한대의 치킨런일지 모른다. 천장만 보고 있을 노파의 눈동자, 정리하고 연락 달라는 아이들의 말소리가 가도 위로 포말처럼 떠올라, 귓바퀴를 타고 들어온다. 형제들은 여전히 제 몸 하나 건사하기 급급할 것이다. 산 사람은 살아야 하지 않겠느냐고 속삭이던 호철의 모습이 가을볕에 녹아 부서진다. 내일은 휴무일, 이 게임을 끝내야 할 때가 찾아온 것 같다. 지난번 호철이 건네준 번호를 천천히 누른다.

능력 있고 젊은 신입사원들이 강풍처럼 불어왔다. 늙은 사원들은 힘없이 꺾여 조용히 자리를 떠났다. 파티션 속 짐을 챙겨 나올 때 돌아보는 이는 없었다. 집으로 돌아오는 차 안에서 앞으로 무얼 해야 하나 생각했지만, 마땅한 대안은 떠오르지 않았다. 낮잠이 밀려왔다. 해 질 녘 노을이 거실에 잠든 아내의 몸 위로 떨어지고 있었다. 아내는 마른 화초 같았다. 건드리면 푸스스 소리와 함께 부서질지도 몰랐다. 의자에 앉아 한참 동안 아내를 바라봤다. 아내가 꿈속에서 어떤 시간을 유영하고 있을지 가늠되지 않았다. 아이들의 유학이 막바지에 다가오고 있었다. 다행이라면 다행이었다. 어둠이 내려앉았다. 아내가 일어났다. 아내의 멍한 눈빛이 나를 건너봤다. 아내의 푸석한 입술이 열렸다. 그만할래. 차분히 고개를 끄덕이자 아내의 눈가에 물기가 고였다. 고개를 꺾은 아내는 창밖의 어둠만 바라봤다. 끝없이 펼쳐진 암흑이 다가올 내일처럼 보였다. 이미 우리들은 그 속에 잠겨 있는지도 몰랐다. 저 끝에는 무엇이 기다리고 있을지 문득 궁금해졌다. 퀴퀴한 날들의 연속일지도, 찌든 시간의 시작일지도, 암담의 끝일지도 모르는 일이었다. 분명한 건 눈부신 광명은 아니었다. 겨울의 초입, 노파와 나는 반지하에 들어왔다. 노파는 쓰러진 후 스스로 말을 잃었다. 퇴화된 기관을 버리는 동물처럼. 창문에 부딪힌 겨울바람이 우우 노파의 울음소리를 흉내 냈다.

주방 한구석에 헬륨가스통을 놓은 호철이 내 어깨를 툭툭 친다. 인마 잘 생각했다. 산 사람은 살아야지. 마무리 잘하고. 다음 동창회 때 보자. 고개를 끄덕이자 호철이 집 밖으로 빠져나간다. 방문 너머에 있는 노파의 모습을 머릿속에 그리다 밖으로 나선다. 노파의 마지막을 위한 준비를 한다. 분홍색 털외투와 전복죽을 산다. 속옷 가게에 들러 새 브래지어와 팬티를 마저 장만해 집으로 간다. 발걸음에 힘이 실리지 않는다. 똑같은 길목을 수없이 돌고 돈다. 미로 같은 모퉁이를 빠져나간 뒤 그때 해도 늦지 않는다. 쉼 없이 흐르는 구름을 따라 길을 걷는다. 각도를 바꾼 해가 빠르게 떨어지고, 황혼이 찾아온다. 뛰어놀던 아이들이 엄마 손을 붙잡고 돌아간다. 골목을 빠져나온 저녁 바람이 온몸을 훑는다. 묵직한 걸음을 떼어 집으로 향한다.

방문을 연다. 썩어가는 악취가 얼굴을 덮친다. 노파가 한쪽 고개를 비틀어 나를 본다. 모로 눕힌 뒤 사 온 전복죽을 한 수저씩 입에 넣어준다. 노파가 몇 수저 먹지 않고 입을 다문다. 수저로 툭툭 이를 두드려도 소용없다. 입가를 닦아내고 등 뒤로 간

이항로

다. 한참 동안 어루만지고, 두드린다. 나와 노파 사이에는 정적뿐이다. 낮은 트림이 들리고, 입은 옷가지를 벗겨낸다. 노파의 깡마른 몸이 누렇게 떠 있다. 노파를 등에 업고 화장실에 들어간다. 추위에 드러난 몸이 달달 떨고 있다. 가랑이 품에 노파를 누이고, 식은땀이 굳어 끈적한 몸을 천천히 닦는다. 발가락을 닦고, 종아리를 쓸고, 음부로 향한다. 움찔거리는 노파의 몸. 뱃가죽을 닦고 처진 젖가슴을 문지른다. 젖멍울이 딱딱하다. 인상을 찌푸린 노파가 깊게 한숨을 토해낸다. 머리칼이 죄다 빠진 두상을 거품으로 씻기고, 받아둔 온수를 끼얹는다. 품 안의 굳은 몸이 찻잔 속 꽃잎처럼 스르르 풀린다. 노파의 입가에 미소가 번진다. 서둘러 물을 끼얹고 노파를 업고 방에 들어간다. 수건으로 마저 물기를 훔친다. 새 속옷과 옷을 입힌다. 주름진 손을 잡으니 노파의 손에 힘이 실린다. 고개를 들어 노파를 본다. 입가에 미소를 머금은 노파가 천천히 한쪽 고개를 끄덕인다. 순식간에 소름이 돋는다. 밖으로 빠져나와 헬륨가스통을 가져온다. 노파의 시선은 여전히 나를 향해 있다. 새어나갈 구멍은 없는지 방을 둘러본다. 창도 없이 벽만으로 가득한 공간이 눈에 들어온다. 가스통의 쬠쇠를 천천히 푼다. 치익 소리와 함께 가스가 빠져나온다. 나를 바라보는 눈길이 느껴지지만, 쳐다보지 않는다. 밖으로 빠져나와 문을 닫는다. 바닥에 놓여 있던 청테이프를 들어 문틈을 막는다. 20분이면 된다. 20분만 지나면, 이 지겨운 게임도 끝난다.

노파는 눈물이 없는 사람이었다. 자신의 감정을 좀처럼 밖으로 내보이는 법이 없었다. 그저 때 되면 논에 나갔고, 밭에 올랐다. 날씨가 화창할 때나 궂을 때나 오늘 같은 내일을 보냈다. 형과 누나들이 좋은 학교에 진학하거나, 사고를 쳤을 때도, 조용히 미소 짓거나 침묵만 내보였다. 아버지가 돌아가셨을 때도 장례식장 한쪽에서 묵묵히 담배만 태웠다. 필터 끝까지 재로 변한 줄도 모르고서. 그런 노파의 눈물을 본 적이 딱 한 번 있었다. 내가 중학생일 시절, 한겨울 호수에서 친구들과 논 적이 있었다. 여름이면 깊은 수위 때문에 엄두도 내지 못했을 테지만, 강철만큼 얼어붙었기에 안심하고 뛰어다녔다. 그러다 어느 지점에 들어선 순간 발이 쑥 빠지며 냉기가 온몸을 감쌌다. 아득한 추위에 정신을 잃었다. 눈을 뜨자, 익숙한 천장이 눈에 들어왔다. 집이었다. 고개를 돌리니 내 손을 쥔 채 어린아이처럼 울고 있는 노파의 얼굴이 보였다. 살았구나, 하는 안도감보다는 난생처음 보는 노파의 눈물에 당혹감이 밀려왔다. 콧물까지 흘리며 숨이 넘어갈 듯 울었다. 당신에게도 눈물이 있단 걸, 그때 알았다.

노파의 삼일장이 시작됐다. 추석 연휴를 며칠 앞둔 날이었다. 소식 없던 형제들이 순식간에 모였다. 20분이 지나, 방문을 열었을 때 노파는 곤잠에 빠진 아이처럼 누워 있었다. 입가엔 환한 미소를 머금은 채. 노파의 가슴에 얼굴을 묻은 채 조금 오랫동안, 울었다. 의사는 별다른 말 없이 지병으로 인한 병사라 판명 지었다. 보험설계사는 부검 결과가 나온 후 보험금이 지급될 거라 말했다. 병으로 죽었을 때는 모두 하는 치레이니 걱정 말라 덧붙였다. 영정 사진 속 노파의 얼굴을 쳐다볼 수 없었다. 장례식장 바닥만 바라봤다. 가장 연락이 뜸했던 큰누이는 식이 진행되는 내내 끊임없이 눈물을 쏟아냈다. 말이 없던 작은형은 자처해 부조계를 맡았다. 육 남매 중 유일하게 울음이 나오지 않는 사람은 나 하나뿐이었다. 상례를 끝마친 조문객들은 멍하니 앉아 있는 나를 보곤 들리지 않게 혀를 차며 지나갔다. 식장 자체가 한 짝의 관이 되는 순간이었다. 건물 앞에서 담배를 태우는 내 옆으로 작은누이가 앉았다. 담배를 꺼내 피우며 입을 열었다. 정신 차려. 엄마 돌아가셨어. 세상에 부모가 죽었는데 울지 않는 자식이 어딨니. 말을 마친 작은누이가 담배를 비벼 끄곤 안으로 들어갔다. 저들이 흘리는 눈물의 무게에 대해 생각했다. 가볍다면 가벼운 것이었고, 무겁다면 무거운 것이었다.

아내와 아이들이 식장 안으로 들어왔다. 나를 바라보는 아내의 눈가에 물기가 고여 있었다. 아내가 무너지듯 절했다. 곁으로 다가온 아이들은 내 손을 부여잡았다. 한참 후에 자리에서 일어난 아내의 얼굴엔 눈물이 그득했다. 아내를 부축하며 데려온 누이들이 입을 열었다. 올케 그러는 거 아니야. 며느리가 이렇게 섧게 울면 사람들이 뭐라 생각하겠어. 고개를 돌려 누이들을 쳐다보니 그제야 입을 다물었다. 주머니에 있던 핸드폰이 울렸다. 보험설계사로부터 온 전화였다. 장례식장 뒤로 빠져나가 전화를 들었다. 설계사의 침착한 목소리가 귓전에 닿았다. 결과 나와서 연락드렸어요. 예상대로 타살 흔적은 없었는데 눈에 들어오는 게 하나 있어서요. 어머니께서 폐암을 지니고 계셨더라고요. 이미 퍼질 만큼 퍼진 상태였는데 그간 아무 말 없으셨나 봐요. 많이 아프셨을 텐데. 보험금 수령은 다음 주 내로 될 거예요. 전화를 끊었다. 가슴 한쪽이 홧홧거리며 타오르기 시작했다. 조그만 불꽃이 온몸을 뒤흔들었다. 어디선가 노파의 고약한 악취가 풍겨왔다. 죽어가면서까지 말이 없던 노파 당신을 떠올렸지만, 이내 연기처럼 사라졌다. 누렇게 뜬 노파의 몸, 딱딱했던 젖멍울이 희붐하게 떠올랐다. 어째서 당신은.

깡말랐던 당신은 가벼운 재로 변해 허공에 뿌려졌다.
보험설계사가 들고 온 당신의 부검 사진을 봤다. 유년 시절 당신을 따라 산에 올라 보았던 개나리덤불이 당신의 흉곽 곳곳에 하얀 점으로 박혀 있었다. 삐뚤어진 입을 열어 소리치지 않은 당신의 생각은 무엇이었나 헤아려봤지만, 헤아리기에는 어려운 것이었다. 당신이 누운 관을 차에 태우고 벽제로 갈 때까지 울음은 나오지 않았다. 형제들조차 나를 보며 눈살을 찌푸리고, 끌끌 혀를 찼다. 차창 밖으로 건너가는 풍경을 보는 도중 개나리는 언제 필까, 하는 생각이 들었다. 올해는 작년보다 조금 더 추웠다. 외투를 조금 더 여몄다. 화장터 안으로 들어섰다. 유골을 모두 태우는 데는 두 시간 가까이 걸렸다. 치킨 여섯 마리를 배달할 수 있는 시간이었다. 한 사람의 생이 정리되는 시간 치곤 너무 짧은 게 아닌가. 웃음이 터졌다. 형제들의 눈초리가 나에게로 쏠렸다. 큰누이가 천천히 다가와 입을 열었다. 왜 이제야 우니, 다 끝난 마당에. 고개를 들자 창문에 비친 얼굴이 보였다. 웃는다고 생각했는데, 울고 있었다.

아내와 아이들이 있는 집에 되돌아갔다. 많은 대화는 나누지 않았다. 조용히 밥을 먹었다. 아이들은 간간이 제 일상을 펼쳐 냈다. 딸과 아들이 벌집처럼 펼쳐진 파티션 속으로 들어가기 위해 발버둥 친다고 생각하니 엊힌 듯 가슴이 답답했다. 오늘을 보내고, 내일을 맞이한다는 건, 산다는 건 어쩌면 그렇게 대단하지는 않은 것일까. 조금 더 특별하고, 보다 위로 가기 위해 달렸던 시간들이 숨을 들이마시는 것과 동시에 몸 안으로 들어왔다. 명치 한가운데에 똬리를 틀곤 빠져나가지 않았다. 그저 나의 사람과 함께 무사히 오늘을 보내고, 조금 더 나은 내일을 준비하는 것. 간단해 보이지만 그것이 전부가 아닐까. 문득 당신의 얼굴이 떠올랐다. 희붐하게 피어오른 개나리 같던 그 미소가.

이제 얼마 안 있으면 20분의 데드라인, 치킨런의 게임은 끝난다. 당분간 공원에 나가 새로운 일자리를 알아보거나, 경비원이라도 해야 한다. 아이들의 믿음을 위해서라도. 아내가 다려놓은 정장을 입은 채 가게 안으로 들어가자 사장과 수혁의 눈이 동그랗게 떠진다. 사정상 이번 달까지만 일한다고 말하자 사장의 잔소리가 이어진다. 로또라도 됐나 보네 바로 그만둔다 하고. 허 씨 나가도 할 사람 많으니까 이번 주까지만 해. 구시렁거리는 사장을 뒤로하고, 수혁이 환히 웃으며 내게 악수를 청한다. 무슨 일인지 모르겠지만, 좋은 일 같네요. 말없이 붙잡은 손만 힘을 주어 쥔다.

빗소리가 귓가에 닿는다. 가게 밖으로 빗방울이 떨어지기 시작한다. 때늦은 가을비다. 빨리 배달 가라는 사장의 고함이 이어진다. 수혁이 치킨 봉지를 들고 밖으로 나가려 한다. 수혁의 손을 붙잡고 고개를 내젓는다. 방수복을 입은 뒤 수혁의 손에 들린 치킨 봉지를 건네받는다. 밖으로 나가자 굵은 빗방울이 머리 위로 떨어진다. 오토바이에 몸을 싣고 도로에 오른다. 만추의 시린 바람이 뺨에 닿는다. 비에 젖은 도로가 미끄럽게 다가온다. 신호가 바뀌고, 앞으로 나간다. 이 정도의 속력이라면 제시간에 도착하고도 남는다. 적신호가 앞을 가로막는다. 사거리에 멈춰 선다.

사람들의 횡단이 끝났지만 좀체 신호가 바뀌지 않는다. 그 순간, 두 눈이 번쩍 뜨인다. 사거리 너머 맞은편 인도로 천천히 걸어가는 한 사람이 눈에 들어온다. 분홍색 털외투를 입은 백발을 한 노파의 뒷모습이 보인다. 혹시 어쩌면. 가속페달을 세게 밟는다. 반대편에서 울린 경적이 귀청을 때린다. 나는 아직 당신에게 묻고 싶은 게 많다. 어째서 마지막까지 말하지 않았는지부터 시작해 사는 게 무엇인지 당신에게서 알고 싶다. 내가 헤아릴 수 없는 것들을 당신에게서 꼭 들어야만 한다. 고릿한 은행 냄새가 코를 스친다. 어디선가 당신의 냄새가 풍겨오는 것 같다. 조금 더 커진 경적이 귓가에 닿는다. 20분의 데드라인. 오늘부로 무한대를 그리던 치킨런의 게임은 끝난다. 빗방울이 눈가를 스쳐 지나간다. 당신을 향해 조금 더, 속력을 높인다.

이황로

경주에서 1년

정
재
희

정
재
희 1967~2018

잊혀지는 것이 아쉬운 순간들, 느낌들,
단상들이 있었고……
스러지게 놓아둘 수만은 없었던 순간들,
그 순간들을 더듬어 적었다.

함께했음에 행복했고 그 순간들을 추억하며
우리는 언제나처럼 함께합니다.

나의 영원한 엄마 사랑해.

1.

점심 식사 시간, 햇볕이 좋은 날이면 우리는 드물게 게임을 한다. 의사에게 들은 친절한 언어들의 열전을 벌인다.

내 앞에 앉은 은영이 말하고 있다.

"항암 치료 부작용이 너무 심해서 항암 그만하고 3개월 후에 체크하러 오겠다고 했어요. 그랬더니 의사가 나를 빤히 보면서, 최은영 씨! 3개월 후에 나 못 볼 수도 있어요, 이러는 거예요."

은영은 13개월 전 유방암이 폐로 전이된 상태에서 암 진단을 받았다. 그 뒤 최근까지 항암 치료를 하다가 몇 주 전 그만두고 이곳으로 들어왔다. 항암 치료로 온몸의 털이 다 빠져버렸고, 다리는 발목을 구부릴 수 없을 정도로 부은 데다 철갑을 두른 것처럼 딱딱했다.

최근 부쩍 수척해진 상현이 어이없는 얼굴로 말한다.

"전 아산병원에서 의사가 생각해서 해준다는 말이, 항암 하면 편하게 6개월이고 항암 안 하면 고통스럽게 7개월 살 거니까 항암 하는 게 낫지 않겠냐, 이러던데요."

상현은 3년 전 진단받은 육종암이 재발해 이곳에 다시 들어왔다. 최근 종양이 커지고 전이되면서 거액을 들여 일본으로 수지상세포 치료를 다니고 있다.

귀밑에서 턱까지 이어지는 구레나룻이 러시아정교회 사제를 연상시키는 영준 씨가 말한다.

"의사가 나한테는 얘기 안 했는데, 같이 간 여동생을 불러서 뭐라고 얘기한 것 같아. 여동생이 나에게 얘기해주려는 걸 내가 하지 말라 그랬어. 별로 듣고 싶지 않다고. 뻔하지, 뭐. 2, 3개월 얘기했겠지."

영준 씨는 직장암이 간과 림프에 전이된 상태로 암 진단을 받았다. 5개월 전까지만 해도 SKY 대학 출신의 전형적인 엘리트로 공기업에서 임원 승진을 바라보던 그였다. 암 진단을 받자 전도양양하던 그 길이 거짓말 같은 비현실이 되어버렸다. 요즘 영준 씨는 매일 웃통을 벗은 채 맨발 산행을 하고, 2주마다 항암 주사를 맞으러 서울에 다녀온다.

나는 유방암 3기로 진단받은 것이 3년 전, 간과 뼈로 암이 전이됐음이 발견된 것이 지난해 11월 30일, 경북 경주의 산골 요양 시설로 내려온 지 이제 1년이 되어간다. 시야가 뿌옇게 흐려지고 숨을 쉬기 힘들었던 그 순간, 아직도 입 밖에 내기가 쉽지 않다고 느끼지만…… 나도 입을 열어본다.

"난 의사가, 이제 완치는 어렵고 다만 시간을 끌어보는 겁니다, 라는 말을…… 어찌나 아무렇지도 않게 하던지……."

우리는 세상 사람들이 듣게 될 것이라 상상도 할 수 없는 말들의 공장을 안다. 수많은 대기 환자를 진료실 밖에 두고 시간에 쫓기는 대형 병원의 의사들, 그들 입에서 흘러나오는 말은 부두교의 죽음의 저주를 닮았다. 부두교 주술사들의 죽음의 저주를 받은 사람들은 몸에 별다른 문제가 없었는데도 저주의 자기실현에 대한 두려움에 질식돼 죽어가는 경우가 많았다.

"항암 안 하면 3개월, 항암 하면 6개월입니다."

그들은 3분도 채 안 되는 시간에 의학적 시한부 선고를 내린다. 그들의 입에서 흘러나와 환자의 귀로 들어간 그 친절한 언어들은 예기치 못했던 능력을 발휘하기 시작한다. 달아나지 않는 자들에게 그 저주의 언어들은 자기충족적 예언이 되어 필연적이지만은 않은 죽음을 불러들인다. 부두교 주술사가 내뱉은 죽음의 저주가 건강한 사람을 죽음으로 몰아넣었듯이.

경주의 산속 깊숙한 곳에 자리한 이 요양 시설은 자연치유를 택한 암 환자들이 모여 살아가는 곳이다. 이곳의 주요 프로그램 가운데 하나인 '숲치유' 시간.

원색과 꽃무늬를 즐겨 입는 금씨 성을 가진 간호사가 빙 둘러선 우리에게 말한다.

"숲에 들어갈 때는 말이죠. 이렇게 에헴, 에헴 인기척을 내면서 이제 들어가겠습니다, 인사를 하고 들어가야 합니다. 그래야 숲이 우리가 들어가는 것을 알고 마음의 준비를 하고 우리를 해치지 않고 보호해줍니다."

우리는 금 간호사의 말에 따라 에헴, 에헴, 인기척을 내고 숲에 인사를 드린다. 그리고 순한 양 떼처럼 그녀를 쫓아 치유봉을 오른다. 해발 400고지의 산골에 이 자연치유 시설이 세워진 뒤, 얼마나 많은 암 환우들이 이곳을 오르내리며 삶을 갈구했던 것일까. 신자 1000여 명을 둔 유명 개척교회의 목사, 40여 년간 배를 탔던 선장, 한때는 시인이던 촌부, 아들에게 손 벌려 생계를 잇는 무직자, 명예퇴직한 전직 물리 교사, 서울 강남의 깐깐한 사모님, 자금 부서에서 일하며 임원 승진을 기대하던 은행원, 휴직계를 낸 초등학교 교사, 제약 회사에서 재무팀장으로 일한 회사원, 어린이집에 다니는 아이를 둔 전업주부, 박사 학위 논문을 준비하던 시간강사, 바깥에서 우리를 달라 보이게 했던 그 모든 부와 지위와 명예와 지식은 지금 이곳에서 몹시 무력하다. 우리는 그저 헐벗은 자, 암이라는 병의 죽음 겁박 앞에 놀라 옷도 챙겨 입지 못한 채 온 힘을 다해 달아나고 있는 어린아이들과 같다. 목사도, 선장도, 촌부도, 무직자도, 전·현직 교사도, 은행원도, 회사원도, 전업주부도, 시간강사도 하나같이 온 힘을 다해 달아나고 있다. 그 저주의 언어들로부터 맹렬히 달아나는 중이다. 부두교의 저주와 같은 의학적 선고가 우리 몸속에서 자기 충족적 예언이 되지 않게 하려고 열심히 달아나고 있다.

우리가 원하는 것은 단 하나, 저주로 인해 잘리지 않는 삶, 온전한 삶이다. 이를 얻기 위해, 우리는 이른 아침부터 늦은 밤까지 빈틈없는 치병을 한다. 환우들 가운데 이곳에 가장 오래 있은 선장님(그는 부산의 한 고등학교 통신과를 졸업한 뒤 이곳에 오기 직전까지 배를 탔다)은 새벽 5시 30분에 일어나 씻고 6시부터 30분간 족욕을 하며 묵주기도를 올린다. 6시 30분이 되어 풍욕 방송이 나오면 풍욕을 하며 틈틈이 발끝 부딪치기를 하고, 풍욕이 끝나면 수정음악 방송을 들으며 명상하고, 수정음악 방송이 끝나는 7시 20분부터 30분간 경침 운동과 발목 펌핑 운동을 한다. 아침 식사 시간인 8시부터 밥을 먹고, 식사가 끝나면 여러 가지 약과 보조제를 챙겨 먹고, 화장실에서 볼일을 보고, 숙소를 청소하고 10시께 산행을 하기 위해 밖으로 나선다. 한두어 시간 걷고 낮 12시 가까이 되어 숙소로 돌아오면 식전에 먹는 약과 보조제를 부지런히 챙겨 먹는다. 점심 식사 시간인 낮 1시부터 점심을 먹고 이어 수정명상실에서 한 시간쯤 명상을 한다. 명상이 끝나면 기 수련이 시작되는 오후 4시 전까지 환부에 쑥 찜질을 하다가 오후 4시부터 한 시간가량 진행되는 기 수련에 참석한다.

　이후 잠시 쉬며 식전에 먹는 약과 보조제를 챙겨 먹고, 전화 통화나 카톡을 조금 하고 나면 저녁 먹을 시간이 된다. 오후 6시에 저녁을 먹고, 7시부터 족욕을 한 번 더 하며 묵주기도를 올리고, 저녁 8시 40분부터 9시 30분까지 아침과 동일하게 또 풍욕을 하고, 명상을 하고 경침 운동, 발목 펌핑을 한다. 풍욕을 시작하기 전 수정매트를 켜 온도를 70도에 맞춰놓고 풍욕이 끝나면 바로 수정매트 찜질을 15분 정도 하고 매트의 온도를 낮추어 잠잘 준비를 한다.

환우들 가운데 이곳에서 가장 짧게 있다 나간 임 선생의 일과도 선장님과 크게 다르지 않았다. 다르다면, 선장님이 환우들과 함께 걷는 파라면 임 선생은 홀로 걷는 파여서 오전 내내 홀로 산속을 걸으며 한껏 소리 지르고, 노래 부르고, 웃어댄다는 것.

"나도 환우들과 같이 산에 가면 재밌긴 한데, 에…… 쉽게 말해서, 암이 우리를 기다려주는 게 아니잖아요. 에…… 쉽게 말해서, 우리에게 주어진 시간이 별로 많지 않을 수 있어요. 에…… 쉽게 말해서, 암이 언제까지고 우리를 기다려주지 않잖아요."

'쉽게 말해서'라는 독특한 접속사를 애용하던 임 선생은 〈송학사〉라는 노래를 멋들어지게 부를 수 있는 매력적인 보이스를 가졌는데, 점심을 먹으러 올 때면 목이 쉬어 있을 경우가 많았다. 홀로 산길을 걸으며 "나는 내가 참 좋다"라고 크게 소리치거나, 노래 가사가 빽빽이 적힌 종이를 들고 네이버에서 내려받은 곡에 맞추어 목이 터져라 노래를 불러대고 오기 때문이었다. 〈송학사〉도 그렇게 익힌 노래라고 했다. 임 선생은 저녁에 족욕 대신 절 수련을 하고 풍욕이 시작되기 전까지 매일 누구에겐가 감사 편지를 쓴다고 했다.

강남의 깐깐한 사모님인 명자 씨는 안 해본 것도, 안 가본 곳도 별로 없었다.

"그거 알아? 의사 말 듣는 사람은 다 죽었고, 의사 말 안 듣고 제멋대로 한 사람은 살아남았대."

늘 '그거 알아?'라고 운을 떼었던 명자 씨는 유명 한의원을 다니다가 그곳에서 소개받은 승려에게 기 치료를 받으러 절에 간 적도 있었고, 이상구 박사의 뉴스타트센터, 서울 논현동의 비알엠연구소, 차가원, 힐리언스 등등 안 가본 데가 없었다. 그녀는 방에 있을 때나 산에 갈 때나 언제나 이상구 박사의 유튜브 강의를 들었고, 뉴스타트식의 치유법대로 물 마시고 기도하는 시간을 놓치지 않기 위해 대체로 혼자 다녔다. 서울 아파트의 방 하나가 암 진단을 받고 사들인 건강 관련 도구와 기기로 꽉 차 있다는 그녀는 몸에 전기를 발생시킨다는 고가의 장비를 허리와 손목, 발목에 차고, 같은 곳에서 산 쇠숟가락 같은 도구로 얼굴과 머리뼈를 늘 문지르며 다녔다.

지극정성인 것은 이들만이 아니다. 대부분의 환우들이 면역력을 높이기 위해 아침저녁으로 피부를 자극하는 바람목욕을 하고, 체온을 높이기 위해 뜸과 찜질을 하고, 주열기를 달고 살며, 하루에 만 보 이상을 걸으려 애쓰고, 밤 10시에 잠자리에 누워 잠을 청한다. 웃으면 면역세포가 활성화된다는 말에 매일 근육운동을 하듯이 규칙적으로 오래 소리 내 웃고, 발암물질을 피하려 육식을 일절 삼가고, 유기농 채식을 하며 항암 작용을 한다는 다양한 건강식품과 보조제를 달고 산다. 또한 병에 대한 두려움과 삶에 대한 집착을 내려놓고 마음을 편안히 갖기 위해 절운동을 하고 명상을 한다.

경주로 내려온 지 9개월째인 나의 일상 또한 다르지 않다. 아침 6시 30분에 눈을 떠 밤 10시에 잠자리에 눕기까지, 기도를 하고, 풍욕을 하고, 족욕을 하고, 운동을 하고, 찜질을 하고, 암에 관련된 자료를 찾아 읽으며, 일상을 치병에 바쳐왔다. 그렇게 8개월을 살아왔다. 죽음의 저주를 벗어나기 위해 이렇게 하는 것이 의심할 여지없이 지당한 것 같지만, 온 정성을 다해 치병을 하다가도…… 환우들과의 식사 자리에서 문득 고개를 쳐들고 묻고 싶은 질문이 있다.

우리 왜 이토록 살고 싶어 하는 걸까.
우리 이전과는 다른 삶을 살 자신이 있는 걸까.
우리 잘 살아낼 자신이 있는 걸까.
우리에게 암은 무엇일까.

나이 칠십의 목사가 2년을 방랑객으로 산속을 떠돌면서 그토록 붙잡고 싶어 하는 생은 무엇인가. 나이 예순여섯의 여인이 건강 정보를 샅샅이 그러모아 철저히 실천하면서 그토록 살고 싶은 생은 무엇인가. 나이 예순하나의 선장이 12년 전의 담도암, 5년 전의 폐암, 지금의 췌장암을 다 이겨내고 살아보고픈 삶은 과연 어떤 삶인가.

의학적으로 버려진 아이가 된 이들, 시한부 선고를 받은 적이 있는 이들은 쉽게 '산'을 떠나지 못한다. 전국 각지의 요양병원

정재희

혹은 요양 시설을 떠돌거나, 산속에서 홀로 치병하는 삶을 살아간다. 그렇게 어느덧 1년이 되고, 3년이 되고, 5년이 되고 어쩌면 그보다 더 오랜 시간이 될 수도 있다. 이렇게 살아 있는 것에는 어떤 의미가 있을까. 암 선고를 받은 우리에게 삶이란 무엇인가. 한 번 혹은 두 번, 세 번 암을 진단받은 사람들에게 이곳에 산다는 것은 무엇을 의미하는가.

블라지미르 메그레가 쓴 책 《아나스타시아》에 따르면, 병은 몸을 통해 신이 건네는 말 혹은 신이 청하는 대화, 신이 보낸 편지이다. 한 번도 글을 배운 적이 없는 문맹자처럼, 아무리 가르쳐도 사물의 이치를 못 깨닫는 맹문이처럼, 두려움과 불안 속에서 신의 편지 앞에 앉아 있다. 9개월째 그렇게 앉아 편지를 바라본다. 때론 자모 하나 읽히지 않는 어둠 속에 그렇게 앉아 있다.

사사나 스님이 내게 귀를 기울이고 있다.

나는 아직 스님께 내 상황에 대해 자세히 말씀드린 적이 없다. 나를 꿰뚫어볼 것만 같은 날카로운 눈매의 스님이 나는 두렵고 어려웠다. 가까스로 입을 뗀다.

"매일 기도를 드립니다. 절실한 마음을 담아 기도를 드립니다. 이런 기도들이 모두 로바*에서 나오는 것입니까? 그러면 기도를 드리지 말아야 합니까?"

"음…… 무슨 질문이 나올까 궁금했는데 아주 좋은 질문을 해

---

* 남방불교에서 탐심을 이르는 말.

줬네. 내가 진짜 기도, 참된 기도가 무엇인지 알려줄까?"

스님은 잠시 말을 멈추셨다가 이으신다.

"참된 기도는 말이여…… 인욕을 내려놓는 것이여. 진짜 기도는…… 인욕을 완전히 놓아버리는 것이여. 그게 기도여."

스님의 전언이 걸쭉한 전라도 사투리에 담겨 있다.

"내가 예전에 공황장애에 우울증에 식도암까지 걸렸어. 그때 이노무 공황장애가 을매나 징글징글허냐면 누가 내 팔 한 쪽을 떼가고 공황장애를 낫게 해준다면 팔 한 쪽 떼버리고 말겠다 싶을 정도여. 이노무 병이 을매나 고약허냐면 아무도, 그 누구도 믿을 수가 없어. 그것처럼 괴로운 건 없어."

스님은 미얀마에서 출가하셨다. 늦은 나이였다. 지방 국립대의 미대 교수였던 스님은 공황장애에 우울증에 식도암까지, 온몸이 만신창이가 되어 모든 것을 버리고 미얀마로 떠나셨다. 언젠가 스님은 내게 말씀하셨다. 아무려나 데려갈 테면 데려가라, 이까짓 목숨 가져갈 테면 가져가봐라 해버려. 그냥 한번, 될 대로 되라 하고 편안하게 있어봐. 만신창이가 된 몸으로 미얀마에 도착한 스님, 아무도 믿지 못하는 공황장애에 아무도 상대하고 싶지 않은 우울한 상태로 낯선 이국에 도착한 스님은 그렇게 모든 것을 놓아버리셨던가. 모든 것을 놓아버리자 기적처럼 살아나셨던가.

암 환자가 되어 가장 많이 듣게 되는 말 가운데 하나는 "내려놓으라"는 것이다. 암 환자가 아닌 사람들에게 건네는 "내려놓으라"는 말과 달리 암 환자에게는 굳이 발화되지 않는, 서늘한

정재희

어구가 숨어 있다. "모든 것을 내려놓아라. 그러지 않으면 죽는다." 누군가 우리 목에 시퍼렇게 날이 선, 날렵하게 잘 빠진 칼을 들이대고 한없이 부드럽게 속삭이는 것만 같다. 우리는 아무렇지도 않은 것처럼, 목에 칼이 들이대지지 않은 것처럼, 자칫하면 죽음이 우리를 덮칠 것을 모르는 것처럼 한눈을 감고 모든 것을 내려놓아야 한다.

2.

우리의 머릿속에서 떠나지 않는 질문, 그러나 굳이 입에 올리지 않는 질문이 있다. 어쩌다 드물게 그걸 주제로 대화를 나눌 때가 있다.

월남전 얘기가 화제에 오르면 늘 열을 올리는 강 목사가 말한다.

"나는 전립선암인데, 월남전 고엽제가 원인이에요. 이건 다 의학적으로 입증된 얘기야. 그걸로 보상금도 받고 있고."

그는 지금 나이 칠십에 걸린 당신의 전립선암이 20대에 파견되었던 베트남전쟁의 고엽제 탓이라고 확언하는 중이다. 그의 이야기는 재빨리 미국과 한국의 보상금 액수 차이로 넘어가고 있다. 그는 전립선암이 림프와 뼈로 전이되었다는 진단을 받고 이곳에 들어왔다. 1000여 명의 신자를 둔 서울의 한 개척교회 목사인 그는 목요일까지 이곳에서 지내며 설교문을 쓰고 금요

일이면 서울로 올라간다. 주말 내내 밀린 교회 일을 보고, 예배를 보며 설교를 하고 월요일에 다시 내려온다. 원발암이 전립선암인 그는 설교를 하다가 오줌을 도저히 참을 수 없어 신자들에게 기도를 시키고 황급히 화장실에 다녀온 적도 있다고 했다.

맛깔난 경상도 사투리를 쓰는 경순 씨가 말한다.

"난 젊었을 때는 시를 잘 쓰는 시인이 되고 싶었는데, 결혼하고 얼라들 낳고는 시도 몬 쓰고……. 갸들 키울 때는 갸들이 말도 잘 듣고 공부도 곧잘 했는데, 다 커가지고 죄다 내 속을 썩이는 기라. 내 딸 갸가 돈도 잘 벌고 착하고 그러니까 웬 늙다리가 하나 붙어가지고 떨어지질 않는 기라. 지금 내가 이렇게 되니까 결혼을 또 미뤘는데……. 우리 아들은 통이 을매나 큰지, 돈으로 사고를 많이 쳐서 내가 그것 때문에 좀 힘들었다. 여튼 내 말은 아무도 듣질 않으니까……. 나중엔 우울증도 오고……."

경순 씨는 유방암 수술을 하고 3개월이 채 안 되어 다른 쪽 유방에 또 종양이 발견되어 이곳에 들어왔다. 그녀는 그 종양에 헬렌이라는 이름을 지어주고 매일 주열을 하며 헬렌을 달랜다. 커지지만 말아달라고, 그저 조금만 줄어들라고 달랜다. 독실한 불교 신자인 그녀는 주말에 남편이 찾아오면 함께 인근의 사찰에 가서 불공을 드린다.

강 목사가, 내게 질문을 던진다.

"재희 씨는 왜 암에 걸린 것 같아?"

나는 담담하게, 생각해두었던 말을 꺼낸다.

"잘은 모르지만 몇 가지 의심되는 건 있어요. 한 가지는……

전 유방암이잖아요. 유방암이 호르몬 계통의 암이잖아요. 애 가지려고 인공수정이니 시험관아기니 다 했거든요. 그때 호르몬제를 엄청 썼던 것 같아요. 배란을 유도해야 하니까. 그게 한 원인일 수도 있지 않을까 싶어요."

귀를 기울이는 사람들은 대체로 고개를 주억거리고 있다. 그게 맞겠네, 그렇겠네, 하는 소리가 들려오는 듯도 하다. 그러나 정작 나 자신은 역겨움인지 모멸감인지 모를 더러운 느낌들에 휩싸인다. 어떤 혐의로부터 벗어나기 위해 애쓰고 있음을 보았기에. 더욱이, 그것이 시험관아기 핑계를 대며 세상이 우리에게 갖고 있는 혐의로부터 혼자만 빠져나가려는 얄량하고 비겁한 모습이었기에.

암에 걸린 우리는 모두, 드러나게든 드러나지 않게든 모종의 혐의로부터 자유롭지 못하다. 삶과 불화했다는 혐의, 행복하게 살지 못했다는 혐의, 무모했다는 혐의, 아마도 대체로 어리석었다는 혐의. '암에 잘 걸리는 성격'이라느니, '암에 걸린 사람들에겐 뭔가가 있어요'라는 식의 거친 말들은 노골적으로 혐의를 드러낸다. 대부분은 노골적이기보다는 암묵적으로 암 환자들이 갖는 성격적 특성들을 일반화하는 나름의 이론을 가지고 암 환자들을 바라본다. 우리는 곧잘 예민하고 소심하고 까다롭고 신경질적이고 탐욕스럽고 과도하고 절제를 모르는 존재들로 일반화된다. 우리는 알게 모르게 다양한 혐의로부터 벗어나기 위해 안간힘을 쓴다. 까다롭고 신경질적인 사람이 아닌 털털하고 소박하고 관대한 사람으로, 매사에 불평불만을 갖고 화를 폭발시키는 사람이 아닌 범사에 감사하고 기뻐하며 용서하는 사람으로, 탐욕스럽고 절제를 모르는 사람이 아닌 절제하고 베푸는 사람으로, 침울하고 외롭게 살았던 사람이 아닌 재치와 위트가 있고 명랑하며 어울리기 좋아하는 사람으로 보이기 위해 애쓴다.

또한 어리석게도 우리는 세상이 우리에게 두고 있는 혐의를 다른 암 환우들에게 두기를 마다하지 않는다. 우리는 서로를 보면서 왜 나는, 또 저이는 암에 걸렸을까, 라는 의문의 답을 꾸준히 구한다. 함께 오랜 시간 생활하면서 어쩌다 까다롭고 신경질적인 모습을 발견할 때면, 탐욕스럽고 절제를 모르는 일면을 볼 때면, 어떤 일에 쉬 화를 폭발시키는 모습을 볼 때면, 저이가 저래서 암에 걸렸구나, 갖고 있던 혐의를 기정사실화한다. 우리가 암에 걸리게 된 것은 그저 랜덤이었을 뿐이라는 연구 결과가 리포트되어도 우리에게 씌워진 혐의는 끄떡없다.

우리들 자신조차 자유롭지 못한 혐의들 때문일까, 친구나 친지가 자주 찾아오는 환우들은 소수에 불과하다. 대부분은 가족만 들락거리고, 가족조차 찾지 않는 환우도 적지 않다.

명자 씨 또한 남편과 딸뿐, 그 누구도 명자 씨를 찾아오지 않는다.

"난 암 진단받은 거 친구들 아무에게도 말 안 했어. 아무에게도 안 할 거야."

경순 씨가 맞장구를 친다. 경순 씨 또한 찾아오는 사람은 남편과 딸뿐이다.

"나도 나도! 쪽팔려서 아뭇테도 말 안 했다. 아뭇테도 말하기 싫더라. 전번엔 미용실에 갔는데 미용실 여자가 그러는 기라, 어디 아프냐고. 그래서 고혈압이 있다니까 자꾸 캐묻는 기라. 이래 살이 빠지니 동네 사람 보기도 남사스러바서……."

상현이 도리질을 치며 말을 보탠다.

"저도 절대 말 안 할 거예요, 절대! 친구들은 제가 공황장애에 걸린 줄 알아요."

상현은 이곳에 가족도 들이지 않는다. 가끔 가족을 만나고 올 뿐, 가족이 이곳에 내려오기를 원치 않는다. 그러나 그는 매일 누군가들과 긴 통화를 한다. 혼자 걸을 때면 늘 전화기를 귀에 대고 있고, 방에 들어가 혼자가 되면 재빨리 음악을 틀어놓는다. 그렇게 불안감을 달랜다.

전이가 되고는 나 역시 누구에게도 알리고 싶지 않았다. 암에 걸리지 않은 사람들에게 암 전이와 요양병원은 죽음을 예비하는 단어들과 같다. 나를 보며 내 뒤에 어른거리는 죽음의 그림자를 보려는 호사가들의 수를 늘리고 싶은 마음은 조금도 없었다. 드문드문 만나던 지인들, 몇 안 되는 친구들과 아예 연락을 끊은 지도 벌써 8개월이 넘어가고 있다. 우리는 마치 어느 순간 말없이 지워진 글자들처럼 세상에서 지워져 있다. 세상으로부터 빠져나와 매일매일 정처 없이 숲속을 걷고 있다. 곳곳의 크고 작은 산자락에서 치병을 하며 살아가는 암 환자들. 세상은 어느 순간 그들 곁에서 말없이 사라져버린 우리를 기억할까. 숲속에 있는 우리의 존재를 상상이나 할까. 우리는 마치 이 세상 속에 숨겨진 세계에 사는 사람들처럼 이 세상의 뒤편에 숨어 있다.

아이를 키우면서 좋았던 점 가운데 하나를 들라면 아이와 함께 그림책을 읽는 즐거움을 들겠다. 아이와 읽은 그림책들 가운데 가장 좋았던, 이라기보다 가장 가슴에 남는 책으로《희망의 목장》이라는 책이 있다. 원전 사고가 났던 일본 후쿠시마 시골 마을의 한 목장. 방사능을 뒤집어쓴 이 목장의 소들은 이제 먹을 수 없게 되었고, 그러므로 어디에 팔 수도 없게 되었다. 그러나 소들은 버젓이 살아 있다. 관청에서는 소를 살처분하라고 권고한다. 중년의 남자인 소치기는 살아 있는 소들을 살처분할 수도, 굶어 죽게 버려두고 떠날 수도 없어 매일 저녁 생각에 잠긴다. 소치기는 얼근하게 취한 얼굴을 하고 앉아 생각한다.

"팔지도 못할 소를 계속 돌보는 일. 의미 없는 일일까? 어리석은 일일까?"

매일 밤 비좁은 방 안에서 홀로 마신 술로 불콰한 얼굴을 하고 생각에 잠겨 있는 소치기. 나는 그런 소치기의 모습이 너무 사랑스러워 견딜 수가 없었다. 팔지도 못할 소를 계속 돌보는 소치기처럼 의미 없고 어리석어 보이는 일들, 일견 무의미해 보이는 일을 하는 사람들이 이 세상엔 있다. 어린 시절에 1년 위탁받아 키운 인연을 잊지 않고 늙고 병들어 은퇴해, 살날이 얼마 남지 않은 장애인 안내견을 다시 입양한 가족. 몸이 성치 않아 버려진 동물만을 데려다 사랑으로 키우는 사람. 말이 통하지 않는, 경계성 발달장애에 가까웠던 아버지를 평생 극진히 보살폈

정재희

던 엄마. 아둔하고 미욱한 아버지를 버리고 떠나지 않는 똑똑하고 착한 엄마를 나는 이해하기 어려웠다.

팔 수 없는 소들, 교환가치를 잃은 소들이 있다. 가치와 효율로 따지자면 의미가 아닌 무의미의 편에 서 있는 사람들이 있다. 사회적으로 무능력해진 사람들, 일해 돈을 벌 수도, 사회적으로 의미 있는 일을 할 수도 없는 사람들, 나을지 기약조차 없이 자신의 돈과 시간과 기력을, 나아가 다른 이들의 그것까지 빌려 온 전히 치병에 들여야 하는 사람들이 있다. 아이와 함께 책을 읽으며 이 사랑스러운 그림 앞에서 감탄하고 있을 때, 그때는 전이 진단을 받기 전이었다. 암 진단은 받았지만 표준 치료를 끝내고 다 나았다는 착각과 함께 일상으로 돌아가 있을 때였다. 머리털이 다시 조금씩 자라나던 그때는 팔 수 없어진 소들에게서 내 모습과의 유비를 보지 못했다. 그때는 팔 수 없어진 소들을 돌보는 일을 차마 그만두지 못하는 소치기만이 보였다. 한 치 앞을 볼 수 없는 삶이 연속되고 있다.

3.

이곳에서 우리가 즐겨 걷는 산길 가운데 하나는 오형제길이라 이름 붙인 임도이다. 산내면 내일리에서 내남면 박달리로 이어지는 5, 6킬로미터의 임도를 40분쯤 걸어 내려가면 임도 오른쪽에 다섯 줄기로 갈라진 수려한 쪽동백나무가 외따로 서 있다.

이 오형제 나무까지 걸어갔다 돌아오면 만 보가 된다.

오형제 나무 옆에 서서 들고 간 물을 마시는 짧은 휴식 시간. 오형제 나무를 부둥켜안으며 누군가 말한다.

"난 내가 환잔지 뭔지 모르겠어유. 아무 증상이 없으니까 집에 있으면 내가 정말 암 환자가 맞나 싶고……. 암이 도대체 뭔지……."

강 목사가 받아준다.

"나도 그래. 나도 아무런 증상이 없는데, 이노무 병원에만 가면 나보고 말기암이랴, 아주 죽갔어."

나 역시 다르지 않다. 유방암이 간과 뼈로 다발성으로 전이되었고 이제 항암제로 시간을 조금 끌어보고자 할 뿐이라는 의학적 시한부 선고를 받은 나는 겉으론 환자처럼 보이지 않는다. 우리뿐 아니라 병원과 요양 시설에서 만나는 많은 암 환우들은 대체로 겉으론 환자로 보이지 않는다. 자각증상이 심하지 않거나 아예 없는 경우엔 스스로도 자신이 지금 암 환자인지 아닌지 혼란스러워한다. 그러나 병원에 가면 암이 상당히 진행되었다거나 다른 장기들로 전이되었다는 무시무시한 진단을 받는다. 이 점에서 암은 매우 흥미로운 질병이다. 어느 시점까지는 겉으로 아무런 표식 없이 진행되는 내적 죽음이랄까. 그의 또는 그녀의 삶이 겉보기와 달리 어떤 이유에선가 더 이상 지속가능하지 않을 때 몸속에서 서서히 죽음이 예비되기 시작하는 것이다. 우리는 도대체 어떻게 살았던 것일까.

상현은 생각만 해도 싫다는 듯이 어깨를 움찔했다가 털어내며 혼잣말처럼 말한다.

"직장 생활 14년 동안 늘 불안했던 것 같아. 늘 온몸이 긴장하고 있었던 것 같아. 몸은 뭐 그런대로 편했는데 늘 움직이는 땅 위에 있는 기분이었던 것 같아. 나 같은 인간은 직장 생활을 하지 말았어야 했는데……."

밥 먹을 때면 늘 성호를 긋는 오랜 가톨릭 신자인 상현은 자신이 왜 암에 걸렸는지를 잘 알고 있다고 했다. 제약 회사의 재무팀에서 일하며 재무팀장 자리까지 올랐던 지난 14년간 어쩔 수 없이 늘 숨기고, 감추고, 속이는 일을 해야만 했다. 아침에 어쩌다 택시를 타고 출근할 때면 자신을 내려놓고 유유히 사라지는 택시 기사가 그렇게 부러울 수 없었다고 했다.

영준 씨가 말한다.

"나는 어려서 안동에서 서울로 유학을 왔잖아. 그러니까 잘해야 한다는 부담감이 있었고. 또 맏아들이니까 맏아들 역할을 잘 해내야 한다는 생각도 있으니까 늘 몸에 힘이 들어가 있었던 것 같아. 또 직장 생활을 하면서 직장에서 받는 스트레스와 압박이 있으니까 늘 몸에 힘을 주고 긴장하며 살았던 것 같아."

명문 대학을 나와 정년이 보장된 공기업에서 승승장구하며 승마, 골프, 수상스키 등의 레저부터 템플스테이까지 화려하고도 다양한 여가 생활을 즐기던 그였다. 남들 눈에 화려해 보였고, 스스로도 그런대로 원만한 삶이라 믿었고 만족하던 삶이었다. 그러나 그 삶을 살면서 그의 몸엔 늘 과도한 힘과 긴장이 들어가 있었다. 나 또한 늘 몸에 힘이 들어가 있었던 것 같다. 어느 순간 내려다보면 주먹을 꼭 쥐고 있는 나 자신을 발견할 때가 한두 번이 아니었다.

은영이 고개를 갸웃거리며 말한다.

"저는 제가 별로 스트레스가 없는 줄 알았어요. 뭐, 기분 나쁜 일이 있어도 계속 그 생각에 매달려 있는 성격이 아니어서 다른 일을 하거나 친구를 만나 좀 놀면 금방 잊히니까. 그래서 별로 스트레스가 없는 줄 알았어요. 눈물은 좀 많았어요. 이상하게 조그만 일에도 눈물은 항상 많았어요. 이렇게 되고 보니 내가 스트레스가 많았나 싶고. 에이…… 잘 모르겠어요."

말을 잇지 못하는 은영의 눈은 금세 붉게 충혈되었다. 나 역시 내게 큰 스트레스가 있다는 생각을 해본 적이 없다. 살아오면서, 특히 최근 10년 동안 큰 스트레스가 되었던 사건·사고가 없었고, 부부 관계는 원만했으며, 뒤늦게 얻은 아이는 순하고 건강했고, 뒤늦게 시작한 일도 크게 성취를 이루지는 못했지만 그런대로 어찌어찌 구색이 맞춰지고 있다고 여겼다. 그러나 《힐링 코드》의 저자 알렉산더 로이드는 많은 의대 보고서들을 인용해 검사 전에 스트레스가 없다고 말한 사람의 90퍼센트 이상이 실은 심리적 스트레스 상태에 있다는 점을 지적했다. 문제가 되는 것은 어떤 스트레스가 자신의 면역체계 치유 작용을 방해하는지 알고 그것을 해결해야 할 시점에 자신이 스트레스 상태에 있다는 사실조차 깨닫지 못한다는 점이다. 이들이 가진 스트레스는 거의 찾아내기가 불가능하므로 치유 가능성이 희박하다는 것이다.

암이 더 이상 삶이 지속 가능하지 않다는 전언이라면, 또한 질병이 스트레스의 표현이라면, 우리 삶을 더 이상 지속할 수 없게 만드는 것은 우리가 깨닫지 못하나 우리에게 지속적으로 작용하고 있는 스트레스일 것이다. 우리 생각대로 스트레스가 없었던 게 아니라면, 분명해지는 것은 우리가 자신의 의식을 속이는 전문가라는 것이다. 시치미 떼는 일의 전문가로서 우리는 의식을 속일 수는 있었으나 무의식과 그 무의식의 작용을 받는 몸까지는 속일 수 없었던 것이다.

　통합의학의 선구자 버니 시겔에 따르면, 놀랍게도 환자의 15퍼센트에서 20퍼센트는 무의식적으로 심지어는 의식적으로 죽음을 소망한다. 죽음이나 중병을 통해 고뇌로부터 도피하는 방법으로서 암이나 기타의 중병을 어느 의미에서는 반기는 것이다. 스트레스가 없다고 믿었던 우리는 무의식적으로 죽음을 소망하면서 암과 같은 내적인 죽음을 불러들였던 것인가. 그러므로 우리는 모두 표면적으로는 감지도 의식도 하지 못하지만 프로이드가 말한 바, 우리의 자기보존 본능에 저항하는 '어떤 종류의 죽음의 본능'에 의해 여기까지 끌려온 것인가. 명자 씨도, 경순 씨도, 은영도, 나도 모두 우리 안의 어딘가에 잘 숨겨진 죽음의 욕망에 의해 여기까지 오게 된 것인가.

　나 자신 열심히 살았다고는 못 하겠으나 감히 이런 표현을 써도 된다면, '번아웃'된 것은 아닌가, 생각했던 순간들이 있었다. '기쁨이 없는 전력투구'가 얼마 동안 이어져왔던 것일까. 마른

짚단이 아니라 젖은 짚단을 태우는 듯한 삶의 이미지가 보인 지는 오래되었다. 답답하고, 출구가 보이지 않는 느낌이 간간이 찾아들었다. 어떤 이유에선가 나는 생기를 잃고 메말라가고 있었다. 때때로 살아 있는 채 박제되어가는 느낌이 들었다. 그럴 때면 내 손을 끝내 놓지 않을 누군가의 손을 꼭 잡고 한 번도 들어가보지 않은 곳으로 미친 듯이 내달리고 싶었다. 돌아오지 않고 싶었다. 나는 어떤 출구를 찾아 헤매었던 것일까. 어떤 이유에선가 서서히 번아웃된 껍질뿐인 삶이 스스로를 천천히 살해하는 방식이 곧 암이었을까.

나는 적지 않은 나이지만 들풀이나 들꽃의 생명력이나 아름다움을 음미하고 싶어 가만히 멈추어 서본 적이 없다. 뒤늦게 아이를 낳아 키우면서도 퍼질러 앉아 그 아이다움을 한껏 즐겨보지 못했다. 늘 타인들의 시선에만 신경이 곤두서 있었을 뿐, 나 자신에 대해 늘 냉정하고 무심하며 잔인해서 살아오면서 한 순간도 나 자신을 위로해본 적이 없다. 내게 상처 입은 타인들은 나를 원망하거나 비난할 필요조차 없었다. 그런 일이 있다면 이미 나 자신이 스스로를 질리도록 다그치고 괴롭혔을 것이기에. 버니 시겔에 따르면, 대다수의 암 환자들이 당면하는 근본적인 문제들 가운데 하나는, 사람들로부터 충분히 사랑받은 일이 없기에 인생에서의 중요한 시기에조차 자기 자신을 사랑하지 못한다는 점이다. 사람들과 늘 일정한 거리를 유지한다는 명자 씨도, 사람을 잘 믿지 못한다던 경순 씨도, 사람들로부터 버림받는 것이 늘 두려웠던 나 역시도 스스로를 비롯해 아무도 사

정재희

랑하지 못하는 병에 걸려 있었던 것일까. 이 병이 우리로 하여
금 사랑받고 싶은 욕망 뒤에 숨겨진 죽음에의 욕망을 부추겼던
것일까. 스스로를 포함해 아무도 사랑하지 못하기에 사랑받고
싶은 욕망이 아닌 죽음에의 욕망에 더 긴밀해진 것은 아니었는
지, 모를 일이다.

미첼 러너가 쓴 《치유에서의 선택들(Choices in Healing)》에
한 노인의 이야기가 나온다. 아내를 유독 깊이 사랑했던 노인은
아내의 사후 다른 존재를 사랑하지 못한다. 인간의 기본적 감
정인 사랑이 흐르지 않을 때 생의 에너지도 흐르지 않는다. 그
런 상태로 얼마나 오랜 세월이 흘렀던 것일까, 노인의 암은 매우
위중한 상태에서 발견되었다. 그러나 나이도 많았고, 다른 여
러 질환도 있었던 노인은 의외로 기대와 달리 수년을 더 살았다.
그것은 그 마지막 생애 내내 그의 곁에 있었던 버림받은 고양이
들 때문이었다. 그의 사랑이 더 이상 흐를 곳이 없어진 그때 버
림받은 고양이들이 나타났던 것이다. 다행히 노인은 젊어서 버
림받은 고양이들을 보살핀 적이 있었고 그때 쌓은 좋은 기억이
있었다. 버림받은 고양이들을 돌보면서 폐색되어 있던 노인의
생의 에너지가 다시 흐르기 시작했던 것이다. 러너와 그의 동료
들은 그 노인의 '버림받은 고양이 키우기'를 '다시 사랑하는 것에
대한 허락'이라고 정의 내린다. 버림받은 고양이가 노인이 다시
사랑을 쏟아부을 수 있는 허락된 대상이 된 것이다.

우리는…… 인생의 중요한 시점에서도 타인은 물론 자기 자
신조차 사랑하지 못하는 우리는…… 다시 사랑하는 것을 허

락받을 수 있을까. 폐색되어 소진되어가던 우리 생의 에너지
는…… 다시 흐를 수 있을까.

4.

웃음치료 시간. 전에 대장암 환자였다는 웃음치료사가 묻
는다.

"새우가 나오는 드라마는 뭘까요? 깊이 생각하지 말고 하나
둘 셋! 대-하-드-라-마!"

생각할 틈을 주지 않고 거듭되는 농담에 환우들의 웃음소리
가 점점 높아진다. 6, 70대의 환우들이 서로를 바라보며 시원하
게 웃음을 터뜨리는 것에 비해 우리 4, 50대 환우들의 웃음 끝은
짧다.

"나는 아파 죽겠는데 그 새끼가 나가서 바람을 피우고 들어오
질 않나, 엉뚱한 데 돈을 써대질 않나, 하는 짓이 이쁜 구석이 하
나도 없어! 여기서 그 새끼가 누구여? 그 새끼를 향하여, 자 시
원하고 걸쭉하게! 이 염병할 놈의 새끼! 나가 뒈져라!"

6, 70대 환우들은 웃음치료사가 권하는 대로 손가락으로 허공
을 찔러대며 웃느라 정신이 없다. 웃음치료사가 "어머님~ 아버
님~"이라고 칭하며 우리들의 웃음보를 겨냥할 때, 암 환우를 대
상으로 하는 많은 프로그램들이 그러하듯이 그 살가운 호칭은
비교적 이른 나이에 암에 걸린 우리를 살짝 비껴간다. 4, 50대

인 우리에게 어머니, 아버지라는 호칭은 아직 이르기에, 가족을 위해 희생하며 할 말도 못 하고 살아왔다고 할 수는 없기에, 웃음치료사의 유머 코드가 딱히 우리의 유머 코드와 일치한다고 볼 수는 없기에, 갑자기 〈남행열차〉류의 노래가 흘러나온다고 절로 흥이 나며 몸이 들썩여지지는 않기에. 웃음치료의 끝에 춤을 추는 환우들 사이에서 우리는 어정쩡하게 겸연쩍으면서도 송구스러운 마음으로 비껴서 있다.

암 환자를 위한 프로그램들이 대상으로 삼는 전형은 자기 삶을 희생하며 가족을 위해 헌신해온 60대 이상의 여환우들이 아닐까. 내 삶을 희생하며 가족을 위해 헌신했다고 할 수도 없고, 내게 남편 또는 자식이 용서가 필요할 만큼 큰 잘못을 저질러본 적이 없으며, 믿었던 그 누군가로부터 크게 배신당한 적도 없는 나는 보통의 오리들과 다르게 생겼음을 들키고 싶어 하지 않는 '미운 오리 새끼'처럼 무리 속에 숨어 있다. 이 자리에 없는 남편을 향해 삿대질을 하라고 하면 옆 사람과 같이 삿대질을 하며 웃고, 남편을 용서하라고 하면 "네"라고 대답하면서, 자신을 억누르며 살다가 암에 걸린, 착하고 참을성 많은 여인처럼 앉아 있다.

도널드 바셀미의 소설 〈나와 미스 맨디블〉에는 서른다섯 살에 모든 것을 다시 익히기 위해 초등학교 6학년으로 편입한 남자가 나온다. 남자는 초등학교 6학년 교실의 작은 책걸상에 몸을 구겨 넣고 얌전히 귀를 기울인다. 살면서, 남자처럼, 모든 것을 다시 익히고 싶다는 느낌이 들 때가 간간이 있었다. 남자처럼 초등학교 교실의 작은 책걸상에 어떻게든 몸을 구겨 넣고 다소곳이 앞을 보며 앉아 있고 싶은 기분이 들 때가 있었다. 살아가기 위해 필요한 모든 기호와 약호를 처음부터 다시 배우고 싶었던 순간들이 있었다. 암 환자를 대상으로 하는 다양한 강의를 들으며 앉아 있다 보면 미스 맨디블의 교실에 앉아 있는 남자가 된 느낌이 들곤 한다. 모든 것을 처음부터 다시 익히기 위해 초등학교 6학년으로 편입한 남자가 된 것만 같다. 살아가기 위해 필요한 모든 기호와 약호를 처음부터 다시 배우는 것만 같다. 이전에 배우고 익혔던 모든 것은 '암'이라는 병으로 인해 효력 정지되었기에.

이곳은 내게 미스 맨디블의 학교와 같다. 이곳에서 나는 삶을 처음부터 다시 시작하기 위해 순한 어린 양처럼 얌전히 귀를 기울인다. 왜 우리는 암에 걸렸는가. 우리의 무엇이 잘못되어 있었는가. 어떻게 먹고 어떤 마음을 먹고 어떻게 살 것인가. 우리는 왜 이토록 살고 싶어 애쓰는가. 살아서 무엇을 하고 싶은가. 암은 우리에게 무엇인가. 지난 8개월간 나는 이곳에서 많은 것을 배웠다. 비록 이곳은 내게 많은 것을 익히게 해준 학교지만, 사랑하는 사람들은 그 누구도 초대하고 싶지 않은 이상한 학교이다. 이상한 학교의 학생으로 살아온 지 9개월째다.

추석을 며칠 앞두고 있을 때, 상현이 밥을 먹다가 묻는다.
"추석 때 올라가세요?"
"아니, 안 가려고……."

상현이 혼잣말처럼 탄식을 내뱉는다.

"아, 진짜, 추석에도 이렇게 있어야 하나……."

내가 짓궂게 묻는다.

"여기 아니고 밖에 있으면 더 즐거울까?"

상현이 기분 좋아진 얼굴로 받는다.

"아, 이런 질문 좋아. 맞아 맞아! 아닌 것 같아. 좀 전에 밖에 있었으면 지금쯤 뭐 하고 있었을까 생각해봤더니, 백화점이나 마트에서 소고기 사고 있었을 것 같아. 이거 저거 사러 왔다 갔다 하고 있었겠지."

우리가 돌아가고픈 세상, 우리에게 정말 부러운 삶은 어떤 삶일까. 2주 전 서울 집에 다녀오러 기차역으로 향하는 차 안에서 창밖을 보고 있을 때였다. 가벼운 평상복 차림으로 버스 정류장에 서 있는 여자들, 거리를 걸어 다니는 여자들이 보였다. 내가 벗어두고 나온 삶이 거기 있었다. 적어도 암 진단을 받지는 않았을 그들, 암을 계기로 내가 벗어버리게 된 그 삶을 여전히 살고 있는 그들, 그들의 무표정이 나를 스쳐가고 있었다. 어떤 연유인지는 모르겠지만 내가 돌아가고픈 삶은 적어도 그 삶이 아니라는 사실이 명징해지는 순간이었다.

간혹 서울에서 일을 보고 내려와 신경주역에 내릴 때면 알 수 없는 안도감이 밤바람과 함께 훅 끼쳐온다. 저 밝고 환하고 활기찬 도시에서 멀어져 이 외딴 산속에 나를 숨길 수 있는 방이 어둠 속에서 나를 기다리고 있다는 것이 다행스러울 때가 있다.

그 방을 향해 택시를 타고 산길을 굽이굽이 돌아 올라올 때면 세상으로부터 아스라이 멀어지는 느낌이 든다. 그 방은, 베네딕타 워드의 용어를 빌리자면, '우리 내부의 궁극적 장벽, 곧 우리가 사랑할 수도 없고 사랑받을 수도 없다는 깊고 차가운 확신'을 녹아내리게 하는 눈물이 필요할 때 내가 온전히 숨을 수 있는 장소가 되어준 곳이다. 언제쯤이면 이곳을 떠날 용기를 가질 수 있을까. 가끔 거울 속의 나를 들여다본다. 아직도⋯⋯ 눈가에 가시지 않은 두려움이 보인다.

낫게 된다면, 어떤 삶을 살고 싶은가, 생각해보려 하면 언젠가부터 스르르 떠오르는 여자아이가 하나 있다. 20대 후반 혹은 그보다 좀 더 어릴까 말까. 살이 좀 붙은 여자아이는 후줄근한 하늘색 후드티에 빛바랜 청바지를 입고 무표정한 얼굴로 담배를 태우고 있다. 서퍼들이 즐겨 찾는 바닷가 마을, 마을 토박이인 듯싶은 여자아이는 때때로 서핑을 하며 파도에 몸을 맡긴다. 때론 자리를 비운 누군가의 담배 가게를 봐주며 담배를 팔고 있다. 온몸에 불필요한 힘과 긴장이 들어가지 않은 느슨한 움직임에 차분한 눈길. 이상하게도 웃는 모습은 좀체 떠오르지 않지만, 언제나 자신도 모르게 주먹을 쥐고 있는 모습은 없다. 누군가를 만나 이야기할 때도 테이블 밑에서 두 손가락 끝으로 끊임없이 도형을 그려대는 모습은 없다. 다행이다.

가위바위보

이
혜
재

이
혜
재

1982년생. 한국예술종합학교 영상원에서
다큐멘터리를 전공했다. 글을 쓰고, 책을 만든다.

1.

혀를 닦는다.

뭉툭하면서도 길고, 허옇게 뭔가 들러붙은 나의 붉은 혀를 닦는다.

한 번, 두 번, 천천히 혓바닥을 쓸어내린다. 그러나 설태는 깨끗하게 사라지질 않는다. 하나, 둘, 셋, 넷, 다서여서일고…… 여덟, 칫솔로 좀 더 싹싹 혀를 닦는다. 하얀 설태는 농도가 옅어질 뿐 그대로다. 이제 나는 목구멍 깊숙이 칫솔을 밀어 넣는다. 구토라도 할 듯 토악질 소리를 내야 양치를 제대로 마무리하는 기분이다.

때로 한 번으로는 아쉬워 다시 칫솔을 입안 깊이 집어넣는다.

이때 조심해야 할 점은 두 가지인데 하나는 자칫 손목에 힘이 들어가면 정말 토가 나온다는 것이고, 둘째는 소리를 내뱉음과 동시에 오줌이 찔끔 흘러 팬티를 적신다는 것이다. 어느 쪽이든 기분이 상쾌하지 않지만 나는 팬티가 젖는 쪽이 더 찝찝하다. 갑작스러운 통증으로 오줌을 지릴 만큼 놀란 거라면 무난할 텐데 아무래도 아이를 낳고 넓어진 질의 수축과 이완이 원만하지 않다는 신호 같아서다. 아이 둘을 낳고 나니 줄넘기할 때도 오줌이 새어 나온다는 팀장의 이야기가 떠올라, 똥꼬에 힘을 바짝 주고 허리를 편다.

엄마는 치카치카 하면서 토해요, 우아아악 괴물 소리 내요. 아들 녀석이 심이 다 빠진 로보카 폴리 색연필을 손에 쥐고 시어머니 앞에서 이 닦는 시늉을 한다. 윗니 아랫니 치카치카, 구석구석 닦아요, 우리 모두 이 닦기 대장, 하루 세 번 밥 먹고 나서, 우아아아악 퉤에엑! 우악스럽게 흉내 내는 아이에게 기특하다고 칭찬할 수는 없고 그런 걸 왜 따라 하느냐고 혼내기도 뭐해 욕실 앞에 어정쩡하게 서 있는데, 시어머니가 아이 엉덩이를 토닥이며 가엾다는 투로 말한다. 에구에구 우리 강아지, 좋은 걸 보고 배워야지 원……. 시어머니는 고개를 힐끗 돌려 나를 바라본다. 아이들은 나쁜 것부터 익히기 마련이야. 일하느라 바빠도…… 아이가 우선이어야지.

저더러 어쩌라고요, 혀끝에 맴도는 말을 요리조리 굴리며 나는 힘없이 웃어 보인다.

세 돌이 지나면서 아이 스스로 해나가는 것들이 늘어간다. 손

이혜재

씻고 세수하고 이 닦고 신발 신는 모습이 제법 그럴듯한데, 아이의 행동에서 별안간 내 모습이 스칠 때가 있다. 아이가 엄마 닮는 거야 당연하지만 뭘 해도 특유의 조심성과 예민함이 도드라지는 아이이기에, 혀를 쭉 내밀고 토악질하는 모습이 혹시라도 남들 눈에는 일하는 엄마로부터 비롯되는 애정 결핍이나 불안 같은 이상 증상으로 비칠까 봐 염려된다. 아이는 집 안에서 무방비 상태로 풀어지는 나를 유독 잘 기억한다. 양치하는 것 말고도 바지를 벗어 가랑이 사이 냄새를 맡는다거나 어금니에 낀 시금치를 악착같이 뽑아내거나 코딱지를 파서 소파 옆에 문지르고 발가락을 후빈다거나 남편의 옷가지를 바닥에 내던지고 나지막이 욕설을 내뱉는 행동들.

아이를 위해 너저분한 습관들을 고칠 필요가 있겠지만 습관을 바꾸는 건 그 다짐 자체 말고 쉬운 게 없다. 한 사람 생을 통틀어 타인의 영향력이 얼마큼 작용하는지 문득 궁금해진다. 상대가 어떤 사람이냐에 따라 그 크기와 정도가 달라지겠지만 귀가 얇고 주관이 뚜렷하지 않은 나라는 인간은 선망과 부러움, 질투, 시기, 눈치 같은 것이 끝없이 얽히고설켜 이루어졌다. 이를 아이가 닮는다면 색연필로 혓바닥을 닦고 아무 데서 코딱지 파는 것보다 심각한 일이다. 그러니 습관을 바꾸기 전에 성격부터 고쳐야겠다고 생각하다가 고개를 내젓는다. 마음에 들지 않는 게 어디 한두 가지여야지.

그러지 말고……. 시댁에서 집으로 돌아오는 차 안에서 남편이 낮게 운을 뗀다. 그러지 말고 좋게 생각하자. 갑자기 무슨 소리야? 내가 묻는다. 알면서 왜 또 그래. 내가 뭘? 나는 다시 묻는다. 얼마 전까지만 해도 팀장 괜찮은 사람이라며……. 남편의 말에 별다른 대꾸를 않는다.

일요일 저녁, 서울에 들어서는 길엔 차가 많다. 잠든 아이의 이마를 쓰다듬다가 창문을 내린다. 늦여름 저녁 공기는 농도가 짙지만 간간이 불어오는 바람에 가을이 와닿는 느낌이다. '웰컴 투 서울'. 반대로 고개를 돌리면 '굿바이 서울'. 시작이자 끝이기도 한 경계선, 그 밖으로 밀려나지 않기 위해 집들은 오밀조밀 붙어 제자리를 버티고 섰다. 서울은 그 이름에 위배되는 그림자를 지워내려는 듯 오래되고, 칙칙하고, 색 바랜 많은 것을 끊임없이 부수고 있다. 출근길에 본 어떤 건물이 퇴근길에 흔적 없이 사라져 쾨쾨한 먼지와 콘크리트 조각과 쓰레기가 나뒹구는 공터로 바뀐다. 그 옆 건물들도 차례차례 무너져 일주일 새 한 동네가 없어지기도 한다. 그런 날엔 좁은 골목들을 지나 집에 다다라, 아직 낙오하지 않은 현실을 안도할 뿐이다. 이렇게 견뎌내며 한 발씩 내디디면 언젠가 중심에 다가가리라는 희망이 유효한 걸까. 아니면 서서히 밀려나 감쪽같이 사라지게 될까. 후유, 한숨을 쉬자 남편이 백미러로 힐긋거린다.

계속 볼 사이인데…… 잘 지내면 좋잖아. 그렇게 말하면서 남편이 부드럽게 브레이크를 밟아 횡단보도 앞에 멈춘다. 내가 회사 때려치울까 봐 걱정돼? 그런 말이 아니잖아……. 당신 말 질질 끄는 버릇, 그거 어머님하고 똑같은 거 알지? 너 정말……. 신호가 바뀌고, 남편은 입을 꾹 다문 채 천천히 속도를 낸다. 앞차와 적당한 거리를 유지하고, 되도록 클랙슨을 울리지 않으며 시속 70킬로미터를 넘지 않는 운전 방식은 남편의 일면이자 모든 것이다. 언제나 신중하게, 갈등과 다툼은 자제하며, 과한 욕심은 금물. 새치가 듬성듬성한 남편의 뒤통수를 보고 있자니 멀미가 일어 시선을 돌린다. 강 건너 높게 들어선 건물들이 서로 다투듯 LED 조명을 번뜩거리며 쏘아대고 있다. 저기 저 주상복합 보여? 팀장이 저기 살아. 전세로 살다 이번에 집을 샀대, 에취! 간질간질 바람이 코끝에 닿아 재채기가 난다. 아무래도 이상해. 나는 침 묻은 손바닥을 옷에 닦으며 인상을 찌푸린다. 재채기와 동시에 찔끔, 오줌이 또 새어 나온 것이다. 혹시 피가 흘렀나 싶지만 그건 이보다 더 진득한 느낌이고, 무엇보다 생리는 지난주에 끝났다. 진짜 이상해. 그 말을 들었는지 남편이 주상복합 건물을 한번 쳐다보고는 중얼거린다. 너도 참…… 이상한 것도 많다. 그 말을 참을 수 없어 나는 큰소리를 내고 만다. 뭐? 당신이 뭘 안다고 그래?

남편이 대답 대신 라디오 볼륨을 키운다. 나는 깜빡 잊고 있었다는 듯 아이를 토닥인다. 흘러간 가요를 들으며, 까끌까끌한 마음을 닦아내듯 윗니 아랫니 사이로 혀를 쓸어내린다.

2.

D출판사 디자인 개정 작업은 작년에 마무리된 거 아닙니까?

팀장 자리로 걸려온 전화를 당겨 받자 재무부장이 평소보다 날 선 목소리로 말을 내뱉는다.

최 팀장은 또 자리에 없나 보죠? 언제 들어옵니까?

잘 모르겠어요.

나는 괜히 기가 죽어 조심스럽게 답한다.

작년 일이라면, 제가 입사 전이라 그것도 잘……. 메모 남겨 놓을게요.

무슨 진행비가 자꾸 이렇게 오버되는지, 원. 일단 알겠습니다.

전화를 끊고, 재무부장의 말 속에서 '또'와 '자꾸'를 건져내 가까이 들여다본다. 작업비 정산이 왜 아직도 이루어지지 않느냐는 일러스트레이터에 이어 제작비 세금계산서가 누락된 것 같다는 인쇄소와 방금 재무부장까지, 팀장을 찾는 전화를 한 시간 동안 세 통이나 받은 것이다.

일정한 시간마다 팀장이 자리를 비운다는 걸 안 지 열흘째다. 오후 3시에서 4시쯤. 눈꺼풀이 무거워지는데 믹스커피를 한 잔 더 마시기엔 입안이 텁텁한 시간. 검색어 순위와 어젯밤 텔레비전 하이라이트도 벌써 다 확인해 마우스를 클릭하기조차 귀찮고 피곤해진다. 이런 나른함과 겨뤄보겠다는 듯 전화로 시답잖은 문의와 요청이 들어오거나 택배가 속속들이 도착하고 때로 녹즙 판매원이 찾아와 손바닥만 한 샘플 팩에 빨대를 꽂아 내민다. 크고 작은 소리들과 그 사이를 삐져나오는 하품이 끊이지 않는 가운데, 누구든 맡아도 상관없는 잡무가 회의 테이블에서 고요히 기다리고 있다는 게 실은 가장 중요하다. 모른 척하고

이혜재

싶어 다들 하나같이 책상 앞에 코를 박고 있기에 팀장의 부재를 인식할 틈이 없었을 테다.

자, 얽히고설킨 소음을 걷어내고 자 이제, 하고 내가 먼저 자리에서 일어나 기지개를 켠다. 하나둘 직원들이 엉덩이를 반 정도 의자에서 떼어 파티션 위로 얼굴을 내민다. 슬쩍 나를 쳐다보고, 저들끼리 한번 마주 보고는 어쩔 수 없다는 표정으로 테이블 앞에 모인다. 그러고는 각자 앞에 놓인 머그잔과 소이캔들, 디퓨저, 비누를 분류해 상자에 넣고 포장하기 시작한다.

공기업 자료집이나 정기 간행물, 대기업 사보, 단행본 같은 출판 디자인을 주로 하는 회사지만 그것만으로 매출 손익을 따지는 게 쉽지 않아졌다고 했다. 2년 전 대표이사는 세컨드 사업을 구상했고 그때 스카우트한 인물이 바로 지금의 팀장이다. 팀장은 출판계에서 실력 있는 디자이너로 손재주가 뛰어나기로 유명하다. 출산휴직 기간에 취미로 만들기 시작한 수제 비누와 캔들, 디퓨저가 블로그와 육아 카페를 통해 입소문 나면서 결혼 및 돌잔치 답례품, 어린이집 선물로 적지 않은 판매 수입을 올렸다고 한다. 대표이사가 복직을 앞둔 팀장에게 회사 내 독립된 브랜드 사업을 꾸려보지 않겠느냐고 제안해, 팀장은 현재 디자인팀을 총괄하면서 라이프스타일 사업팀도 맡고 있다.

기대가 아주 많아요. 출근 첫날 나를 향해 미소 짓던 팀장의 모습을 기억한다. 조금 분주하고 들떠 보였지만, 피로와 무기력에 절어 있는 상사 유형보다는 나아 보여 기대를 하게 했는데 이제 모든 것은 과거형에 지나지 않는다. 라이프스타일 사업 매출은 대표이사가 목표한 수준에 한참 미치지 못해 팀장의 고심이 이만저만이 아니다. 머그잔에 특별한 문구나 이름을 새겨주는 '단 하나뿐인 나만의 컵' 제작으로 단체 주문이 간간이 이어지지만 전체적으로 적자를 면치 못하고 있다. 이래저래 걱정이에요, 생각보다 상황이 좋지 않네요. 얼마 전부터 팀장은 회의 때마다 나를 곁눈질하면서 그런 말을 꺼낸다. 너무 기대가 컸나 봐요. 왠지 사업만을 의미하는 말 같지 않아 나도 모르게 얼굴이 달아오른다.

꼭 그래서는 아니고 어쩌다 보니 내가 택배 포장 업무를 도맡고 있다. 누군가는 해야 할 일인데 아무도 하지 않는 모습을 이상하게 생각하다가 일을 지시하고 이끄는 사람, 팀장이 없음을 알았다. 번거로워질까 봐 혼자 해보려고도 했으나 물량이 적을지라도 상자에 담을 물건과 주문서를 일일이 확인하고 제품 카탈로그와 샘플까지 넣은 뒤 테이프로 입구를 봉하고 택배 용지를 붙이려면 제법 오래 걸리기에, 팀원들에게 시간이 되냐고 물어봤을 뿐이다. 팀장이 벌인 일인데 어째 팀원들은 점점 내 눈치를 본다. 나는 상자에 택배 용지를 붙이면서 맞은편에 선 최 대리와 임 대리에게 문득 생각났다는 듯 묻는다.

혹시 팀장님 외부 미팅 다녀온다는 얘기 들었나요?

음…… 글쎄요, 과장님.

최와 임이 머뭇대는 동안 1년 전 인턴으로 입사해 지지난달 정직원이 된 김효주가 입을 연다.

팀장님이신데, 저희에게 그런 걸 일일이 보고하시겠어요? 워

이혜재

낙 바쁘고 일이 많으시잖아요.

특유의 명랑한 목소리가 귀에 거슬리지만 나는 미소를 짓고서 아, 하고 다시 질문을 건넨다.

D출판사 개정 작업은 누가 담당했나요?

효주가 어깨를 으쓱해 보이고는 택배 작업에 몰두한다. 나는 효주를 흘깃 쳐다보고 최와 임을 향해 얼굴을 가까이 내민다.

아까 재무부장님한테 작업비 정산 어쩌고 하면서 전화가 왔더라고요.

최는 갑자기 고민 많은 얼굴이 되고, 임이 한참 입을 오물거리다 말한다.

과장님 전임자가 진행했는데요. 작업 도중에 퇴사해서 팀장님이 마무리하셨어요. 거기까지밖에 모르겠는데…….

그렇게 얘기하면서 임이 최를 향해 맞지? 맞지? 동의를 구한다. 최는 임과 나를 번갈아 보며 고개를 끄덕인다. 그 모습이 무척이나 신경 쓰이지만 나는 일부러 크게 숨을 내쉰다.

아유, 별일도 아닌 것 같은데 부장님도 참. 잔뜩 겁이나 주고.

최와 임의 입가에 그제야 살짝 웃음이 어린다.

네, 팀장님이 잘 알아서 하셨겠죠. 근데 과장님, 시안 작업 마무리하셨어요?

최가 별안간 나를 향해 묻는다.

팀장님이 진행 상황 궁금해하시던데.

이번엔 내가 최와 임을 번갈아 보며 눈치를 살핀다.

과장님 전임자는 손이 엄청 빨랐거든요. 말하자면 빈틈없는 분이셨어요. 저희가 그 방식에 익숙해져서요.

최가 말하는 사이 효주는 코를 찡긋거리며 심각한 표정을 짓는다.

근데 요즘 사무실에서 이상한 냄새 나지 않아요?

무슨 소리인가 싶어 눈을 크게 떠 보이자 효주가 킁킁거리며 사무실 안을 둘러본다.

어디서 지린내 같은 거 안 나요? 오후 되면 더 심해져요.

그 말을 듣고 최와 임이 뒤따라 주위를 기웃기웃한다. 최와 임과 효주가 코를 킁킁대자, 괜스레 머리털이 곤두서는 기분이다.

효주 씨 자리가 화장실이랑 가까워서 그런가?

임의 말에 효주가 고개를 끄덕인다.

아무래도 그런 것 같죠? 팀장님께 자리 좀 옮겨달라고 할까 봐요.

그러고 나서 효주와 최와 임은 상자를 하나씩 들어 옮겨 입구 쪽에 쌓아놓고 자리로 돌아간다. 토독, 토도독, 토도도독. 타닥, 타다닥, 타다다닥, 투둑, 투두둑. 투두두둑. 이쪽저쪽 세 사람의 파티션 사이를 오가는 키보드 소리. 나는 잘게 이어지는 그 소리를 놓치지 않지만 아무것도 들리지 않는 양 태연한 표정으로 자리에 앉는다. 고개를 수그리고 치마 안쪽에 손을 넣어 아랫부분을 재빨리 만져본다. 휴, 혹시나.

3.

브래지어를 벗는다.

바짝 끌어 올린 젖과 젖 사이로 땀이 차 있다.

아이 낳고 젖을 물리면서 꼭지 주위가 시커메졌다. 가슴이 한참 아래로 처진 지도 오래다. 밥그릇을 소복이 엎어놓은 듯 가슴이 참 예쁘다는 말을 누가 했더라, 남편이었던가. 이 맛있는 알사탕을 종일 빨고 싶다고 말했던가. 픽, 실없는 웃음이 새어나온다. 나는 손바닥으로 가슴골을 쓱 닦아 냄새를 맡고 허벅지에 비벼댄다.

엄마 뭐 해? 언제 왔는지 아이가 나를 빤히 처다보고 있다. 옷 갈아입지. 근데 왜 냄새를 맡아? 더러워서 그래? 나는 옷을 입다 말고 아이를 내려다본다. 천진한 얼굴 가득 궁금한 것투성이. 아이는 알고 싶은 게 많을 뿐이다. 그걸 알면서도 괜스레 짜증이 난다. 더럽다니, 누가 그런 나쁜 말을 해! 언성을 높이자 아이가 어깨를 움찔거린다. 엄마가 그랬는데…… 저번에 할머니 보고 그랬는데……. 그 말에 나는 흠칫 놀라고 만다. 너, 그렇게 질질 끌면서 말하지 말랬지! 바보 같다고 했지! 아이는 결국 금방이라도 울음이 터질 것 같은 얼굴이 된다. 미안, 엄마. 잘못했어요.

네가 왜……. 그제야 후회가 밀려오는데 마음 한편으로는 승리감이 옅게 스며든다. 넌 아직 나를 이길 수 없어. 그 마음을 인정하면서 동시에 부정하기 위해 나는 머리를 흔든다. 아니야,

율아. 힘주어 아이를 껴안고 스스로에게 주문을 걸듯 읊조린다. 미안. 엄마가 미안. 놀란 눈을 끔뻑이던 아이가 금세 해맑게 묻는다. 엄마, 나랑 같이 놀자! 응. 병원놀이 하자! 그러자. 정말? 술래잡기랑 숨바꼭질도? 그럼, 그럼. 우리 가위바위보부터 하자, 엄마! 그전에 엄마 손만 좀 씻고 나올게. 싫어, 화장실에 오래 있을 거잖아. 아냐 잠깐이면 돼. 아빠 곧 오신다니까 블록놀이 하고 있어.

　아이 등을 억지로 떠밀고, 도망치듯 화장실에 들어간다. 손만 닦아서는 영 개운하지 않아 팬티를 벗고 샤워기를 튼다. 칫솔 가득 치약을 짜고 흐르는 물에 양치를 한다. 침과 뒤섞인 허연 거품이 주르르 몸 아래로 흘러내린다. 목 깊숙이 혀를 닦자 아랫배에 힘이 들어갔다 풀린다. 이참에 나는 아예 서서 오줌을 싼다. 치약 거품과 누런 오줌과 샤워기 물줄기가 한데 섞여 발밑으로 빠져나간다. 열 살 때였나, 외갓집에서 여름방학을 보낸 적이 있다. 할아버지는 매일 아침 점심 저녁 식후 3분 이내에 꼬박꼬박 이를 닦았다. 윗니 아랫니 어금니 금니 이를 닦은 뒤 할아버지는 마치 집 앞마당을 쓸 듯 정갈한 자세로 혀를 닦았다. 구취의 원인은 바로 여기, 혀에 다 있단다. 허연 거 보이냐? 이걸 잘 닦아야 해. 구린내 나는 사람이 되지 않으려면 자고로 혀를 중시해야 한다. 마음과 말의 중심 아니겠냐. 할아버지는 그러고 나서 카악 침을 뱉으며 양치를 마무리했다. 구린내 나는 사람이 되지 않으려면 더 공을 들여야 하는데 자꾸 아이가 불러댄다. 샤워기를 끄고 서둘러 몸을 닦는다.

이혜재

야근이 잦은 남편은 아직 오지 않고, 작은방에 아이와 누워 자장가를 부른다. 자장자장 우리 아기 자장자장 잘도 잔다 자장자장 우리 아기 자장자장 잘도 잔다. 아이는 내 손가락을 하나하나 만지작거리며 노래를 흥얼댄다. 블라인드 틈새로 들어오는 가로등 불빛이 아이의 미소를 발견해내곤 한동안 곁에 머무른다. 엄마, 우리 비행기 노래도 부르자, 떴다 떴다 비행기 날아라 날아라 높이높이 날아라 우리 비행기…….

나는 입안에 물고 있던 하품을 뱉으며 휴대전화를 확인한다. 9시 45분. 아이를 재우고 나서 믹스커피를 한 잔 마신 뒤 반찬 만들고, 도시락 싸고, 다음 날 어린이집에 보낼 식판과 알림장을 챙기고, 라디오 들으며 디자인 시안을 마무리할 계획인데 마음과 다르게 눈꺼풀이 내려앉는다. 이러다 잠들기 전에 아이를 먼저 재워야 한다. 그렇지 않으면 이번 주까지 제출할 디자인 시안은 지난달 작업한 팸플릿에서 탈락한 후보 중 아무래도 아쉬웠던 두 개 정도를 교묘하게 뒤섞어 바꾼 결과물이 될 것이다. 글쎄 뭐라고 피드백을 해야 할지, 설마 이게 전부는 아니죠? 팀장의 목소리를 떠올리자 절로 눈이 부릅떠진다.

율아, 저기 창밖에 가로등 보이지? 빨리 안 자면 저 가로등이 괴물로 변한대. 괴물은 어흥 어흥, 무섭잖아. 엄마, 어흥은 괴물 아니고 호랑이야, 난 호랑이 안 무서워. 그럼 율아, 가위바위보 하자. 가위바위보? 응, 엄마가 이기면 자야 해, 괴물 오니까. 내가 이기면? 엄마가 괴물 혼내줄게. 싫어, 그거 말고. 내일 장난감 자동차 사 올게. 그거 말고. 그럼…… 회사 가지 말까? 우아

신난다!

　가위-바위-보!

　아이가 주먹을 쭉 뻗어 보인다. 아이의 패는 의심할 여지가
없다. 아직 게임 규칙을 모르면서, 놀이하듯 내지르는 환호와
탄성이 재미있을 뿐이다. 엄마가 이겼네. 내 말에 아이가 시무
룩해진다. 봐, 율아. 보자기 할 때 보. 엄마가 보를 내면 주먹이
지는 거야. 엄마, 한 번만 더 하자. 안 돼, 이제 자야지. 율아, 저
기 괴물 온다!

4.

　최 팀장, A그룹 사보 진행비가 왜 이중 처리된 겁니까?

　이제 막 출근한 아침 시간, 재무부장이 저벅저벅 우리 팀으로
걸어오더니 팀장에게 묻는다.

　최와 임이 팀장을 본다. 효주가 팀장을 본다. 팀장은 최와 임
과 효주를 차례대로 공평하게 바라본다. 그리고 그 합을 더한
만큼의 뜨거운 시선을 내게 던진다.

　박 과장, 이게 어떻게 된 일이죠?

　네? 무슨 말씀이신지…….

　정말 몰라요?

　고문관 얼굴을 마주한다면 이와 같을까. 팀장은 입가에 미소
를 띠고 있지만 눈빛은 아무 감정도 담지 않은 듯 차갑다. 고개

이혜재

를 갸웃거리는 팀장에 이어 효주와 최와 임까지, 모두들 정말 궁금하다는 표정으로 나를 본다. 범인이든 아니든 서둘러 용의자를 세워놓고 자신은 아무 상관 없음을 증명하기 바쁜 얼굴들. 두 손을 뒤로 숨기고 어떠한 패도 내보이지 않은 채 말없이 더 많은 말을 건네는 이들. 팀장과 공범인 걸까, 숨이 막혀온다. 여러 경우의 수를 헤아리다가 나는 팀장님, 하고 말문을 뗀다. 조용한 사무실 분위기가 더욱더 가라앉는다.

그 일은 효주 씨에게 시키지 않으셨어요? 그러다 지난주 회의 때 팀장님이 직접 마무리하고 정산하겠다고 말씀하셨고요.

쿵쾅대는 가슴을 다독이며 주위를 살핀다. 임이 머리를 긁적인다. 최가 재무부장 눈치를 살핀다. 효주가 어깨를 으쓱해 보인다.

다 같이 들은 것 같은데, 왜 저만 기억하는지…….

나는 작지만, 누구라도 들을 수 있을 정도의 목소리로 웅얼거린다.

팀장이 일그러진 입가를 손등으로 감추고 어머 어떡해, 목소리를 높인다.

죄송해요 부장님. 깜박하고 전표를 두 번 처리했나 봐. 박 과장한테 일을 맡기면 마음이 안 놓여서…….

팀장이 재무부장에게 머리를 조아린다.

다 제 잘못이에요. 앞으로 실수 없도록 할게요.

그리고 나서 팀장은 재무부장에게 살포시 기댄다. 우리 오늘 저녁에 회식할까요, 다정하게 묻는다. 재무부장이 별 반응을 보이지 않자 내 쪽으로 고개를 돌린다.

부장님, 어머머, 박 과장 저 눈빛 좀 봐요.

어깨를 부르르 떨며 팀장이 호들갑스레 말한다.

무서워라. 저러니 내가 뭘 시킬 수나 있겠어요? 일이라도 잘 하면……. 에이, 말을 말아야지.

팀장의 말을 듣고 재무부장이 나를 쳐다본다. 최와 임과 효주도 나를 본다. 얼굴에 찌르르 전기가 오르는 느낌이다. 온몸에 열이 뜨겁게 오르는 것 같더니 불현듯 차갑게 얼어붙는 기분이다. 아무래도 입안이 텁텁해 당장 화장실에 가고 싶어진다.

5층 전체를 통틀어 공용화장실은 단 한 곳. 근무하는 여직원이 스무 명은 족히 넘을 텐데도 이렇다. 세면대 두 개에 변기는한 개뿐. 알 수 없는 상호와 문패를 매달고 다다닥 붙어 선 사무실 사람들은 인사도 나누지 않지만 나는 누가 어떤 고충을 갖고 사는지 대강 짐작한다. 하루에도 몇 번씩 화장실에 와서 상사 험담을 늘어놓고 가는 여자, 두 명의 남자와 번갈아 통화하면서 5시 반마다 공들여 화장을 고치는 여자, 대출 가능 한도가 얼마큼인지 저축은행에 물어보는 여자, 자주 훌쩍이는 여자. 그중나는 오래 양치하는 여자다. 치약을 짜다가 거울을 바라본다. 내가 어쩌다……. 더 나은 환경이 넘쳐나지만 나는 번번이 그런곳엘 가지 못했다. 결혼하지 않은 친구나 유학이든 연수든 외국경험 있는 후배에게 최종 합격 소식이 전해졌다.

너보다 운이 쪼끔 더 좋았을 뿐이지, 뭐. 그래도 너는 결혼해서 아이도 있고, 걱정할 게 뭐 있니.

이혜재

혀를 쭉 내밀고 허옇게 들러붙은 설태를 살핀다. 나는 결혼했고, 아이를 낳았다. 원하는 회사는 아니지만 다시 일도 시작했다. 그럼에도 뭐가 걱정이냐고? 모든 게 걱정이다. 결혼을 해서, 아이를 낳아서, 다시 일을 시작해서 말이다. 갈수록 마음에 들지 않는 남편을 참아내야 하고, 출산 뒤 엉망이 되어버린 몸을 받아들여야 하고, 어린아이를 키우면서 계속 일도 해야 한다. 늘 시간에 허덕여 일도 집안일도 육아도 뭐 하나 제대로 되는 게 없다. 직원 복지를 위해 근무 환경을 개선하는 몇몇 기업의 사례를 뉴스에서 볼 때마다 나는 사진에 코를 박고 아는 얼굴이 있는지부터 살핀다. 워킹맘들을 위해 금요일마다 격주로 단축 근무를 한다거나 사내 어린이집에 이어 도서관이 마련된다는 기사들은 카피만 봐도 속이 쓰리다. 두 팔 벌려 활짝 웃는 여자들 중 하나를 오려내 그 자리에 나를 대신하는 상상도 수차례다. 퉤, 거품을 뱉어내고 혀를 닦으려는데 화장실 문이 벌컥 열린다. 깜짝 놀란 나머지 오줌이 질금 새어 나온다.

박 과장, 계속 여기 있었어?

볼일을 보고 나온 팀장이 옆 세면대에서 손을 닦으며 나를 흘깃댄다. 축축해진 팬티가 신경 쓰여 귓불이 뜨거워진다. 혀를 내밀기도 어쩐지 어색해 입을 오, 하고 작게 벌린다. 칫솔로 조심조심 혀를 쓸고 오물오물 입을 헹군다.

박 과장, 자기는 어쩜, 뭘 해도…….

팀장은 나를 위아래로 훑다가 아무것도 아니라는 듯 손을 내젓는다.

아직 배울 게 많지? 우리 회사만 놓고 보면 한참 막내잖아.

나는 휴지로 입가를 닦으며 네 뭐, 하고 애써 대답한다.

자기는 보기랑 참 많이 다르더라.

팀장이 물기 어린 손을 털며 한숨을 내쉰다.

박 과장, 우리 좀 편하게 살자. 사람이 어떻게 이기려고만 들어?

팀장이 나를 향해 찡긋 눈을 감았다 뜬다.

관계를 지속하게 만드는 건 설렘이나 배려가 다가 아니다. 조금이라도 빨리 자신의 솔직한 모습을 드러내거나 그 반대로 최대한 감추어야 한다. 나는 팀장을 신뢰하지 않지만 누구보다 믿음직한 미소를 지어야만 한다. 밀고, 당기고, 이기고, 지고, 비기면서 끊임없이 내기를 하는 중이다. 그러니 주먹과 가위와 보 사이에서 서로를 가늠하고 패를 들켜서는 안 된다. 매 순간 관계의 우위를 점하는 일투성이지만 아무것도 모르는 듯 열연해야 한다. 뻔히 알아챌 적의와 비난을 감추는 대신 거짓된 웃음소리를 키워야 한다.

잘 알면서도, 나는 번번이 실패해왔다.

박 과장, 우리 잘 지내봐요.

백열등 아래에서 팀장의 얼굴 곳곳 얼룩진 기미와 거무튀튀한 다크서클이 도드라진다. 어머, 사장님, 하고 휴대전화를 받으며 팀장이 화장실을 나간다.

이혜재

5.

웬 커다란 쇼핑 봉투가 책상에 놓여 있다.

뭘까 싶어 열어보니 잠바, 모자, 목도리, 멜빵바지, 크레파스, 장난감, 입다 만 내복까지 이것저것 담겨 있다. 팀장이 다가와 결재판을 건네주곤 쇼핑 봉투를 가리킨다.

아침에 준다는 게 정신이 없었지 뭐야. 우리 아들 입던 옷들이랑 장난감이에요. 워낙 비싼 브랜드라 그냥 버리기엔 아까워서……. 한 철 입힌다 생각하고 부담 없이 가져요.

팀장이 대수롭지 않다는 듯 말한다.

토도독, 토도도독, 타다닥, 타다다닥, 투둑, 투두두둑. 최와임과 효주의 파티션 사이를 오가는 키보드 소리가 들려온다. 셋 중 하나가 픽 하고 자잘한 웃음을 터뜨린다. 큭큭, 다른 누가 웃으니 또 다른 누가 웃음을 참으려는 듯 흠흠, 애써 헛기침을 한다. 귓가에 맴도는 그 소리들이 어지럽게 뒤섞인다. 목구멍 가득 뭔가 차오르는 느낌이 든다. 그러나 침을 꿀꺽 삼키고 힘주어 팀장에게 미소 짓는다.

더는 실패하지 않아야 한다.

고맙습니다.

오늘따라 집으로 올라가는 골목길이 힘에 부친다. 계단 난간을 붙잡을까 싶지만 손바닥에서 쇳내 나는 게 싫어 다리에 힘을 싣는다. 이렇게 한 계단씩 밟아가다 보면 조금 나아질까. 적금을 하나 더 들고, 좀 더 대출받아 집을 옮기고, 언덕 없는 동네에 살 수 있을까. 아니 그전에 짧게 여행이라도 다녀오자고 남편에게 얘기해볼까. 비행기를 진짜 타게 된다면 아이가 무척 좋아할 테지. 떴다 떴다 비행기 날아라 날아라.

엄마, 그거 뭐야? 내 거야?

아이가 졸졸 뒤를 따라다니며 묻는다. 궁금해? 나는 옷을 벗어 던지며 입을 연다. 고개를 끄덕이는 아이에게 시큰둥하게 답한다. 별것 아니야. 로봇이야? 아니. 그럼 자동차야? 공룡이야? 아니라니까! 또 아이에게 화를 내고 만다. 아이가 멈칫하고는 한 발 뒤로 물러난다. 율아……. 나는 숨을 내쉬고, 최선을 다해 아이를 바라본다. 율아, 뭔지 한번 알아맞혀봐. 곰곰 생각에 잠긴 아이에게 게임을 청한다. 우리 가위바위보 하자. 그 말에 아이가 두 눈을 반짝거린다. 가위바위보? 응. 율이가 이기면 저거 다 가져도 돼. 엄마가 이기면? 그럼 다 엄마 것.

자, 가위-바위-보!

아이가 검지와 중지로 V 자를 그리며 폴짝이고 있다. 나는 휘둥그레져 아이를 본다. 야호! 내가 가위 냈으니까, 이겼지? 엄마는 맨날 보자기 보만 내잖아. 아이는 메롱, 혀를 쏙 내밀더니 쇼핑 봉투를 가로채듯 가져간다. 우아 뭐가 되게 많다! 로봇이랑 자동차다! 하나씩 꺼내 들며 아이가 종알댄다. 나는 그 모든 감탄과 환호와 탄성을 놓치지 않지만 아무 소리도 들리지 않는 양, 텅 빈 손바닥을 바라볼 뿐이다.

이혜재

파지

최
준
영

**최
준
영**

1989년 서울에서 태어났다.
서울예술대학 영화과를 졸업했다.

잔뜩 취한 오 부장이 오기 전까지도, 진철은 눈앞에서 익어가는 고기를 한 점도 먹지 않았다. 고기를 먹는다는 것이 무언의 굴복 선언처럼 느껴졌기 때문이다. 그것은 오 부장이 3분기 호황 실적을 축하하며 "위하여"를 외치기 전 덧붙인 말 때문인지도 몰랐다.

"불법 파업을 단죄합시다!"

자신을 저격하는 말이라는 것을 알면서도 진철은 꿋꿋이 잔을 들었다. 그 누구도 술잔을 맞대주지 않았지만, 진철은 안면 몰수하고 가장 크게 "건배"를 외쳤다. 시위라도 하듯이.

순간 회식 분위기가 찬물을 끼얹은 것처럼 싸해졌다. 분위기 메이커 박 대리가 재빠르게 "위, 위하여!"를 외치지 않았다면 꽤 난처해졌을 터였다. 어색했던 분위기는 어물쩍 넘어갔지만, 진철은 그사이 탄 연기를 마시는 바람에 술잔을 잡고 캑캑대고 있었다. 소주를 한입에 털어 넣으며 희뿌연 연기와 모욕감을 동시에 삼킨 진철은 계속해서 속으로 되뇌었다. '나는 잘못한 것이 없다. 나는 잘못한 것이 없다. 우리는 잘못한 것이 없다.'

진철은 회식 내내 석고상처럼 미동 없이 앉아 있었다. 술을 마시자는 사람도, 고기를 먹어보라는 사람도 없었다. 직원들 사이에는 그를 도우면 같이 낙오될지 모른다는 불안감 같은 것이 분위기 저변에 깔려 있었다. 시끌벅적한 시간 속에서 진철은 밖으로 빠져나가지 못한 불판의 남은 연기와 함께 홀로 고립됐다.

잠시 뒤, 오 부장이 비틀대며 진철 앞에 앉았다. 그는 참이슬한 병과 고춧가루 한 톨이 묻어 있는 소주잔을 턱 내려놨다. 박 대리와 김 대리는 혹시나 불똥이 튈까 봐 바지춤을 잡고 소변이 마렵다며 화장실로 피신했다. 진철은 겸허히 자세를 고쳐 앉아 말없이 소주 뚜껑을 열었다. 앉은키가 큰 오 부장은 진철을 위에서 내려다봤다. 진철은 술잔에 술을 가득 채워 연거푸 마셨다. 잠시 빈틈이 보이면 오 부장은 "에헴" 하며 추임새를 넣었다. 사람들은 못 본 척 쉬쉬했다. 진철이 술을 못한다는 걸 알고 있는 몇몇 동료들조차 고개를 돌렸다. 사람들은 서로 대화를 나누고 있었지만 모두 표면적인 대화들로서 그들의 집중과 시선은 진철과 오 부장에게로 쏠려 있었다. 진철이 소주 한 병을 비우고 나서야 오 부장은 자리에서 일어났다. 그리고 진철의 머리를 손바닥으로 툭툭 치며 "정진철, 너 인마 잘하는 놈이잖아, 할 수 있지?" 같은, 말 같지도 않은 말만 남기고 사라졌다. 한꺼번에 많은 알코올을 섭취해 시야가 흐려진 진철의 주위엔 아무도 남아 있지 않았다. 말라비틀어진 항정살 몇 점만이 불판 위에서 지글지글 타고 있었다. 식당 아주머니가 불판을 빼며 "이거 먹을 거예요?" 하고 묻더니 진철의 앞접시에 새까맣게 탄 고기를 놓고 갔다. 몸을 가누지 못해 오뚝이처럼 앞뒤로 뒤뚱거리는 모습을 보고 고개를 끄덕인 거라 착각한 것이었다. 진철은 차갑게 식어버린 고깃덩이를 초점 없는 눈으로 응시했다.

회사에서 신임을 받던 진철이 갑작스레 미운 오리 새끼로 전락한 데는 여자 친구 예서의 영향이 컸다. 예서와 진철은 산다이테크의 유일무이 사내커플이었다. 사내커플이라 함은 그 안에서 일어나는 자질구레한 일을 감내해야 한다는 뜻이기도 했지만, 실상 그 일이 일어나기 전까지 두 사람에게는 어떠한 구설도 없었다. 예서는 생산직원이고 진철은 사무직원으로 부서가 달랐기 때문이고, 서로 사용하는 층이 달라 점심시간 30분이 겹치는 것 말곤 공통분모가 없었기 때문이다. 회사에선 두 사람이 사귄다는 것은 알고 있었지만, 그것은 사실로서만 알 뿐 실체를 본 사람은 없었다. 손을 잡거나 연애를 하거나 눈빛을 주고받는, 보통 연인들이 하는 애정 행각 따위 산다이테크에서는 일어나지 않았다는 말이다. 그렇기에 사내연애를 한다는 이유만으로 한 사람의 일이 다른 사람에게까지 옮겨와 괴롭히는 것은 진철에겐 매우 당황스럽고 이겨내기 어려웠다.

1999년 밀레니엄 시대의 부푼 기대감을 업고 설립된 산다이테크는 얼마 전, 스티커, 잉크젯 라벨지 등을 만드는 생산공장을 파주에서 오산으로 옮겼다. 그 결과 10여 년을 이곳에 몸 바친 생산직원들, 5년간 손가락 휘어지게 스티커를 붙여낸 예서는 하루아침에 전근을 가야 했고, 결국 이 모든 것이 외주화를 위한 발판이라는 것을 알고 파업을 시작했다. 단풍이 낙엽으로 변질되는 계절이 되었을 때, 직원들은 파업 조끼를 입고 파주 본사 앞에 농성천막을 쳤다. 열다섯 명쯤 되는 인원이었다. 스산한 가을바람이 파고드는 천막 안은 한두 명만 자리를 떠도 냉기가 돌았다. 생산과장은 본인이 만든 견출지에 파업 참가자들의 이름을 차례로 적어 피켓에 붙였다. 그러면서도 불량품을 발견하면 "이거 유통된 거야?" 하며 혼잣말을 중얼거렸다. 실직 상태인데도 일에서 헤어나오지 못하는 생산과장을 보며 예서는 이름 모를 쓸쓸함을 느꼈다. '저 사람 인생엔 일이 전부인데, 전부를 잃어서 무척 공허하겠구나.' 예서는 본인 처지는 생각도 하지 않고 그렇게 생산과장을 안쓰럽게 바라보았다.

파업은 진행 중이었지만, 당사자들 말고는 누구도 이 파업에 관심이 없었다. 공장지대라 지나가는 사람도 없었고, 천막을 쳐다봐주는 사람도 없었다. 출퇴근 시간에 회사를 오가는 직원들 말고는 인적이 드문 곳이었다. 회사 직원들조차 시선을 거두고 모르는 체했다. 그렇게 닷새가 지나자 사람들은 의기소침해졌다. 당장 이번 달에 나갈 자잘한 생활비—보험료, 통신료, 아이들 학원비, 교통비 등—는 많은데 월급이 삭감되니 불안했다. 애초에 파업을 포기하고 오산 공장으로 옮겨간 직원들이 부럽

최준영

다는 사람도 있었다. 요새 생산직은 이렇다더라, 사내 하청이
아닌 곳이 없다, 같은 말을 들으면 본인들이 하고 있는 싸움이
달걀로 바위 치는 일이 아닌가 싶어 괜한 고립감을 느꼈다. 그
리고 그런 불안함은 산다이테크의 회식 날 인사팀 과장이 주고
간 쪽지로 인해 증폭됐다. 예서는 그 쪽지를 펴보았을 때, 마치
자기 것이 아닌 듯한 느낌이 들어 앞뒤로 뒤집어보았다. 끄트머
리에 이름이 휘갈겨 쓰여 있지 않았다면, 자기 것이라 확신할 수
없었을 것이다. 예서의 눈에 '발령-영업팀'이라는 궁서체 글자
가 들어왔다. 거역할 수 없는 명령처럼 단호한 문체였다. 그것
은 쪽지를 받은 사람들 모두가 느끼는 감정이었다. 다섯 살 아
들과 두 살 딸이 있는 문 씨는 주먹으로 가슴을 턱턱 치며, 마
흔두 살에 기획팀 인턴이 웬 말이냐며 자리에 주저앉아 엉엉 울
었다.

*

회식을 마친 진철은 파주 시내에 있는 롯데리아로 향했다.
2층으로 올라가니 구석에 앉아 있는 예서가 보였다. 두 사람
사이에 어색한 공기가 흘렀다. 진철과 예서는 서로 다른 이유로
말이 없었다. 진철은 오 부장의 말을 생각하느라, 예서는 발령
쪽지를 생각하느라 입을 다물었다. 그러다 진철이 뭐 좀 먹지
않겠느냐고 물어보면서 침묵이 깨졌다. 예서는 온종일 농성을
하느라 한 끼도 제대로 먹지 못했지만, 허기를 느낄 새가 없었

다. 진철의 옷에 축적된 고기, 술, 담배, 그리고 그런 것들을 없애고자 황급히 털어 넣은 은단 냄새가 속을 울렁이게 했다. 그 냄새를 맡자 예서는 괜히 진철에게 서운한 마음이 들었다. 아무것도 못 먹고 농성한 사람을 앞에 두고 고기 냄새나 풍기는 게 야속하게 느껴졌다. 반대로 진철은 빈속에 소주 한 병을 '원샷'하는 바람에 속이 쓰려 햄버거라도 먹고 싶은데, 예서가 먹지 않겠다고 해서 눈치가 보였다. 무표정하게 앉아 있는 예서를 두고 햄버거를 먹을 수는 없어서 결국 감자튀김 두 봉지와 콘아이스크림을 사 왔다.

"나보고 영업팀 가래."

예서는 진철이 건넨 아이스크림을 감자튀김 봉지에 욱여넣으며 말했다. 반투명 포장지에 찐득한 아이스크림 국물이 희끗 비쳤다. 진철은 고개를 푹 숙인 채 그 모습을 지켜봤는데, 속에서 위액이 올라와 달콤한 아이스크림을 먹고 있는데도 쓴맛이 났다.

"어떻게 하게?"

"뭘 어떻게 해?"

진철의 태도가 무성의하다고 느낀 예서의 말투가 날카로워졌다. 사실 예서는 진철에게 쌓인 게 많았다. 노조에 가입하겠다고 하자, 한숨을 푹 쉬며 외면하던 모습이나 예서의 눈을 피해 농성천막 옆문으로 돌아가는 것을 보았을 때 정말 우리가 사랑하는 사이가 맞나, 2년 사귄 애인 사이가 맞나 하는 의심이 들었다. "진철 씨 왜 옆문으로 돌아가는 거야? 헤어졌어?" 하며 의아해하는 동료들 앞에서 예서는 어색하게 웃을 수밖에 없었다.

　　　　　　　　　　　　　　　　최준영

예서가 진철의 상황을 알 리 없었다. 일부러 거리를 두는 거라고 진철이 말하지 않았기 때문이다. 회사 간부들은 종종 진철을 불러, 농성자들의 정보를 캐내려고 했다. 예서가 여자친구라는 사실은 중요치 않은 듯했다. 그들은 진철이 본인들의 편일거라 확신했고, 그 태도는 아주 노골적이었다. 한 간부는 박예서가 원하는 게 뭔데 이 소란을 피우냐며 회의 시간에 진철을 대놓고 나무랐다. 진철은 어쩔 수 없이 예서를 피해 도망 다녀야 했다. 예서가 서운할지 모른대도 할 수 없었다.

"예서야, 오산 공장은 정말 싫어?"

몇 번이고 참았지만, 진철은 끝내 식도를 역류하는 위액처럼 그 말을 내뱉고야 말았다. 예서의 얼굴이 화끈 달아올랐다. 아직 11월 중순밖에 안 됐는데 스멀스멀 새어 나오는 히터 바람 때문인지도 몰랐다. 예서는 멀찌감치 떨어져 바닥을 쓸고 있는 아르바이트생을 불러 세웠다. 고등학생 정도로 보이는 앳된 소년이 뚱한 표정으로 멈춰 섰다.

"춥지도 않은데 왜 이렇게 히터를 세게 틀어요?"

예서가 쏘아붙이듯 묻자 아르바이트생은 히터 쪽으로 손을 올려보더니 "꺼져 있는데요" 하고 아래층으로 내려갔다. 그가 떠나고 잠시 어색한 침묵이 흘렀다.

"그게 나한테 할 소리야?"

서운하고 속상한 마음에 예서의 눈에 눈물이 그렁그렁 맺혔다. 반면 그 말을 들은 진철의 속에서도 일순간 뭔가가 욱하고 튀어 올랐다. 지금까지 참아왔던 것, 말하지 않았던 것들이.

"……난 뭐 편하게 회사 다니는 줄 알아? 내가 파업하는 것도 아닌데 너 때문에 나까지 이게 뭐냐."

"뭐라고?"

"회사에서 내 입장이 어떨지 생각해본 적 있어?"

예서는 한 번도 자신의 상황어 진철에게 영향을 미칠 거라 생각하지 못했다. 약자는 자신이므로, 그 외 것들에 신경을 쓸 수 없었다. 진철은 오늘 회식 자리에서 일어난 일이나, 예서를 피해 도망가면서 어떤 기분이 드는지, 간부들이 매일 찾아와 괴롭히는 얘기들을 쏟아냈다. 그렇게 더는 어떤 찌꺼기도 남아 있지 않아 텅 빈 상태가 되었을 때야, 진철은 아차 싶었다. 예서의 뺨을 타고 눈물이 톡 떨어졌다. 사귀면서 단 한 번도 예서가 우는 모습을 보지 못했던 진철은 당황해했다. 슬픈 영화를 봐도 우는 쪽은 늘 진철이었으니까.

진철이 조심스레 냅킨을 집어 내밀었지만, 예서는 벗어둔 웃옷을 들고서 밖으로 나갔다. 심신이 지칠 대로 지친 예서에게 이런 상황은 버거울 뿐이었다.

*

며칠 후 예서는 파업 조끼를 벗고, 동료들에게 고개를 숙였다. 미안하게 됐다고. 상황상 어쩔 수가 없다고.

동료들은 함구했고, 천막 안에는 무거운 침묵이 흘렀다. 생산 과장은 파업 피켓에서 예서의 이름이 적힌 견출지를 뗐다. 예서

최준영

는 웅크리고 서서 빈자리를 멍하니 바라보았다. 죄스럽고 미안한 마음이 들어 미동도 할 수 없었다.

예서가 선택한 것은 오산 공장이 아닌 영업팀으로의 부서 이동이었다. 오산 공장으로 간다는 것은 사실상 비정규직이 되는 거나 다름없었으므로, 서른다섯의 나이에 그런 위험한 선택을 할 수는 없었다. 지금 예서에겐 적성보단 고용의 안정성이 더 중요하니까. 하지만 새로운 일을 배우고, 뭐라도 할 수 있을 거란 기대는 출근 첫날부터 무참히 어긋났다.

영업팀으로 이동한 첫 주 내내 예서는 마땅히 자리도 없어서 탕비실 탁자 위에 멍하니 앉아 있는 것 말곤 할 게 없었다. 영업팀장은 지금은 사정이 여의치 않으니 일주일쯤 지나 자리를 만들어주겠다고 했다. 예서가 할 일 없냐고 묻자, 지금은 없고 정할 거 없으면 물통이라도 갈든가 하며 정수기 쪽으로 고갯짓을 했다. 영업팀장이 나가고, 예서는 물통을 갈고 탕비실을 청소했다. 종이컵도 채워 넣고, 녹차 티백의 열도 맞췄다. 감시하는 사람은 없었지만, 수시로 들락날락하는 사람들 때문에 마음이 불편했다. 인사를 하기도 안 하기도 어색한 상황이었다. 휴대폰이라도 하면 괜찮으련만, 꼬투리를 잡힐 수 있으니 예서는 아무것도 하지 않았다. 눈을 오래 감고 있지도 않았다. 조는 것처럼 보일까 봐 사람들이 올 때면 긴장했다. 신경 쓰이기는 직원들도 마찬가지였다. 하지만 그런 분위기는 일주일쯤 지나니 말끔히 사라졌다. 실상 영업팀장의 약속은 지켜지지 않았고, 언제쯤 자리가 생기냐는 예서의 항의에도 기다리라는 말뿐 상황은 변하지 않았다. 지친 예서가 거칠게 항변하면 팀장은 "왜 또 파업하려고?" 하며 비아냥댔다.

그렇게 항의와 체념의 시간이 축적되던 사이, 예서는 어느새 탕비실 담당이 되어 있었다. 커피가 떨어지거나 녹차 티백이 동나면 어김없이 예서의 이름이 불렸다. 예서 씨, 휴지가 없네요, 예서 씨, 여기 좀 닦아줘요, 예서 씨, 녹차 말고 율무차로 사다주세요. 예서는 동료들과 부대끼던 공장이 그리웠다. 이곳은 너무 삭막하고 외로웠다. 그럼에도 예서는 창문 밖으로 보이는 농성 천막을 애써 외면한 채 커피믹스를 채워 넣었다. 현재로선 할 수 있는 일이 그것뿐이었으므로, 묵묵하게 해나갈 수밖에 없었다.

예서가 파업을 포기했음에도 진철을 향한 시선은 좀처럼 나아질 길이 없었다. 직원들은 뒤에서 예서를 흉봤다. 옮기란다고 진짜 옮기냐고 눈치 없다는 사람도 있었고, 동료를 배신했다는 사람, 본인들은 면접에 시험에 힘들게 입사했는데 쉽게 사무직으로 신분 세탁했다고 억울하다는 사람도 있었다. 프로젝트를 진행할 때, 기획서를 제출할 때, 점심 먹을 때, 모든 순간에 예서 이야기가 나왔다. 그래도 진철은 참을 수 있었다. 시간이 지나면 나아질 거라고 생각했으니까. 사람들은 새 화젯거리가 생기면 곧잘 잊어먹으니까. 어쨌든 예서는 잘리지 않았고, 파업을 관뒀기에 곧 제자리를 찾을 거라고 믿었다.

하지만 다른 건 다 참아도, 진철을 견딜 수 없게 하는 게 있었다. 사람들이 예서를 대하는 태도였다. 그들은 예서를 사무실에 굴러다니는 파지 취급했다. 쓸모없다고 생각하면서도 어떻게든 써먹으려고 애쓰는 사람들 같았다. 마치 예서의 고용주가 본인들인 양, 뭔가를 시켜댔다. 처음엔 자잘한 부탁도 눈치 보며 했지만 총무팀장 박찬숙이 탕비실 하수구에서 냄새가 난다며 예서에게 청소를 시킨 이후부터 요구의 크기를 키워갔다. 진철은 일부러 탕비실에 가지 않았다. 그곳을 쓸고 닦는 예서의 모습을 볼 자신이 없어서였다. 예서는 누구보다 자기 일을 사랑하고, 열심히 하는 사람이었다. 불량 스티커 하나도 그냥 넘기지 않고 꼼꼼히 체크하며 한 부분도 허투루 지나치지 않았다. 예서에게도 실직에 대한 상실감이 클 터였지만, 그 모습을 보는 건 진철에게도 쉽지 않은 일이었다. 자신 때문에 이런 선택을 한 걸 알았기에 진철의 죄책감은 점점 커졌다.

사무실 사람들이 밥 먹으러 내려간 걸 확인하고 나서야 예서는 도시락 뚜껑을 열었다. 달걀말이와 시금치무침, 연근조림, 김치가 균형을 잃고 한쪽으로 쏠려 있었다. 냄새날까 봐 미리 열어둔 창문에서 제법 찬 초겨울 바람이 들어왔다. 따뜻한 밥과 반찬은 아니었지만, 예서는 아무도 침범하지 않는 이 시간이 소중했다. 점심시간만큼은 아무도 들어오지 않으니까, 오롯이 혼자 있을 수 있으니까 긴장이 좀 풀렸다. 직원식당에 가지 않은 지는 꽤 됐다. 남아 있는 생산팀 직원들을 마주치는 것보다 차라리 혼자 먹는 게 나았다. 하지만 가끔은 어디서도 환영받지 못하는 사람이 된 것 같아 서러움이 복받쳤다.

예서가 반쯤 밥을 먹었을 때, 끼니를 거른 박찬숙이 불쑥 탕비실로 들어왔다. 찬숙은 문을 열자마자 "이게 무슨 냄새야?" 하며 코를 막았는데, 예서는 얼른 뚜껑을 덮으려다 그만 도시락을 바닥에 엎었다.

"박예서 씨, 소풍 왔어요?"

예서가 어쩔 줄 몰라 당황하자 찬숙이 미간을 찌푸리며 쏘아붙였다.

"안 치우고 뭐 해요?"

당황한 예서는 바닥에 무릎을 꿇고 맨손으로 반찬을 모았다. 건더기를 빈 통에 옮겨 담으니 김칫국물 자국이 손바닥 모양대로 남았다. 예서를 밀치고 싱크대로 간 박찬숙은 불길한 것을 없애려는 듯 손을 씻고, 탈탈 털었다. 그녀의 손에서 이탈한 작은 물방울들이 예서의 얼굴 사방에 튀었다. 하지만 예서는 그것들을 닦을 새도 없이 마지막 찌꺼기들을 처리하려 연신 바닥을 훔쳤다.

그 일이 있고 난 후, 식사를 금지한다는 경고문이 탕비실 문에 붙었다. 경고문은 예서가 붙였다. 예서는 치욕스러운 마음이 들어 차라리 회사를 그만둘까도 생각했지만, 어느 순간 조금만 버티면 월급이 나오는 것을 알고 남은 날짜를 세보는 자신을 발견했다. 그런 자기 처지를 생각하자 무척이나 서러워졌다. 금세 눈물이 고였다. 요새 예서는 자주 울었다. 아버지가 돌아가셨을 때도 씩씩했는데, 바닥으로 곤두박질쳐버린 자존감이 그녀를 극한으로 몰아갔다. 무엇보다 가장 힘든 건, 쓸모없는 인간이 되어버렸다는 생각이었다. 소속되어 있지만, 어디에도 소

312   최준영

속되지 않은 느낌이 들었다. 사무실 사람들의 세계에 들어가려 발버둥 치면 칠수록 그들은 더 강하게 예서를 밀어냈다. 어디로 가야 할까, 예서는 한숨을 삼키며 흘러나오는 눈물을 재빠르게 닦아냈다.

*

결국 예서는 피켓을 들고 다시 거리에 섰다. 회사는 한 달이 지나도 직무를 주지 않았고, 자리도 마련해주지 않았다. 강력한 항의는 비아냥과 인신공격으로 되돌아왔고, 아무도 예서의 말을 들으려 하지 않았다. 제 발로 나가라는 듯, 방치와 방임만이 있을 뿐이었다.

농성천막에는 고작 다섯 명이 남아 있었다. 예서는 그 옆에서 1인시위 피켓을 들었다. "부당 해고를 위한 강제 발령 철회하라"는 노란 글씨를 써 붙였다. 파업 참가자들은 그런 예서를 두고 혀를 찼다. 배신하고 가더니 꼴좋다며 없는 사람 취급했다. 파업을 시작할 때, 함께 이겨내보자던 끈적한 동료애는 사라지고 없었다. 이제 예서는 그들에게도 완벽한 이방인이었다. 그렇게 며칠이 지났을 때, 생산과장이 예서에게 다가왔다. 예서는 고개 숙여 인사했다. 생산과장은 담배를 한 모금 들이마신 후, 예서에게 말했다. 사람들이 묶어 볼 것 같으니, 좀 떨어져서 할 수 없겠냐고, 엄연히 다른 시위인데 경계를 나눴으면 좋겠다고.

예서는 결국 경비실 옆 외진 구석에 홀로 자리 잡았다. 정문보다 더 인적이 드문 별관 건물 앞이었다. 커다란 느티나무 가지에 해가 가려서 그늘이 늘 져 있는 곳이기도 했다. 경비 아저씨는 바닥을 쓸 때마다 예서를 귀찮아했다. 왜 여기서 그러냐고, 다른 데서 하라고 혼잣말을 중얼거렸다. 그럴 때마다 예서는 이를 악물고 피켓을 힘껏 쥐었다. 벼랑 끝으로 내몰린 느낌이었지만, 더 이상 물러설 곳이 없어 악에 받쳤다. 종일 서 있는 것도 여간 힘든 것이 아니었다. 초겨울 바람에 몸이 꽁꽁 얼었다. 잠깐 햇볕이 들기도 했지만 녹은 몸은 금방 다시 싸늘하게 식어 결국 더 추워졌다. 농성장 천막이 그나마 보호막이었다는 것을 생각하니 가슴이 미어졌다.

예서는 멍하니 서서, 진철에 대해 생각했다. 며칠 전, 참지 못하고 이별을 고해버린 그날이 떠올랐다. 1인 시위를 하겠다는 말에 진철은 눈물을 왈칵 쏟았다. 꼭 그렇게밖에 할 수 없느냐고, 나 좀 살려달라고, 우리 같이 좀 살자고 울었다. 그러면서도 진철은 자기 때문에 이렇게 된 것 같다고 거듭 미안하다고 했는데, 예서는 그런 진철이 불쌍해 헤어지자고 했다. 진철은 그 말을 듣자마자 눈물을 그치고, 진심이냐고 물었다. 내심 잡아줬으면 좋겠다고 생각하면서도 예서는 매몰차게 고개를 끄덕였다. 진철은 눈물을 닦고 예서의 집에서 나갔다.

진철은 파주 시내 한복판을 터벅거리며 걷다가 예서와 본인의 삶이 왜 붕괴돼야만 하는지 그 이유에 대해 곱씹었다. 무엇이 잘못된 건지, 뭐 때문에 이렇게 꼬인 건지. 애초에 예서가 오산 공장으로 갔다면 이렇게 되지 않았을지, 아니면 자신이 회사

최준영

를 관둬야 했던 건지. 그는 자문했지만, 답은 알 수 없었다. 진철이 알 수 있는 건, 쳇바퀴처럼 돌아가는 내일의 현실이었다. 고작 현실, 처절함에 술이라도 진탕 먹고 싶은데 아침 7시에 중요한 회의가 있어 그러지도 못하는 현실. 불투명한 미래를 희망 삼아 시위해야 하고, 피켓을 들어야만 하는 현실이 남아 있던 것이다. 벗어날 수 없고, 답이 없는 그런 현실을 살아내느라 두 사람은 그렇게 멀어져야 했다.

그 후 진철이 예서를 만난 건, 예서가 삭발하던 날이었다.

진철은 갑자기 추워진 날씨 때문에 예서의 집에 두었던 옷가지를 챙기러 갔다. 외근을 나갔다가 바로 퇴근하던 길이었다. 예서에게 옷을 가지러 가겠다고 문자를 남겨놓았지만, 답은 받지 못했다. 9시가 다 되어 집 앞까지 갔는데도 연락이 없었다. 예서의 집 앞에 서 있던 진철은 기억하고 있던 비밀번호를 하나하나 조심스레 눌렀다. 그러자 삐리릭, 소리를 내며 잠금이 풀렸다. 진철은 잠시 망설이다가 이내 문을 열고 안을 들여다보았다. 집 안은 캄캄했다. 아니, 불은 꺼졌는데 사람이 있는 것 같았다.

"예서야?"

안에서 이불이 부스럭대는 소리가 났다. 진철은 조심스레 신발을 벗고 집 안으로 들어갔다. 예서의 두 발이 이불 밖으로 삐져나와 있었다.

"예서야, 자?"

다시 한 번 묻자, 예서가 턱 막힌 목소리로 말했다.

"옷 가지고 가. 불은 켜지 말고."

무슨 일인가 싶어 의아했지만, 진철은 시키는 대로 했다. 하지만 어두워서 옷을 찾을 수 없었다.

"예서야, 옷 구별이 안 돼서 그러는데 불 켜면 안 돼?"

예서는 그제야 이불 밖으로 나오더니 전기 스위치를 딸각 눌렀다. 진철의 눈앞엔 훤히 두상을 드러낸 예서가 있었다. 아직 다듬지 않은 정원의 덤불처럼, 제멋대로 자라난 잔디처럼 머리카락이 제각기 잘려나가 있었다. 진철은 당황스럽고 놀란 나머지 들고 있던 옷가지를 떨어뜨렸다. 예서는 그 옷들을 다시 주워 주며 "이상해?" 묻고는 웃었다.

두 사람은 오랜만에 나란히 침대에 누웠다. 바닥엔 정리하지 못한 진철의 옷가지가 널브러져 있었다. 진철은 두 손을 모으고 천장 귀퉁이를 쳐다봤다. 예서를 마주할 자신이 없었다. 나란히 누워 있는데도, 야릇한 감정이 들기는커녕 분위기가 서먹했다. 바닥이 따뜻했는데도 집에 한기가 도는 것처럼 냉랭했다.

"머리 왜 밀었어?"

진철이 조심스럽게 말을 꺼냈다.

"이것까지 해보고 안 되면 그만두려고."

"삭발한다고 회사에서 알아주는 건 아니지 않나……."

"생산팀장이 다시 받아줄 테니까 삭발식에 참여하지 않겠느냐고 해서…… 했어. 너무 외로워서."

"……."

그 말을 들은 진철은 쓸쓸해져서 견딜 수가 없었다. 조금씩

최준영

모든 걸 잃어가는 예서가 안쓰럽고 불쌍해서 목이 메었다.

잠깐의 침묵이 흘렀다. 그 마음을 잘 아는 예서가 돌아누워 진철의 허리춤에 손을 둘렀다. 진철은 예서의 눈을 찬찬히 들여다봤다. 두 사람은 아주 오랜만에 서로의 얼굴을 보았다. 변한 건 상황이지 감정이 아니었다. 예서의 심장이 툭 내려앉았다. 떨리는 마음을 미소 속에 억지로 감추듯 예서는 배시시 웃었다.

"머리 깎으니까 이상하지?"

예서는 머쓱하게 웃으며 머리를 쓸어 넘기고는 진철의 가슴팍에 얼굴을 묻었다. 진철은 예서를 꽉 끌어안았다. 두 사람은 소리도 내지 못하고, 옷이 축축해질 정도로 흐느꼈다. 까끌까끌한 예서의 머리카락이 턱 밑을 따갑게 할수록 진철은 더 꽉 예서를 품었다. 그 온기에 몇 달간 꽁꽁 얼어붙은 예서의 마음이 녹아내렸다. 그렇게 그 겨울, 두 사람은 마음을 다해 서로를 위로하며 처절했던 시간을 조금씩 지워나갔다. 바깥에선 창문을 두드리는 매서운 바람 소리만이 공허하게 들려왔지만, 두 사람의 귓가엔 닿지 않았다.

비 니

장
임
혜
경

**장
임
혜
경**

인생 팔십의 절반을 돌면서 소설을 쓰기 시작했다.
소설을 쓰면서 살면 지금보다 나은, 좋은 사람이 될
것이라 믿는다.

압착기와 컨베이어벨트 사이에 목과 가슴이 끼었어. 아아, 소리를 질렀어. 아아, 온 힘을 다해 내질렀어. 그런데 소리가 울리지가 않아. 누구도 없어. 너무 아픈데 너무 조용해. 검붉은 피가, 뚝, 뚝, 파란 작업복, 파란 기계, 초록색 바닥으로 흘러내려. 비릿한 냄새가 나.

*

경호야, 아니? 네가 3학년으로 올라간 건 네 아버지 덕분이었어. 어느 일요일, 아버지가 날 찾아오셨어. 5층 교무실에 들러 다음 날 있을 선도위원회 공문을 마무리하고 내려오는 길이었지. 웬 중년의 남자분이 느릿느릿 계단을 오르고 있었어. 머리카락 절반은 하얗고 다리를 절뚝거렸던 것 같아. 낡은 쥐색 셔츠에 약간 구겨진 면바지를 입고 계셨지. 내 앞에 이르자 옷매무새를 가다듬었어. 안녕하세요, 라는 형식적인 인사말도 없이 대뜸 물으셨지.

"혹시 원예과 2학년 3반 담임선생님을 만날 수 있을까요?"

일요일에 텅 빈 학교를 무작정 찾는 마음을 헤아릴 생각은 못 했어. 간절한 마음은 모르고, 일요일에 학교를 찾아와 담임을 찾는 무모함에 놀라기만 했지.

"제가 원예과 2학년 3반 담임입니다만?"

그분이 찾는 대상이 나여서 이런 우연도 있나 싶어 놀랍기도 했지만 다행이었어. 특성화고에서 일요일에 학교 나오는 사람들은 기능반 선생님과 행정실 일직을 제외하곤 거의 없고, 나 역시 일요일에 학교 가는 일은 좀체 없었으니까.

"아, 선생님이십니까? 저는 경호 아비 되는 사람입니다."

"아, 경호 아버님이시군요."

언젠가 네가 병원에 있다고 했던 아버지가 거기 서 계셨어. 어찌 된 영문인가, 내가 잘못 알고 있었나, 지금 꿈을 꾸고 있나 싶었지.

"병원에 계시다고 들었는데, 어쩐 일로?"

"네, 잠깐 나왔습니다."

머뭇거리며 말하는 나와 달리 아버지는 애써 또박또박 말씀하셨지. 뭔가 각오를 한 사람처럼 망설임이 없는 말투였어.

장임혜경

보라색 국화 기억나? 가을날 실습실을 찾아갔어. 우리 반 아이들이 어떤 실습을 하는지 궁금했지, 원예과 선생님과는 친해서 수업 중에 들어가도 오히려 반기는 사이였고. 비닐하우스에 참 여러 종류의 국화들이 있었어. '노을'이니 '다홍빛 정염'이니 이름만큼 신기하고 예쁜 국화가 많아서 한참을 구경했지.

"리비히 최소량의 법칙이란 식물이 자라는 건 가장 적은 양으로 들어 있는 무기 성분의 양에 의해 달라진다는 것으로……."

원예 선생님은 높이가 다른 작대기들을 돌려 붙인 물통 그림을 보여주면서 열심히 설명하고 있었어. 네가 내 옆으로 왔지.

"서언생님, 제에가 키운 구욱화예요."

너는 늘 약간 더듬으며 천천히 말을 했어. 평소에 말이 없기에 드물게 말을 할라치면 단어가 목과 입을 빠져나오는 데 시간이 걸리는 듯이 보였지. 네가 가리키는 손가락 끝에 짙은 보라색 국화 꽃망울들이 이제 곧 피어날 것처럼 모여 있었어. 피면 정말 예쁘겠다, 해 질 녘 하늘만큼 예쁜 보라색이다, 생각하는데 네가 말했어.

"이이거, 서언생님 드릴 거예요. 저엉성 드을여서 키웠어요."

매일 새벽같이 학교에 올 만큼 성실하고, 누가 부탁하면 마음을 다해 들어주는 너이기에 국화를 예쁘게 길러내었을 거야. 배시시 웃는 네가 꽃망울보다 예뻤어.

봄에 학교 텃밭에서 키운 거라며 여러 종류의 상추를 가져오기도 했지. 마침 청소 시간이어서 깨끗이 씻어주면 더 좋겠다고 했더니, 너는 신이 나서 교무실 세면대에서 상추를 씻기 시작했어.

"서언생님, 다알팽이가 세 마리나 따아라왔어요."

너는 신기해했지. 따라온 달팽이 세 마리를 적상추 한 장에 옮겨서 세면대 옆에 두었어.

"정말이네, 얘네 자기 집을 이고 다니는 거 신기해."

너는 상추를 씻고, 나는 하던 일을 멈추고 세면대로 가 달팽이를 구경했지. 전에 읽었던 어떤 책의 구절이 떠올랐어.

"얘네 기억력이 있대. 우리 좋은 기억만 만들어주자. 야야, 이것 좀 봐봐."

달팽이는 상추의 가장 높은 곳에 올라 목을 길게 빼고 두리번두리번했지.

"서언생님, 애에네 여기서 우리가 준 사앙추나 머억고 있기 시잃은가 봐요. 그냥 여기 이있으면 펴언할 테엔데, 나가고 시이픈가?"

너는 다 씻은 상추를 봉지에 담아서 내게 건네고, 달팽이가 올라앉은 상추를 들고 나가 텃밭에 놓아주었어.

종례 후 나를 다시 찾아와 전했지. 달팽이가 사라졌다고 했어.

"사상추만 나암아 이있더라고요. 떠나가았어요."

그때 우리는 함께 키운 자식을 떠나보낸 부부처럼, 상추에 머물지 않고 미지로 당당히 모험을 떠난 달팽이를 대견해하면서도 걱정하고 그리워하며 같은 마음이 되었던 것 같아.

장임혜경

너는 조용한 아이였지. 사람들과 부딪히기 싫어 사람들이 드문 시간을 골라 조금씩 천천히 움직였어. 새벽에 학교에 왔지. 그 시간이 거리나 버스에 사람이 적으니까. 다른 아이들은 점심시간 종이 울리기 무섭게 급식실로 달려가는데, 너는 혼자 때로는 지민이와 교실에 남아 있었어. 아이들이 빠져나가 식당이 한가해지면 천천히 밥을 먹으러 갔지. 수업 시간에는 교실 앞자리에 앉아 눈을 깜빡깜빡하면서 집중하려 했어. 호기심이 많았지. 고개를 끄덕이고 잘 웃고 선생님들 말을 잘 따랐어.

"서언생님, 오늘 시일습 시간에 지민이 시일습실 뒤쪽에 수움어서 자다가 거얼렸어요. 과사 부울려가서 호온나고 과사 아앞에 며엇 시간 서어 이있었어요."

종례가 끝나면 아이들이 서둘러 쌩하니 사라진 교실에 남아 그날 학교에서 일어났던 일을 말해주었어. 시킨 것도 아닌데 교실에 있는 쓰레기를 줍고 스스로 문단속을 하고 가는 날이 많았지.

네가 처음 결석했을 땐 몸이 안 좋으려니, 내일은 나오려니 가볍게 생각했어. 그런데 결석일이 이어졌지. 걱정이 되었는데 너는 휴대전화가 있어도 불통이고 집 전화도 없었잖아. 지민이한테 물어봤어. 지민이, 네 유일한 친구는 너와 달리 성격이 활달하고 급해서 둘이 친한 게 신기했어. 중학교 때부터 친해서 부러 같은 학교로 왔다지.

"지민아, 경호 왜 안 나와?"

"집에서 게임만 하고 있어요. 아침에 갔더니 자고 있더라고요. 밤새 게임하고 지금도 자고 있을걸요."

"부모님이 안 깨워?"

"없어요. 아빠는 병원에 있고, 엄마는 집 나갔어요."

마음이 쿵, 했지만 상황 파악은 되지 않았어. 지민이에게 부탁했지.

"그럼, 네가 책임지고 깨워서 끌고 와. 너희는 베프고, 집도 가깝잖아."

결석을 막아보려 수업이 빈 시간을 이용해서 너를 찾아갔어. 그 동네는 처음이었지, 사람이 많은 것을 꺼리는 네가 고속버스 터미널 근처에 살고 있더라. 값비싸다는 주상복합 아파트들 틈에 그런 집들이 있을 줄 몰랐어. 비좁은 골목에 쓰레기봉투가 쌓여 있고, 상한 음식물 냄새가 나고, 날파리가 윙윙댔어. 한쪽 날개만 달고 쓰레기봉투 위를 기어가고 있는 파리를 본 것 같기도 해. 모퉁이를 돌았을 때 뭔가가 휙 달아났지. 고양이 같았어. 어마야, 놀란 가슴을 쓸어내리고 위층으로 난 좁고 어두운 계단을 따라 두 바퀴쯤 돌아 올라가니 방과 툇마루가 보였지.

툇마루에 일단 앉아 숨을 골랐어. 고개를 들면 하늘이 보일 줄 알았는데 회색 슬레이트 담이 막아서더라.

"경호야."

담을 등지고 너를 불렀어. 대답이 없었지.

"경호야. 선생님이야, 뭐 해?"

몇 번을 부르니, "네" 눈을 비비며 네가 미닫이문을 젖혔어.

"······잤어?"

"······네."

헝클어진 머리, 푸석푸석한 얼굴, 방은 지저분하고 컵라면 껍데기가 겹쳐 있는 게 보였어. 마음이 심란해졌고 화를 내고 싶었지. 밥, 동생, 결석 등 묻고 싶은 건 많았지만 도대체 어디서부터 말을 꺼내야 할지 모르겠더라.

"······가자. 챙겨서 나와."

"네······."

나는 다짜고짜 학교에 가자고 했고 너는 순순히 내 말에 따랐어. 네가 학교 갈 준비를 하는 동안 담벼락을 봤어. 그거 말고는 눈을 둘 데가 없었지. 일어나서 멀리 보면 다른 게 보일까 했는데 역시나 회색 담만 보이더라. 그 봄에 우리를 따라왔던 달팽이처럼 고개를 길게 빼니 담과 지붕 사이 하늘이 살짝 보였어. 잿빛이었지. 그래도 담이 하늘색이랑 같아서 왠지 다행이다 싶었어.

너를 차에 태우고 학교로 오면서 나무라듯 내가 물었지.

"무슨 일 있어? 학교는 왜 안 와?"

네 입속에서 어떤 말이 빠져나올 듯 빠져나오지 못했어.

"부모님은 어디 계셔?"

지민이에게 들은 게 있어서 조심스러웠지만 물었지. 뜻밖에 네가 술술 이야기를 했어.

"어, 어엄마가 지이입을 나가았어요."

'아버지 과실로 교통사고가 났고, 손해배상비로 전 재산이 들어갔다. 같은 사고에서 아버지도 다쳐서 병원에 있다. 치료를 멈추면 죽는데 치료비가 많이 든다. 사고 후 몇 년 동안은 엄마가 요양간호사를 하면서 돈을 벌어 아버지 병원비를 대고 살았다. 그런 엄마도 남자가 생겨서 얼마 전에 짐을 싸서 나갔다.' 이런 이야기였어. 아무렇지 않고 아프다는 생각도 없는 말투였지.

"그 아아저씨, 흐음……."

너는 말을 잇지 못했어. 아저씨를 만났을까? 엄마를 이해하고 받아들이려 했을까? 건넬 말을 찾지 못하고 자꾸 한숨만 나오려 했어. 그런데 그때 내가, "그래, 엄마는 엄마 인생이 있으니까" 했지. 그 말은 너무 쉬웠어. 산 사람은 살아야지, 하는 말처럼.

그리고 우리, 학교 오는 동안 말이 없었지.

경호야, 네 아버지를 만난 일요일 오전에 마무리한 공문 말인데, 퇴학자 명단에 네 이름이 들어 있었어. 며칠 데리러 가다가 더 이상 가지 않자 너는 학교에 나오지 않았지. 난 널 제대로 신경 쓰지 못했어. 절차대로 내교 통지서, 선도위원회 개최 알림 공문 그리고 퇴학 처분 예고 통지서를 보냈지만 아무런 말이 돌아오지 않았지.

그러던 때 아버지를 뵈었던 거야.

"고등학교는 졸업해야 됩니다. 경호 작은아버지가 조경 쪽에서 일을 합니다. 고등학교만 졸업하면 받아준다고 했습니다, 선생님."

"네."

"부모가 원하지 않으면 퇴학시킬 수 없지 않습니까?"

"네, 아버님, 알겠어요. 제가 책임지고 퇴학을 막아보도록 하겠습니다."

"그럼, 잘 부탁드립니다."

단 몇 마디 나누고 아버님을 보내드렸어. 아프다고, 연명치료를 받는다고, 중단하면 곧 죽을 거라고 했는데 멀쩡해 보였지. 너처럼 순해 보이긴 해도, 단호한 표정이었어. 다리를 절뚝이며 느릿느릿 네가 식당을 갈 때처럼 천천히 걸어가시는 뒷모습을, 중앙 현관문을 다 빠져나가실 때까지 우두커니 바라보았지. 갑자기 회복하신 걸까? 내 어머니는 암이 말기여서 줄곧 병상에 있었는데 하루는 갑자기 일어나서 건강한 사람처럼 이불을 꺼내어 솜을 넣고 바느질을 했어. 그런 후 자리에 눕고 돌아가시는 날까지 일어나지 못했지. 네 아버지도 그런 건가, 생각했어.

너는 가까스로 3학년으로 진급했고 나는 계속 2학년 담임을 맡았지. 1학기가 끝나갈 때쯤 복도에서 우연히 만났어.

"이경호, 인제 학교 잘 나오는 거지? 학교생활은 어때?"

그새 자랐는지 교복이 좀 찡겨 보였지. 2학년 1학기 때의 맑은 표정으로 돌아왔더라.

"서언생님, 이인제 하악교 안 빠지고 자아알 다녀요."

다행이다, 퇴학을 막고 진급시키길 잘했다, 했어. 지금에 와선, 모르겠어.

"그런데 경호야, 아버지는 어떻게, 잘 계셔?"

그제야 알았어, 네 아버지가 나를 만나고 몇 달 만에 돌아가셨다는 것을. 삶을 정리하면서 마지막 최선을 다하기 위해 나를 찾으셨다는 것을. 아버지에게 무슨 일이 있었던 걸까, 치료비 때문이었을까? 아버지가 옷매무새를 가다듬으며 잘 부탁드립니다, 하던 모습이 떠올랐지. 그 순간 너희 집 골목에서 한쪽 날개를 잃고 엉금엉금 기어가던 파리가 두 날개를 달고 날아가는 것을 본 것도 같아. 아버지를 잃고 너는 그 회색 옥탑방을 나와 조경 일을 하신다는 작은아버지 댁으로 들어갔다고 했어. 같은 학교를 다니고 있었으면서 내가 너무 무심했지.

"쌤, 저희 이제 실습 가요. 둘이 같은 업체로 가는데 같은 공장에서 근무할지는 모르겠어요."

네 옆에 있던 지민이가 말했어. 너희 좀 떨어져 지내, 라고 내가 농담을 했던가? 사실은 지민이처럼 우정을 소중히 하는 애가 늘 네 곁을 지켜서 얼마간 마음이 놓였지. 발랄한 지민이, 거친 인상을 노리고 기름을 발라 머리를 넘겼는데도 전혀 거칠어 보이지 않았어.

"벌써? 2학기 때 가는 거 아니야?"

"방학하자마자 기숙사 들어가요."

"그래, 어느 회사?"

"경호 작은아버지가 필요하다고 해서, 농기계과 쌤한테 물어서 지게차 자격증을 땄어요. 실력 좀 발휘했죠. 그래서 좀 좋은데 가요."

"지게차 자격증을? 대단한걸! 좋은 데로 가? 잘됐네. 몸 상하지 않게 조심하고 잘 다녀와. 언제 밖에서 밥 한번 먹자. 연락해, 꼭!"

취업하려고 미리 자격증까지 딴 너희가 대견해서 지민이한테 헤드록을 걸었더니 녀석, 기름 바른 헤어스타일 망가진다고 싫어했지. 학교를 벗어나는 것이 걱정되면서도 이제 학교생활은 끝났구나, 현장실습만 마치면 아버님 소원대로 졸업을 하고 사회인이 되는구나, 안심이 되는 것 같았어. 성급했지.

"네에엡!"

돈 벌 생각에 벌써 신이 난 듯 대답하는 너희한테 "너무 돈 많이 벌려고 하지 말고 적당히 일해"라고 나는 말했던가? 적당히 일하라는 걸 받아들이기에는 형편이 너무 안 좋은 걸 알기에 말하지 않았던가?

매번 실습을 내보낼 때마다 한편으로 마음이 짠했어. 아이들이 못 견디고 학교로 돌아와서 하는 말을 들었거든. 먼지 나고 살벌한 작업환경은 그런대로 참을 만해도, 주야 맞교대해가며 일주일에 일흔 시간씩 밤에도 휴일에도 일하는 것은 너무 힘들다고 했어. 실습생은 하루 일곱 시간·주 서른다섯 시간 일하는 게 원칙이고, 야간이나 휴일의 실습은 금지되어 있잖아. 그런데 회사는 현장실습도 근로계약이고 근무시간도 서로 합의하면 할 수 있다는 입장이었어. 아이들은 돈이 필요하고 아직 배우는 입장이고 계속 거기서 일해야 하니까 회사가 하라는 대로 했어. 그런데 도저히 견딜 수 없는 날이 왔지. 돈 많이 주는 큰 회사로

간 아이들일수록 돈이고 뭐고 못 견디고 몸도 마음도 푹푹 썩고 찌들어 돌아와서는 말했어.

"쌤, 제일 싫은 말은요, 그래도 돈 많이 벌어서 좋겠다, 하는 거요. 자기들이 한번 해보라 그래요."

"좀만 더 해보지, 좀만 더 참지, 그런 말 들으면 열받아요."

어쩌면 그렇게 못 견디고 돌아오는 아이들이 현명한 것 같다는 생각도 들었어. 그리고 네 사고가 있고 나서는 이런 생각도 했지. 너도 못 견디고 돌아왔으면 좋았겠다.

네 사고 소식을 들은 건 일요일 아침이었어. 정신은 말짱한데 왠지 피곤해서 일어나지 못하고 누워 뒤척이고 있을 때, 전화가 왔지.

"김연수 선생님, 저 신정섭입니다. 잘 지내시죠?"

전국교직원노동조합 지부에서 대변인을 맡아 일하는 선생님이었어. 우리 학교 소속 조합원 중의 한 명이라 나한테 전화를 했지.

"사건 알고 계시죠? 언론에서 전교조 입장을 묻습니다. 먼저 학교 측 입장을 알고 싶어서 전화드렸습니다……."

그렇게 네 사고를 알게 되었어.

나는 아무것도 모르고 있었지.

어둠이 안팎을 가리지 않고 내렸고 네가 있다는 병원을 찾아갔어. 사방은 황량하고 어두운데 병원 창문에서 나오는 불빛은 왜 그렇게 많은 건가, 왜 그렇게 환한 건가 싶더라. 네가 있다

장임혜경

는 병동 앞을 오래 서성였어. 결국 그냥 돌아섰어. 못 보겠더라. 울지 않고 힘이 되길 바랐지. 살아서 제대로 만날 거라고 생각했어.

다음 날은 몸에 열이 나서 학교에 가지 못하고 종일 누워 있었어. 신문에서 읽었던 네 사연이 영상이 되어 머릿속을 떠나지 않고 계속 되풀이해서 나타났지.

너는 손수건을 담그면 파랗게 물이 든다는 바다 한쪽에 자리한 생수 공장으로 실습을 나갔어. 초록색 바닥에 놓여 있는 컨베이어벨트와 거대한 파란색 기계들 사이를 부지런히 오갔지. 그 넓은 공간에 단 한 사람, 너만 있었어. 어둠이 내려도 혼자 남아서 일을 했지. 세상에서 까맣게 떨어진 곳에서 혼자 기계를 만졌어.

원예과 현장실습인데 웬 생수 공장이야? 나는 특성화고에 있으면서도 3학년 담임을 못 해봐서 원예과는 꽃 같은 거 기르고 파는 곳으로 실습 가는 줄만 알았어. 원예과가 프레스기 다루는 공장으로 실습 나갔다는 게 이해가 안 되었어. 지게차 자격증이 있어서 포장 묶음을 지게차로 옮겨 쌓는 일을 하기로 하고 갔다지. 전공과 무관하게 오라는 회사로 실습 나가는 일이 많다지. 지민이가 말한 '좋은 데'란 무엇보다 돈을 많이 주는 회사를 가리킨다지.

여름은 더웠어.

사알려줘…… 이거 실화냐? 너어어무 더워.

너는 숨이 컥컥 막히고 온몸이 녹아내리는 것 같은 43도의 실내를 오갔어. 열두 시간을 꼬박, 단 1분도 앉지 못하고 계속 오가야 했지.

7월에 회사 기숙사에 들어간 후 하루도 쉬지 않고 일을 했어. 아침 일찍부터 일하고 밤에도 일하고 토요일에도 일요일에도 일을 했지. 7시 반에 출근해서 오후 6시 정시 퇴근 시간을 훌쩍 넘겨 10시 반까지 기계를 지켰어. 발주량은 맞춰야 하고 기계는 자꾸 고장 나고 기계를 볼 수 있는 사람은 너 하나였으니까.

기계를 보는 일은 정규직원 업무였어. 그 정규직원이 실습생인 너에게 고작 5일 동안 기계 고치는 법을 알려주더니 퇴사했지. 이제 회사에서 기계 고치는 법을 아는 사람은 너 하나가 되었어. 지도자도 없는 현장실습을 너는 해야 했지. 넌 아직 학생이라고 말했어. 그러나 이미 노동자일 뿐이었어. 어디에도 교육은 없고 일만 있었지.

너는 기계를 싫어했어. 그렇지만 어쩔 수가 없었어. 줄줄 흘러내리는 땀에 흠뻑 젖은 채 싫어하는 기계와 밤늦게까지 혼자 씨름했지. 그래도 돈이 들어오니까 적금을 붓기 시작했으니까 열심히 해야지, 생각했어. 처음이라 힘들지 적응하고 익숙해지면 점점 좋아질 거야, 하면서 그냥 참았지.

어느 토요일, 이미 퇴근해서 실컷 게임이나 할까 하는데 회사에서 불러냈어. "와서 기계 좀 봐줘야겠어."

씨이바알, 조올라……

네가 학생이라 초과 실습(근무)을 시키면 안 되고 신고하면 회사가 불리해진다는 것을 알면서도 너는 회사에 들어갔지.

너무 피곤해서 손에 들고 있던 휴대전화를 놓쳤는데 액정이 깨졌어. 회사에서 주는 액정 수리비를 받고 더 이상 문제 삼지 않았지.

하루는 기계를 고치러 네 키만큼 높은 곳에 올라갔어. 공간이 부족해서 휘청하는 순간, 바닥으로 떨어졌지. 안전장비 같은 것은 없었어. 등을 모서리에 부딪쳤고 갈비뼈에 금이 갔지.

병원에 가니 1주간 입원 치료를 해야 한다고 해서 입원을 했어. 회사에서 전화가 왔지.

"경호야, 기계 고장 났어. 이거 어떻게 만져야 되는 거야? 뭐라고? 말해봤자 모르겠어. 네가 와서 고쳐. 와라, 너 없으니까 회사 올 스톱이야. 생산 라인 기계 고칠 사람이 너밖에 없어. 생산 라인 스톱되고 며칠 발주량 못 맞추면 회사 끝이야. 퇴원해. 어서 들어와, 기계 좀 고쳐."

치료를 끝내지도 못하고 사흘 만에 다시 회사로 돌아왔어.

사고 소식을 듣고 담임이 찾아왔지. 교직 2년 차의 젊은 담임은, "괜찮아? 무리하지 말고 학교로 돌아와" 했어. 너는 괜찮다고, 계속해보겠다고 대답했지.

다친 너를 보고 속상해서 지민이가 물었어.

"야, 새꺄. 네가 거길 왜 올라가서 다치고 지랄이야?"

"개애새끼, 내가 오올라가고 시잎어서 오올라갔냐. 아안 오올라갈 수가 어없다고. 하알 사라암이 어없어. 씨이바알, 아파서 호온자 못 하니까 한 놈 부으쳐여다알라고 해했다고. 어디 마알을 드을어 처머억냐고."

기계는 자꾸 고장이 났고, 너는 혼자서 기계 수리를 도맡는 것은 도저히 힘들어서 할 수가 없을 것 같았지. 회사 임직원에게 여러 번 문자를 보냈어.

"공장장님, 팰타이저 혼자 보고 있습니다. 한 명 더 부탁드립니다."

"이사님, 저 이경호입니다. 간지 공급 장치가 간지를 공중에서 그냥 놔버려서 기계가 자꾸 멈춰버립니다."

아무런 대답이 없었지. 조용했어.

11월, 나라의 여기저기에서 땅이 흔들리더니 급기야 포항에서 규모 5.4의 강진이 일어나 전격적으로 수능일 연기가 발표된 날이었어.

너는 점심 식사도 못 하고 기계 사이를 오갔지. 1시 30분쯤 완제품을 쌓아 누르는 압착기가 멈추었어. 제품을 쌓을 때 중간에 종이를 넣는 기계도 멈추었어. 너는 기계로 들어갔지.

또 뭐어가 무운제지?

네가 문제를 해결하고 나왔어. 그 순간 압착기가 움직였지.

우우웅, 압착기가 내려와 네 머리를 덮쳤어. 너는 앞으로 쓰러졌지. 압착기와 컨베이어벨트 사이에 목과 가슴이 끼었어. 네

파란 작업복에 검붉은 피가 번졌지. 파란 기계와 초록색 바닥으로 피가 흘러내렸어. 비릿한 냄새가 났지. 아아, 너는 소리를 질렀어. 아아, 온 힘을 다해 내질렀어. 그런데 이상했지.

아무 소리도 안 나, 소리가 울리지가 않아. 누구도 없어. 너무 아픈데 너무 조용해.

너에게는 영원 같았을 몇 분이 지나 직원들이 모여들었어. 너는 의식을 잃고 병원으로 옮겨졌지. 심폐소생술을 받고 다시 심장이 뛰었어.

회사는 네가 정지 스위치를 작동하지 않고 설비 내부로 들어갔다며 사고의 책임을 너에게 물었지.

열흘 뒤, 열아홉 살이 되기 나흘 전, 너는 숨을 멈추었어.

너는 이 세상에서 잿빛 가루가 되었지.

화장터에서 지민이를 봤어.

"선생님, 그 새끼……. 그냥 으레 힘들다고 하는 줄 알았죠. 다들 그러잖아요. 또 야근이야, 힘들어, 장난 아냐……. 잔업이라 게임 같이 못 할 때도 있었고, 카톡 반응이 없으면 아직 야근하나 했어요. 그런 줄 몰랐죠……."

지민이는 울지 않으려 노력하고 있었어. 머리에 기름도 안 발랐고 실습 몇 달 만에 살이 좀 붙었어. 제때 못 먹고 야근 끝나고 밤에 라면 같은 거 먹으니 일이 힘든 만큼 오히려 살이 붙고 몸은 안 좋아진 것 같았어.

"선생님, 왜요? 왜 실습하다 죽어요? 왜 실습하다가 죽어야 합니까?"

지민이는 물었지. 나는 무슨 말을 해야 할지 몰랐어. 그렇지만 언젠가 결석한 너를 데리러 갔던 날처럼, 쉬운 말은 하지 않았어.

네가 떠난 뒤에 연이어 사고가 있었어. 아마 늘 있었는데 주목하지 않았던 것이겠지. 안산 반월공단 플라스틱 제조 공장에 현장실습 나갔던 학생이 투신했고, 인천 특성화고 학생이 돈가스 제조업체의 육류 절단기에 손가락이 잘렸어. 안전교육은 없었는데 사고 후 업체가 남은 실습생들에게 안전교육을 받았다는 일지에 서명하라 했다고 해. 이래저래 억울한 친구들이 특성화고등학생 권리 찾기 모임을 꾸렸고, 지민이도 들어갔어.

나도 뭔가 해야 하는데, 생각만 하고, 난 맨날 이래. 당당하게 못 나서고 숨어서 남 탓이나 하고 있지. 서울 구의역 스크린도어 앞에서, 엘리베이터에서, 자동차 공장에서, 통신사 고객센터 해지방어 부서에서 참 많은 특성화고 친구들이 죽어간 지가 벌써 몇 년째인데 네 사고를 막지 못했어. 사고는 계속 일어나고 있는데 막지 못하고 있어.

경호야, 미안하다.

경호 아버님, 경호 졸업 못 시켰네요. 죄송합니다.

*

마음으로 수십 번 쓰고 지워야 했던 이 편지를 이제 부치려는

장임혜경

오늘 나는 전태일다리에 서 있어. 한 번도 곁을 지켜주지 못했던 널 보내면서, 이제는 누군가의 곁을 지키는 사람이 되길 바라.

네가 떠난 지 1년, 전태일이 죽은 지는 48년이 흘렀어. 아아, 네가 온 힘을 다해 내지를 때는 울리지 않았던 소리가, 네가 떠나고 울리기 시작했어. 그 소리는 오래 살아서 계속 더 많은 사람에게 가 닿을 거야, 우리가 있는 한.

지민이를 만났어. 졸업하고 거긴 아무래도 있을 수 없다면서 실습했던 회사를 나와 일자리 찾아 여기저기를 떠돌며 지내고 있었어. 그 일자리라는 게 구의역에서 스크린도어를 수리했던 선배처럼 외주업체 비정규직 자리 말고는 찾을 수가 없대. 일이 고되고 위험하다더라. 지금은 인천에서 지게차를 몰아. 힘들어도 젊을 때 많이 일하고 돈 모아서 나중에는 자기 굴착기 사서 운영하겠다고. 다치지만 않아도 좋겠어.

지민이, 길던 머리를 짧게 잘라 추워 보이길래 모자 사러 요 앞 평화시장에 들어갔어. 와, 수만 개의 모자가 있더라. 지구 사람 다 써도 남을 만큼 엄청나게 많아. 그 모자들 다 누가 만들고 누가 사고 누가 쓰는 걸까? 일할 때 쓰기 좋다고 지민이는 비니를 골랐어. 여러 개도 필요 없고 하나면 된다나. 자식, 소박하긴.

청계천이 흘러가는 걸 보고 있었어. 전태일 동상 옆에서 전태일과 사진을 찍는 저 수많은 외국인들은 그가 누군지 알까? 전태일 얼굴이 참 앳되더라, 너랑 비슷한 나이였겠어. 다리 위로 11월의 스산한 바람이 불어왔지. 누군가를 향해 끊임없이 흔들어대는 손 같고 누구의 귀에도 이르지 못했던 목소리 같았어.

그런데 그때 갑자기 마른 잎들이 쓸려가며 소리가 들려왔어.

서언생님, 저어 가알게요.

너는 지금 여기 없지만, 있어. 우리가 기억하는 한 너는 여기 있어. 생수병을 볼 때마다 네 생각이 날 것 같아. 사는 동안 늘 생수를 마실 거라서 사는 동안 널 기억할 것 같아. 괜찮지? 하긴 너를 기억하는 게 내 일이고 내가 사는 건 널 기억하는 거란 생각이 들어.

그럼, 아안녕.

* 〈시사IN〉 제531, 533, 534호 임지영, 전혜원 기자의 기사를 참고했다.
* 현장실습생 이민호 군의 죽음을 계기로 2018년부터 '조기 취업 형태의 현장실습'은 폐지되었다.

장임혜경

손바닥문학상 수상작품집 2009-2018

ⓒ 신수원 김소윤 김정원 김민아 서주희 이슬아 김광희
성해나 이유경 이항로 정재희 이혜재 최준영 장임혜경 2019

초판 1쇄 인쇄 2019년 3월 5일
초판 1쇄 발행 2019년 3월 12일

지은이	신수원 김소윤 김정원 김민아 서주희 이슬아 김광희 성해나 이유경 이항로 정재희 이혜재 최준영 장임혜경
펴낸이	이상훈
편집인	김수영
본부장	정진항
기획편집	김준섭 정선재
마케팅	조재성 천용호 박신영 조은별 노유리
경영지원	이해돈 정혜진 이송이

펴낸곳	한겨레출판(주) www.hanibook.co.kr
등록	2006년 1월 4일 제313-2006-00003호
주소	서울시 마포구 창전로 70 (신수동) 화수목빌딩 5층
전화	02-6383-1602~3
팩스	02-6383-1610
대표메일	munhak@hanibook.co.kr

ISBN	979-11-6040-236-0 03810